U0904237

吴姐姐讲历史故事

吴涵碧◎著

明

1368 年～ 1644 年

新世界出版社
NEW WORLD PRESS

宗喀巴（1357 年～ 1419 年），西藏自治区阿里札达县托林寺壁画。本名罗桑扎西，青海省湟中一带人，湟中属于宗喀地区，故称“宗喀巴”，意为宗喀地方的人。宗喀巴自小出家寺庙，一边自修经文，一边向高僧求教，很快精通藏文和喇嘛教经文；16 岁入藏，眼见红教堕落不振，加倍努力研究密宗，终建立起一套完密的佛教理论，以此为基础，建立黄教。黄教律法森严，弟子习大乘教义，着黄衣黄帽，故称黄教，风行西藏，成为第一大教；宗喀巴有两大弟子，一为达赖，一为班禅，二人不结婚，世世化身转世，代代相传，直至今天。

——见《宗喀巴创立黄教》，第 48 页。

* 图注内容皆出自《吴姐姐讲历史故事》——编者注

杨荣（1371 年 ~ 1440 年），选自《历代名臣像解》。字勉仁，福建建瓯人。与杨士奇、杨溥均为英宗时大学士，为朝廷重臣，并称“三杨”，家处福建，时人称“东杨”。1400 年进士及第，性警敏通达，任翰林编修，在文渊阁治事 38 年，谋而能断，成祖 5 次出塞，杨荣均随左右，筹谋计画，甚得其宜。英宗时，受王振攻击，解职回乡，逝于归途，追赠为太师，谥文敏。

——见《杨荣处事镇静》，第 60 页。

明仁宗朱高炽（1378年～1425年），选自《乾隆年制历代帝王像真迹》。明成祖朱棣长子，体肥胖，性善良沉静，有才学。时成祖次子朱高煦勇猛矫捷，成祖入主南京，多赖其力，成祖因此曾属意于朱高煦，赖解缙一力争取，才立为太子；之后朱高煦多有挑拨，赖杨士奇居中调停，终于在成祖死后，即天子位。即位后，重用杨士奇等贞干之士，努力纳谏，休养民众，但在位仅10个月，即重病而死。后代史家多有惋惜，认为以仁宗政绩，若天假以年，当能再造文景之治。

——见《明宣宗即位》，第64页。

成名，佚名绘。《促织》是《聊斋志异》小说之一，明宣宗喜斗蟋蟀，县令责成乡里进贡，乡中士子成名因老实木讷，被县中狡吏报充里正，承担上贡蟋蟀的任务。成名终日寻找，未有所获，幸得巫女指示，找到一善斗的蟋蟀，不料儿子小毛因好奇偷看，误将蟋蟀压死，惧成名责骂，投井而死。成名归来，悲痛莫名，天幸儿子死而复生，但神情痴呆，成名也意外得到另一只极善斗蟋蟀，赖这只蟋蟀，跻身富豪。小毛一年后恢复正常，自言曾化身一只善斗的蟋蟀。图为成名在找寻蟋蟀。明宣宗除爱斗蟋蟀外，可称明君，在位时国家安定，民间富庶，治下称“仁宣之治”。

——见《成名捉蟋蟀》，第 110 页。

朱祁镇（1427 年～ 1464 年），即明英宗，明代第 6 位皇帝。英宗 9 岁登位，初年上听命于太皇太后，下依赖三杨等一干重臣，国家安定，之后宠幸王振，国事日非。1449 年，受王振蛊惑，亲征瓦剌，在土木堡兵败被俘，一年后归国，为太上皇，居南内。1457 年经"夺门之变"，复辟成功，杀于谦、岳正等干臣，重用石亨等小人，政治逐渐衰败。英宗一生未能亲贤臣远小人，临死之际却良心大发，废去以宫人殉葬的制度，挽救了众多年轻宫人，诚一大善政。

——见《明英宗被掳》，第 167 页。

于谦（1398年～1457年），选自《历代名臣像解》。字廷益，浙江钱塘人，成祖时进士，宣宗时巡抚河南、山西，治政轻简，不扰民众，赈灾治河，极有政绩。土木堡之变后，于谦力排朝廷南迁之议，力主立郕王朱祁钰为帝，又亲率北京军民，力抗瓦剌，迫使也先退出塞外、与明廷和议。于谦文武兼资，处事公道，为小人所嫉，英宗复辟后，在屑小怂恿之下，以“谋逆”罪处于谦死刑。后世哀于谦忠君爱国，却遭冤死，将于谦葬于杭州西湖，与岳飞坟墓毗邻，并称“双少保”，为万世景仰的民族英雄。

——见《于谦的善政》，第243页。

目录

纪纲乱纲纪

明成祖派遣郑和出使海外，郑和果然不辱使命，宣扬国威，把明成祖的声望推到了极致。但是，郑和最重要的任务——寻访明惠帝的下落，却始终没有达成，这是明成祖终其一生，耿耿于怀，寝食难安的一件憾事。

再说，自中国人传统的观点来看，明成祖篡（cuàn）了亲侄儿的皇位，可谓大逆不道的罪行。因此，他作贼心虚，一方面大规模逮捕诛杀效忠惠帝的臣民，一方面禁止诽谤，就是不准任何人议论朝廷，宁可错杀无辜（gū），不可放过一人。

在这样的情况之下，一些个狡诈之徒就有了出头与表现的机会。其中纪纲就是一个最典型的例子。

纪纲原是学校的生员（学生），因为素行不端，违反校规，被学校给开除了。

当成祖还是燕王，发动靖难的时候，兵过临邑县，纪纲叩马求见，讲了一大堆甜言蜜语，不外是“愿为大王效犬马之劳”之类的肉麻话。

燕王见纪纲能骑能射，会吹会拍，讲起话来，嘴巴怎么也关不住，一双眼睛不断乱眨，显然心术不正，再看纪纲脸上肉少骨多，瘦刮刮的，正如同俗话所说“脸上没有四两肉”，一脸刻薄寡恩面貌。燕王心想，这种人用得着。于是，就把纪纲留在身边。

等到燕王当了皇帝，立刻拔擢（zhuó）纪纲为锦衣卫指挥使，纪纲大乐，野心更炽，他努力察言观色，希望能够揣摩上意，更上一层楼，官位节节上升。

纪纲发现，都御使陈瑛是个凶狠的角色，陈瑛逮捕倾向惠帝的臣民数十家族，一杀就是好几万人，其中，当然有不少是无辜牵累的。但是，成祖不但不责备陈瑛，反而颇为奖励，由此可见，陈瑛是抓住了成祖的心意。

凭纪纲官拜锦衣卫的指挥使，想要以恐怖镇压异己，岂不是易如反掌？因此，纪纲到处广布密探，暗查臣民，不管有无证据，反正先捉来再说。人逮捕得愈多，愈能表现纪纲的破案率高，也愈发显现纪纲的忠心耿耿。

果然，成祖对纪纲的作为十分欣赏，把他当成心腹，并且擢拔为都指挥佥（qiān）事，仍掌锦衣卫。

明代官员，选自《徐显卿宦迹图》，明人绘。

纪纲大权在握，不晓得陷害多少忠良，也难以估计私下收了多少红包，他甚且连死刑犯也不放过。

譬如成祖不满意的内侍或武臣，成祖把这些人交给纪纲论死。

纪纲有他的一套做法，以李三为例子，纪纲一定扮作好人模样，亲自把李三送回家，让李三沐浴干净，吃一顿最后的晚餐，见家人最后一面。那个场面是相当相当的凄凉。

李家大小，把纪纲当成了活菩萨，前面一个白发皤皤（pó）的李老太太，后面一个李太太，手里还牵着一个五岁左右的小男孩，后面又跟着两个大一点的孩子，五个人一起跪下来，哀声乞求："请纪大人做做好事，救李家一条命。"

纪纲总是正一正脸，大义凛然道："李三当然是冤枉的，你们不说，我也清楚。否则，我何必亲自带李三回来，让你们见最后一面。"

一听到"最后一面"四个字，李家大小又如黄河决堤，哭得响彻屋瓦，再次跪倒在地，央求大人帮忙。

纪纲这才慢条斯理道："我如果有机会见到皇上，会向他说说看，不过，也没把握。还有，里面有开销，你们总知道。"

李老太太立刻拿出揣在怀里的金子，诚惶诚恐送上去，老泪纵横道："一切拜托。"

纪纲把李三带回牢里，照他估算，李家不算有钱，李老太太恐怕把家产都拿出来了，但是，儿子的命比什么都重要，在李家身上，应该还可以剥一层皮。

于是，隔了一阵子，纪纲又大摇大摆地来到李家。一进门，就大摇其头："麻烦得很。"

李三的小舅子，也就是李太太的弟弟忍不住发牢骚："唉，现在叫做欲哭无泪哦。"

纪纲立刻变了脸，气愤难耐："这可奇怪了，我又不是你家的家奴，凭什么替李三奔走？费心费力跑了半天腿，落得这么一句话，你们把我当成什么人？真正是岂有此理。"说着，袖子一甩，背过身子。

李家人可慌了，纪纲是锦衣卫的头号人物，得罪了他还了得吗？一家人赶紧赔小心，责骂小舅子，端茶送水，折腾了好一阵子，纪纲才“大人不计小人过”，勉勉强强又坐下来。

李老太太忍住泪水，抽抽搭搭地说：“实在是没有钱了。但是，我可以把房子卖掉，向亲戚再凑一些，总不能见死不救，还是要请纪大人说说情，谁都知道您是皇上身边的红人啊。”

于是，李家卖掉了祖产房子，东挪西凑又弄了点钱，连李太太剩下的首饰也全给变卖了，一块儿孝敬纪纲。

纪纲盘算盘算，李家看来也只有这么点儿能耐，再榨也榨不出油水来了。这也表示李三的大限已到，纪纲挑了一个日子，李三被送入了刑场。

纪纲这种缺德的事做多了，大家都知道，他非但不是活菩萨，根本是阎王爷，但是，当纪纲带着死刑犯，假惺惺出现在门口时，一家人还必须把他当恩人一般接待，否则除了家破人亡之外，还得担心人死之后，锦衣卫再来找其他的麻烦。

纪纲乱纲纪，在专制制度之下，一般百姓又能如何？

周新有侦探头脑

纪纲当道之时，陷害忠良无数，其中尤以诬害周新一事，最为当时人所扼腕叹息。周新的故事，值得一提。

周新是南海人，学问极好，心思细密，很有逻辑头脑。他原本名志新，字日新，成祖很欣赏周新的反应敏捷，每次“新”来“新”去的，后来，周志新干脆顺着皇帝的叫法，改名为周新。

周新原是洪武年间生员，成绩优异，担任过大理寺评事，他很会审案子，又快又好，绝不拖泥带水，当时人说，看周新问案，是件痛快事。

明成祖即位，周新改任监察御史，敢说敢言，看到不对的事，立刻弹劾（hé），不畏权贵，这种作风，在中国官场是罕见的，因此贵戚们给他取了一个外号——“冷面寒铁”。

“冷面寒铁”的名声愈传愈远，到了后来，京师一带无知妇女见家中小孩不乖，就会出言恐吓：“你再不听话，小心冷面寒铁来捉你。”

小朋友也不晓得冷面寒铁是什么可怕的怪物，想来一定比鬼还恐怖，也就乖乖听话了。这真是极坏的家庭教育，事实上，明理的周新也不会胡乱抓人的。

以后，周新被派往浙江，当地冤狱的犯人听说之后，无不叩首谢天：“终于有了洗清冤屈的机会了。”

周新一上任就小露了一手。

官员断案，选自《聊斋志异图咏》。

他初抵浙江，发现一大群黑蚋（ruì）绕着马头转，这种色黑、头小、翅阔、触角短的红眼虫子，最喜欢吸食人畜的血液，尤其是死尸旁边，常常绕着一群蚋。

周新是个极为敏感又仔细的判案老手，他立刻吩咐：“查查看，附近有没有死尸。”

前来迎接的地方官，个个面面相觑（qù），有人说：“虫子总是有的，不必初来乍到，就故意说不吉利的笑话嘛。”

周新脸色一正：“我不是说笑话，你们赶紧分头去找。”

果然，没多久，在树林里，找到一具死尸，绑在树上，看来已断气多日，难怪惹来一群黑蚋。

周新命人解下僵硬的尸体，在身上搜出一个小木印，他端详一会儿道：“死者是布商，这个印是盖在布上的，你们到城里的布店一家一家找，发现有相同布印的，赶紧回来通报，不准声张，不准惊动店家。”

地方差役不敢怠慢，立刻扮成顾客，一家一家布店寻找。果然，在一家新开张不久的布店之中，搜出一大批相同布印的布料。

周新带了人马，包围布店，居然搜出一窝强盗。新官上任，小露一手，简直轰动了整个浙江。

周新的灵敏，远远超过一般人，有些故事，听来不无神奇！

有一回，周新到乡下地方视察。忽然之间，起了一阵强风，吹来一片落叶，周新蹲下身来，捡起树叶，在手中赏玩。

看着，玩着，周新忽然对旁边的随从说：“你们发现没有，这片树叶好奇特，叶片较小，且带红色，与附近的树叶都不一样。”

左右想开口：“那又如何，管他树叶怎样，我们又不是来考察植物的。”可是，碍于周新官大，只好也在树上摘了一片互相参照：“果然不一样。”

“你们快去找找看，哪儿有这种叶片？”

周新下了令，差役傻了眼，到处一片树海，这要到哪儿找？

但是，“冷面寒铁”一脸酷相，谁也不敢说个不字，只好海底捞针，一棵树一棵树寻寻觅觅。

差役拿了树叶，到处找，到处问，过了十来天，有天遇到一位心细的中年妇人，她一看便说：“我前些日子去深山庙里进香，见到庙外全是这种漂亮的叶子，美极了。”

周新得到情报，飞快带人马上山，在庙里搜寻半天，毫无所获，他不死心，再到庙外展开地毯式的搜索，居然发现一具女尸，正直挺挺躺在树下，那树叶与飘落在周新手中的叶子，完全一模一样。原来是花和尚杀了女香客。

周新的明察秋毫让人钦佩不已，也有人因此上门求救。

有一回，来了一个大腹便便，童山濯濯（zhuó）的商人，他愁眉苦脸地来求见周新：“大人，你相信有鬼吗？昨天晚上，我店里打烊（yàng）得晚了，恐怕路上遇到坏人，所以把这个月赚来的银子藏在祠堂里石头下，那个地方，很少人经过，我也很放心。不料，今天一大早去取时，竟然不翼而飞。”

周新笑答：“天下没有鬼，你不用疑神疑鬼，你把银子藏在石头下，有没有告诉什么人？”

富商脱口而出：“我哪有这么笨，怎会告诉人家？我只有在睡觉时，跟我太太说了，她还夸我聪明。”

周新判断，问题就出在他漂亮的妻子上面，于是，派人日夜跟踪，果然逮到富商妻子与她的相好李四，她也供（gòng）认不讳（huì）：“当天晚上，我丈夫提早回来了，李四躲避不及，藏在柜子后面，李四听说石头下有银子，他又正缺钱，趁夜就去取了，原以为神不知鬼不觉……”说到这儿，她不禁掩面痛哭。

周新的“冷面寒铁”作风，不会对任何人例外，包括权倾一时的纪纲在内。

纪纲派了一个姓张的千户（千户是衙门中的官名），到浙江来办案子。千户与纪纲手下其他人一般，都是作威作福，到处伸手拿红包。

周新可不管他的来头有多大，既然犯了法，就该依法论处。千户赶紧脚底抹油，三十六计走为上策。

没多久，周新赴京，冤家路窄，竟然在半途涿（zhuó）州碰到了千户，周新就把千户逮捕，关在涿州的牢狱之中。

这个千户还真能干，居然又溜了。这一回，千户直奔纪纲处告状。

纪纲心想，打狗还要看主人面。周新啊周新，你也未免太不把我纪某人放在眼里了。于是，随便编造了一个案子，上奏皇帝。

明成祖和他的父亲明太祖一样，很容易被激怒，立即下令逮捕周新。

周新落到锦衣卫手中，可是好好被修理了一番，当他被押解到了京里，已是遍体鳞伤，惨不忍睹。

周新自问对得起国家，对得起皇帝，他不明白为什么会有如此的下场。因此，到了皇宫，他跪在台阶之前声嘶力竭喊道："陛下下诏按察司行事，与都察院相同。臣奉皇上诏命擒奸锄恶，臣不明白，臣到底犯了什么罪？"

成祖不能忍耐有人顶撞，认为是对他权威的挑战，下令立刻行刑。临终之前，周新大呼大喊："生为正直臣，死当作正直鬼！"

周新死了以后，成祖开始后悔了，他问身旁侍臣："周新是哪里人？"

"南海。"

"想不到南海有这等人，朕是冤枉了他。"成祖言下不无懊恼。

又过了几天，成祖竟然看到周新，穿着红衣，直直地站在成祖面前，依然是冷面寒铁的表情道："臣周新已为神，为陛下治奸贪吏。"

成祖再定一定神，发现是自己的幻觉。怪只怪皇帝的权力无限，毫无转圜（huán）的余地，所以，成祖要周新死，周新不得不死。奈何成祖希望周新再活过来，却是不可能的事了。

这就是专制政权。

纪纲诬陷富豪

前面，我们说到纪纲负责锦衣卫，却大大破坏纲纪，老百姓不堪其扰，纪纲却胆子愈来愈大。

他为了试试自己的能耐，竟然数度颁（bān）下伪诏，向盐场勒索四百余万，盐场明知其中有蹊跷（qī qiāo），也只好自认倒楣。纪纲食髓知味，又先后以皇帝的名义，骗了二十艘官船，四百辆牛车，好不过瘾。

纪纲曾经勒索死刑犯，害得丧家不但家破人亡，并且家产耗尽，可是，死刑犯经常也都是苦哈哈，费了半天劲，油水有限。纪纲转念一想，把苗头对向全国富豪之家，挨个儿剥皮。

纪纲的方法倒也简单，通常是“某某招供，已经供出了杨大”。于是，一群差役拥入了杨宅，不由分说把杨大绑了走。事实上，杨大一听说锦衣卫派人来了，上半身就这么一软，瘫了过去。

从此以后，杨家日夜不得安宁，差役三天两头跑来找麻烦，每次来，先是责备，后是恐吓，需索的花样层出不穷，倘若索取不遂（suì），立刻搬出威胁。

杨家既是有钱人，当然，立刻会包了金子，主动来请纪纲帮忙，纪纲总是故作好人状：“我想想办法。”没多久，杨家已经在卖田了。

不说别的，杨家每天得花二十两银子，才能送得进牢饭，却还不知是否能送到杨大手中。中国古代狱政之黑暗，真是和地狱差不多的。

杨家由富户跌入破落户，最后，杨大还是死了，纪纲继续下一个目标。

如此这般，纪纲一连陷害了上百家富豪，也累积了极为可观的财富。再下一步，纪纲居然想当皇帝。

中国人最羡慕当皇帝，大权在握，好不威风，纪纲自晋王、吴王那儿弄来了王冠王服，自己在家里穿戴打扮起来，仿佛已是九五之尊的皇帝。

纪纲命令歌舞小童奏乐奉觞（shāng），自己就像平常的明成祖一般，板着脸高踞堂上，底下的人一遍又一遍高呼："皇帝爷，万岁，万岁！"纪纲觉得五脏六腑，每个毛细孔，都有说不出的舒服，"假如这是真的，该有多好。"纪纲想着痴迷了，也仿佛认为自己与皇帝一般，一切都该听他的。

没过多久，纪纲相中了一位女道士，成熟妩媚，他正准备把女道士给买下来当小妾，岂料都督薛禄也看上了这位绝色佳人，竟然抢先一步捷足先登。

纪纲气坏了，懊恼万分，有一天，在宫里遇到薛禄，他抡起拳头，对准薛禄的脑袋狠狠一捶，薛禄护痛，蹲下身子，纪纲又用脚踢了薛禄的脑袋："竟然敢跟我抢！"

纪纲本来力气大，出手又重，薛禄头给敲破了，差点儿命也没了，碍于纪纲权高位重，气也没敢哼，家人忙着请名医诊治。

纪纲自从动了想当皇帝的念头，白天想，夜里想，朝朝暮暮都在想。既然一下子当不成皇帝，不如先过个干瘾。

他找了数百良家子弟，把他们给阉了当宦官。于是，纪纲与皇帝一般，随时有一批宦官长相左右。

接下来不久，成祖下诏选妃嫔，这些个由全国千挑万选的佳丽们，一字排开，每人由两名宫女照料掠鬓整发，补脂添粉，个个都是豆蔻年华的小美女，娇憨之中，不脱稚气，的确惹人怜爱。

成祖操着手，笑嘻嘻地选了几名绝色，吩咐下去："等她们长大一点吧。"

成祖相中的，恰好也是纪纲暗暗喜欢的，尤其是一位姓李的江南佳丽，有一双吊梢凤眼，清秀小脸红粉粉的，细腻动人。既然皇帝还要等她长大，纪纲就大胆地先享用了，旁边的人啧啧称奇，却也没有谁敢检举。

明朝著名首富沈万三，我们曾经在前面介绍过，洪武年间籍没。（所谓籍没，指的是登录其财物而没收入官。）虽然籍没，沈家毕竟家财万贯，私下还偷偷藏了不少。沈万三的儿子沈文度是个聪明人，他眼见纪纲逐一宰割富户之家，想来想去难逃一劫，于是，沈文度带了几色厚礼，登门拜访纪纲。纪纲逐一检视他带来的东西：黄金、龙角、龙文被……全是难得一见的宝贝，心中暗喜，故意问道："你这是做什么？"

沈文度机警地一下拜，诚惶诚恐道："愿拜在大人门下。"就是要纪纲收他为学生。

中国古代，师生关系是很亲近的。纪纲见沈文度尖嘴猴腮，油头滑脑，心想收了这个学生也不错。于是，沈文度正式拜在纪纲门下。

当然，沈文度自此以后，隔三岔五就要带着新鲜玩意来孝敬老师。长久下来，沈家也是一笔沉重的开销。

不过，沈文度也有沈文度的算盘，他打着纪纲的名号，学他老师的模样，到处敲诈勒索，人人知道他后台硬，也不敢得罪，一出一进，沈家反而比以前更有钱有势。

有一回，师生见面，沈文度照例又献上一批宝货，纪纲好东西见多了，兴趣大减，提不起劲道："最近好没意思，无聊极了。"

"是。"沈文度答了一声。

"你怎么不说话，莫非不懂我的意思。"

“学生懂！”沈文度慢吞吞地回答，脑中飞快地思考，“对了，听说吴中女子，有不少明眸皓齿，雪肤花貌，而且擅长歌舞，若能寻觅一些，必能解闷。”

“那还不赶快办？”纪纲不耐烦道。

纪纲既贪财又好色，多少人气得背地里骂，却又没可奈何。

锦衣卫酷毒天下

纪纲利用锦衣卫头头的身份，坏事做尽，残害忠良，可是，明成祖始终对纪纲宠信有加，使得纪纲野心愈来愈大，想要除掉明成祖，干脆自己当皇帝。

纪纲想到了古代“指鹿为马”的故事，他很好奇，若是有一天，他指着一头鹿，硬说鹿是马，大臣会怎么说？若是朝廷也都附议，那就表示，大家不反对他来当皇帝。

机会来了，端午节快要到了，成祖照例要举行射柳比赛。

射柳是源自鲜卑的一种尚武活动，鲜卑族在每年秋天举行祭祀活动之前，要先植柳。同时，众人骑着骏马，环绕柳树三圈，用箭射柳。这一习俗，后来又成为辽朝、金朝王朝的一种仪式。

辽朝的“瑟瑟仪”，其实是一种祭天求雨的礼仪。若是久旱不雨，辽朝朝廷就在郊外建筑一座“百柱天棚”。仪式开始，皇帝先祭奠先王，然后，首先由皇帝张弓射箭，再交给亲王、宰相，依官位顺序射柳。辽朝人认为，射完柳，老天应该就会下雨了。

金朝的射柳更为有趣热烈，他们先挑选直挺秀美的柳树，用绑头发的头巾系在柳树上当记号，并且把柳树树干削了皮，露出青白色。

接着，鼓声隆隆，好戏开锣，谁要能张弓搭箭，射柳成功，又骑着快马，刚好伸手接住折断的柳树，就是一等一的好手，成为人们眼中的英雄。若是谁射中柳树，却没本事刚巧接着，算是差一点。

谁要是射柳都射不中，只好惭愧地低下头，不敢抬起眼睛见人。

到了明朝，射柳又有了新花样，成为消遣娱乐的一种方式。每逢清明、端午常有射柳活动，称为“剪柳”。

先将鸽子装在葫芦里，悬挂在柳树上面，凡是射中柳树上的葫芦，鸽子便拍翅而出，要是射得准，鸽子自然就飞出来得多，也带来欢乐的气息。

纪纲原是神射手，向来是射柳比赛中的风头人物。但是，他在比赛之前对部下庞瑛说：“待会儿，我故意射不中，你呢就用力地一棵一棵摇柳树，咱们公然作弊，看看其他人是什么表情。”

庞瑛恭谨地点点头：“遵命！”

比赛开始了，先是明成祖射柳，算是“开球”，没多久，轮到纪纲，他屏气凝神，故意射偏，庞瑛就丝毫不避讳地猛摇柳树，葫芦里的鸽子“啪啪啪”一飞冲向天际。

众人始则愕然，但是，谁也不敢出面纠正，反而不约而同拍起手来，脸上若无其事。

纪纲再射一箭，又是不中，又是庞瑛作弊，竟然还有人见鸽子飞出，高声喝彩叫好，真是好个鬼。

纪纲一箭也没射中，却得了满堂彩，他真是乐坏了，回到家里，喝得醉醺醺，对他的“宦官”们说：“没多久，你们就要正式入宫啦，看今天的情形，没有谁敢为难我。”

于是，纪纲纠集一些亡命之徒，并且积极打造武器，准备造反。不料纪府之中有人告密，明成祖岂能容得了此种事？纪纲就活活被磔死（磔，zhé，是古代分尸的酷刑），家属不分长幼发配边疆，列罪状颁示天下。

凭纪纲一个锦衣卫指挥使，为什么手握如此大的权力？竟然起了当皇帝的野心？

在中国历史上，只有明朝一代，设置有锦衣卫，有加以介绍的必要。

所谓锦衣卫，简而言之，就是明朝的禁卫军，本掌侍卫仪仗，后来，专门负责巡察缉捕，处理皇帝交下的诏狱，最高长官为指挥使，常由功臣外戚充任，酷毒天下。

明代的兵制，自京师以至各郡县，都设立卫所，此外，还有十二卫，是内廷亲军，皇帝的私人卫队，直接受皇帝指挥，不隶属于都督府。

锦衣卫就是这十二卫中的一个，它最初的来源是朱元璋担任吴王时所设立的拱卫司，一方面具有侍卫之责，一方面又担负了掌管卤（lǔ）簿仪仗的任务。

这两样任务都是紧紧贴近皇帝身边的，必须要绝对地靠得住，必须是忠诚可靠的亲信，所以锦衣卫虽然与其他各卫相同，都是皇帝的私人卫队，但已进一步是贴身的卫队了。

既然贴身卫队要切实保护皇帝，他们必须时时外出，秘密调查，这些专司侦察的人称为“缇（tí）骑”，挑选没有前科的民间壮丁担任。

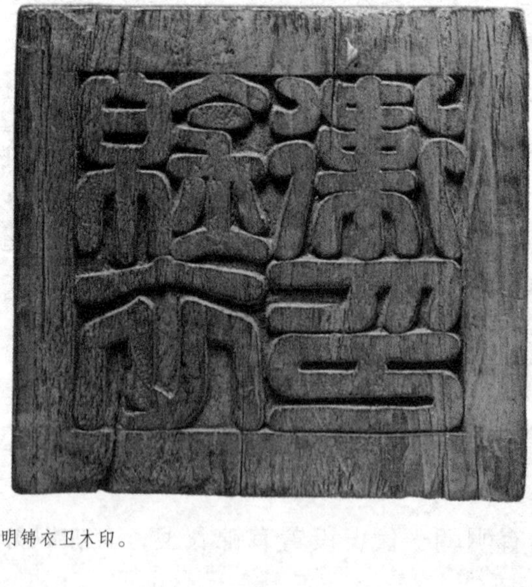

这些缇骑人数，在明太祖时不过五百人左右，以后愈来愈多，在明世宗之前已达六万人之多，其所造成的罪行，真是不计其数。

缇骑既然直属于皇帝，任何人他们都可以直接逮捕，不必经过法律手续。

明锦衣卫木印。

通常缇骑捉到人以后，并不立刻带回，先找一个空庙祠宇，把逮到的人毒打一番，称为“打桩”。“打桩”之后，嫌犯受不住私刑之苦，总会想办法打点打点，缇骑就靠这个，个个都发了横财。

被抓来的人，一律送入锦衣狱，一走入这狱门，十之八九别想再出去。明朝人瞿（qú）式耜（sì）记载：“锦衣狱中魂飞汤火，惨毒难言，若是能送到刑部狱，则仿佛自地狱到了天堂。”

中国古代监狱一向恐怖，锦衣狱与一般监狱相比，刑部狱竟成天堂，可见锦衣狱是地狱中的地狱。

锦衣卫除了执行缉访、逮捕、讯狱的任务，还负责在廷杖时行杖和法司会审的任务。

廷杖是古代帝王在朝廷上杖打犯谏或忤旨的大臣，除了元朝，历朝皇帝很少廷杖，朱元璋却发扬光大，无论多大的官员，只要皇帝一不开心，就拖下去痛打一顿。打完了拖上来再打，若是打死了，抛出去便是。拿棍子打人的就是锦衣卫的校尉。

锦衣卫成立于明朝洪武十五年（1381年），一直到明亡为止，共计二百六十年之久，可以说，与明朝一代相始终。

关于锦衣卫造成的惨剧，我们慢慢再谈。

太监之名始于明成祖

我们一般通称宦官为太监，有一部电影的片名就是《中国最后一个太监》。事实上，明成祖时代才开始有太监这个名称。

在中国历史上，一直有宦官的存在。唐朝的宦官，称为“中常侍”、“中尉”之类，以“中”为名，或者是“内侍”、“内给事”，以“内”为名。

明太祖洪武年间，多以“监正”、“监副”一类为名。到了明成祖永乐年间，宦官一飞冲天，竟然以“太监”称之。明朝人张志淳就曾不以为然道：“天子之亲，才能以太称之，例如太子，现在中人（指宦官）竟然也称之为太，比起汉朝、唐朝、宋朝可是神气多啦。”

再说，“太监”二字，其实只是一个通名，在明朝，宦官可是有各种不同等级的，最高的一级才能称为太监，把一些称为“乌木牌”、“手巾”、“小大”之类管小事的宦官，也称之为太监，其实是抬举他们了。

明朝宦官设在皇宫内的机关，主要是二十四个衙门，包括十二监、四局、八司，任务分得极细。例如“宝钞司”，可不是印钞票的，而是掌管制造粗的细的草纸，“混堂司”则是掌管沐浴之事。

在二十四衙门之外，也有一些有趣的宦官职务名称，例如“甜食房”，专门办理虎眼、窝丝等甜食；例如“弹子房”，专办泥弹，用来让皇宫人员打着玩。

明太祖时代，为了防范宦官专权，曾经下过一道禁令——“内监不得识字”，在他看来，若是文盲，可以减少不少宦官干政的机会，这种顾虑，显然与“女子无才便是德”相类似。

到了明成祖永乐年间，这条禁令，已经没什么人再谈论了，明成祖阴险狠毒，宦官在他身边，也不敢耍什么花样。不过，“内监不得识字”这个禁令，却在无形之中打破了。

明成祖很宠范弘、王瑾（jǐn）、阮（ruǎn）安、阮浪四个小太监。这四人都是张辅出征交趾时，带回国的小男童，由于聪明伶俐，模样清秀讨喜，成祖就把他们净了身留在身旁，还找人教他四人读书识字，几年以后，这四个秀丽的太监，竟然都通文墨，能读经史。

由于成祖有本事驾驭宦官，因此他不但恢复了太祖时代曾经取消的锦衣卫，并且设立了东厂，专门侦探臣民的秘密与私事，侦探臣民有没有反动思想和行动，成为一种恐怖的特务机关。

东厂和锦衣卫一向是并称的，虽然系统不一，但职务没有什么差别。不过，锦衣卫是侦察一切官民的；东厂除了侦察一切官民，还要侦察锦衣卫，同时，东厂的负责人一定是由宦官担任。

东厂设在北京东安门北，所以称之为东厂。从永乐十八年（1420 年），一直到明朝亡国，在这儿上演了一幕又一幕侦察、诬陷、屠杀的悲惨事件。

东厂是直属皇帝的情报特务机关，除皇帝本人之外，其他所有人全在侦察之列。可见得当皇帝也是很辛苦的，除了自己，他没有朋友，不敢相信任何人。

主持东厂的宦官，他的官衔是“钦差总督东厂官校办事太监”，简称“提督东厂”，单单“钦差”二字，表示直接由皇帝指挥，凌驾在一切官吏之上，就够神气威风的。何况，另有钦赐的“密封”印章，不需经过任何手续，便可直达皇帝，这种权力，是哪个衙门都比不上的。因此东厂的头头，人们尊之为“督王”或者“厂公”。

厂公下面的“番子”，又称“干事”，约有一千多人，个个头戴尖帽，身着素青褷褚（xuán chǔ），系小条，着白皮靴，全是自锦衣卫中挑选最为“轻黠（xiá）环巧”的厉害角色来担任。

人们一看到这些穿白靴子的，背脊就发凉，把他们看成饥饿的老鹰。

当然，一千多个番子是不够用的，他们这群包打听，不但是某某反动这类大事要上报，何处失火、何处雷击要上报，甚且还要报告京城里杂粮、米、油之类的物价。

此外，番子还得搜集一些有趣的社会新闻，奇情异事，让皇帝开开心，真是任务繁杂。

所以，番子就会养一些小番子，作为情报来源，这些个小番子，多半都是市井地痞流氓。

东厂加上锦衣卫，老百姓已经够受了，如今，再来一些小流氓的准特务，那真是苦不堪言。

流氓每每选中一家，作为报仇或是骗财的对象，然后，与番子一块闯入，又打又骂又要钱，打起人来，比官府还要痛十倍不止，称之为“干醉酒”，假如拿不到钱，甚且拿到了钱，再让番子往上报，倒楣鬼就只有死路一条了。

厂公上报告，比起一般文武百官，可是方便多了，中间不需经过层层关卡，就是三更半夜，东华门已经关了，他也可以自门缝里面塞入。

东华门的守门宦官，看到盖有“钦差总督东厂官校办事太监”篆文的关防，片刻也不敢耽搁，赶紧呈给皇上。

对明成祖而言，三更半夜都能了解外边大事，可以高枕无忧，偶尔看到报告中有令人发噱（xué）的新鲜事，哈哈一笑也挺乐的。至于其中造成多少冤狱，为百姓带来多少困扰，这，就不是专制皇帝考虑的事了。

宁国公主的悲情恨事

明成祖设立锦衣卫，手段毒辣，但是他会用锦衣卫对付自己的妹夫——梅殷，还是颇出人意料之外。

梅殷的妻子——宁国公主，原是明太祖朱元璋最疼爱的宝贝女儿。朱元璋猜疑心重，一辈子杀人无数，他只相信挚爱的马皇后，马皇后过世以后，朱元璋就只有在马皇后的女儿宁国公主身上，依稀见到马皇后的影子。

宁国公主与母亲马皇后一般，温柔体贴，识大体，懂分寸。她的丈夫梅殷，也是朱元璋在十六个驸马之中，最欣赏的一人。

梅殷长得一表人才，极有气度，精通经史，当时的人尊他是“儒宗”，朱元璋这个老丈人，对此女婿是愈看愈有趣。

朱元璋晚年，因为太子早逝，太孙允炆（wén）又过于软弱，让他放心不下，经常大发脾气。可是，每次见到梅殷夫妇这对璧人，朱元璋就心情宽慰不少。

有一天晚上，翁婿饭后聊天，自用兵谋略谈到古今得失，真是非常畅快，朱元璋忽地长叹一口气，道：“我最近体力不继，再撑也撑不了多久了，诸王一个比一个难驯，偏偏允炆又是如此软弱。我走了以后，你可要好好帮助允炆，看好我的朱家天下。”说着，用手握着梅殷的手。

梅殷发现这双曾经叱咤风云的手，老了、瘦了、干了，也没有力气了，心中不免感伤，他用力地点点头：“我会的，我一定会的。”

后来，朱元璋去世，惠帝命梅殷担任总兵管，镇守淮安。梅殷允文允武，书读得好，带兵也有一套，号令严明，部下对他十分敬服。

燕王发动靖难，想借道淮安，以进香为名，拜托梅殷准许军队过境。一向温文儒雅的梅殷，脸一板予以拒绝："进香一事，皇考（指朱元璋）早有禁令，不遵者为不孝。"不许就是不许。

燕王知道了，勃然大怒，写了一封信给梅殷，霸气地告诉梅殷："我今日起兵，清除君侧，天命有归，不是你或任何人可以阻止的。"言下之意，劝梅殷别那么倔强，不如早日投降。

梅殷的答复更是倔强激烈，他居然把使者的耳朵、鼻子全给割了，气咻咻地对使者说："我留下你一张嘴巴，让你对燕王殿下讲君臣大义。"

总而言之，梅殷是死硬派，谨守对朱元璋的诺言，全力护卫皇帝。燕王气坏了，却无可奈何。

等到燕王攻入南京，即皇帝位，梅殷仍坚守淮安，不动不移。

明成祖火了。有一天，他把亲妹妹宁国公主（兄妹二人皆是马皇后的骨肉）叫来，对她说："你写一封信，叫驸马赶快回来。"

宁国公主不肯依，摇摇头，不答应。

成祖拍着桌子大吼："我是皇帝，又是你哥哥，兄长如父亲，你敢不听吗？"

宁国公主悠悠道："未嫁从父，既嫁从夫。"

"哼，梅殷也得听我的。"成祖怒声道，"快写！"

宁国公主迫不得已，只好当着成祖的面写了一封给梅殷的信，写完了，赌气般地拿给成祖看。

成祖一看，顺手就把信揉成一团，扔在地上，大声地说："这个不行，你要用血书才行。"

宁国公主大惊失色，这个哥哥如此狠，低下头，咬破手指，噙着眼泪，给驸马写了一封望君早归的信。

梅殷与公主伉俪（kàng lì）情深，人人称羡，他一向体贴妻子；忽地接到一封血书，简直张皇失措，眼前全是公主咬破雪白手指的画面，一时之间，方寸大乱，痛哭失声。匆匆之间，结束了淮安的军防。

梅殷回到南京，成祖见计得逞，笑嘻嘻趋前相迎："驸马爷辛苦了。"

"不过劳而无功。"梅殷淡淡地回了一句，而且话中有话。

成祖讪讪（shàn）地离开，心中颇不是滋味。

永乐二年（1404 年），都御史陈瑛告了梅殷一状，说："驸马私养许多亡命之徒，并且与女秀才刘氏朋比为奸，画符念咒，图谋不轨。"

成祖回答："这件事，朕自有处置。"于是，他下令减少了梅殷仪仗队的人数，裁减了卫队，甚且命令锦衣卫把梅殷家人送到辽东。

宁国公主自从写了血书，把驸马找回来，夫妻相见，恍若隔世，她一天到晚担心梅殷出事，早晚总要叮咛再三，梅殷也挂念公主，每日外出，无不再三道珍重。

这一回，梅殷家人被送往辽东，公主心知不祥，半夜醒来都会握着梅殷的手，惟恐梅殷不见了。每一回梅殷上朝，公主就痴痴等在门口，远远见到梅殷身影，她心中的石头才放下，惊喜地迎上前去。第二天，又开始穷紧张。

这般神经绷紧的日子真是煎熬，可是又有什么办法呢？

永乐三年（1405 年）十月里，宁国公主又照例在盼驸马回朝。她望眼欲穿，等了又等，盼了又盼，还是不见踪影。公主手心开始出汗，背脊开始发凉，额头一点一滴在冒汗，她在心中喊："不可以，千万不可以！"

这时，一名使者骑着快马赶来飞报："不好了，驸马爷经过笪（dá）桥时，突然跳水自杀。"

公主又恨又气，她大声嚷嚷："胡说，驸马爷才不会自杀。"梅殷与她相约白首偕（xié）老，岂会好端端地自杀？

宁国公主脸色惨白，全身发抖，像疯了一般地奔入宫中，扯着哥哥成祖道："驸马呢？驸马在哪儿？你还我的驸马来！"

明成祖假惺惺地安慰公主，并且再三表示："一定调查个水落石出。"

明成祖调查的结果是"梅殷自尽，抢救不及"。原以为神不知鬼不觉消除心中一大患。岂料，现场目击者都督许成上了一个报告，原来当时是梅殷过桥，锦衣卫赵曦（xī）、前军都督佥（qiān）事谭深也一起上桥，两人合力一挤，硬是把驸马爷挤入水中，活活淹死。

明成祖心中直怨许成多事，却不得不审讯谭深、赵曦二人，这两人原是奉成祖之命办事，却落了个被砍断双手，用肠子祭拜梅殷的下场。

最后，成祖皮里阳秋写了封信给宁国公主："驸马梅殷虽有过失，做哥哥的我因为至亲的关系，放他一马，不予闻问。梅殷溺死一事，我也觉得很奇怪，最近都督许成向我报告了经过，朕已赐给爵赏，谋害者受到重惩，特报妹知。"

宁国公主手捧着信，眼泪一滴滴往下流……

解缙心直口快

解缙（xièjìn）是明成祖时代的名臣，才华极高，遭遇极为坎坷。

解缙的祖父解子元，曾经担任元朝福州判官，他的父亲解开，是个很有学问的人，明太祖希望他能出来做官，被他婉拒了。

解缙是洪武二十一年（1487年）的进士，担任中书庶吉士，明太祖非常喜欢解缙，欣赏他见解独到，应对敏捷。

明太祖是个猜疑心很重的皇帝，尤其到了晚年，成天疑神疑鬼，任何人不小心讲错了话，就要性命不保。但是他相信解缙，对解缙的心直口快，想到就说的作风，非但不以为忤（wǔ），反而认为是忠心的表现。

有一天，明太祖与解缙聊得兴起，他拍拍解缙的肩膀："我与你义则君臣，恩犹父子，你对我，应当知无不言。"

明太祖可不比唐太宗，他与臣子的关系是很远的，所以，解缙听在耳里，简直感动得不晓得该怎么说才好。

晚上回到家，饭也不吃了，立刻磨墨写奏章，他原本就是满腔报国热忱的纯洁青年，老早就有一肚皮的意见想要禀明圣上。现在既然皇上亲自要求他发表看法，还说情同父子，当然是知无不言，言无不尽。

解缙愈写兴致愈高，写到后来，整个人亢奋得热血沸腾，一个晚上，洋洋洒洒写了一万多字。

写完了，天也大亮了，他兴冲冲拿去给朋友胡某先过目。

胡某接过来一看，才看两行，脸都绿了，他吓得猛摇头："天啊！你这个人，讲话怎么如此直，你还要命不要？"

解缙抢回来，自顾自地朗声念道："臣听说政令经常更改，人民会起怀疑之心，刑罚过重，人民会养成顽劣之心。明朝建国到现在二十年了，几乎无时没有不变之法，天天都在朝令夕改，也没有一天没有不处罚犯过之人。我曾经听说陛下震怒，锄诛奸逆，就没听说陛下褒奖任何一个善人，始终如……"

读到这儿，解缙回过头来问胡某："难道，你认为我说的不对？"

胡某皱着眉头："文章是写得精彩，道理也无懈可击，但是，这么厉害的建言，你还要命不要？"

解缙仍天真地说："你不知道，精彩的还在后头哩。"

胡某啼笑皆非坐下来，详详细细的拜读，果然解缙什么旁人不敢说的他都说了，从太祖平日阅读的书籍，用人的方式，御史纠弹的方式，拜神的弊害，征税的原则……解缙全有自己的意见，而且文笔犀利，气势宏伟，善用比喻，直指要害。

胡某诚恳地对解缙说："小老弟，既然你尊我一声胡兄，我不得不劝你小心，就文章论文章，我不能不夸一声好，整篇掷地有声，没有一个废字。问题是，你用命去拼，值得吗？皇上听得进去吗？"

解缙仍然坚持，他沉重地回答："士以天下为己任，我建言的目的，不在求取文名，不在谋取官位，而是许多现象我看不下去，既然我有这份幸运，有这个机会，能代表许多人，说出内心想说的话，我就不能放弃这个书生报国的幸运。"

胡某无可奈何地苦笑："怕是不幸噢！"

结果，万言书送上去，朱元璋看了大呼："妙，果然是奇才奇文。"他赞许解缙的才情，却并没有采纳解缙的建议，他有他自私的想法，朱元璋认为，太孙允炆过于文弱，做祖父的只有用残酷的手段，才能帮一步算一步。

解缙心中不无失望，他又写了一篇《太平十策》，朱元璋依旧是夸文章，却不予采用。

不过，解缙不是一个轻易气馁（něi）的人。在忠臣李善长被朱元璋灭族之后，他替郎中王国用代笔，上书朱元璋，为李善长抱不平。

解缙的话极有道理。他说："善长与陛下同心，出万死以取天下，勋臣第一，生封公，死封王，男娶公主，亲戚拜访，如果说他图谋不轨，还有道理，说他辅助胡惟庸造反，则大谬（miù）不然。"（李善长、胡惟庸的故事请参考前面。）

王国用冒死把文章呈上去，奇怪的是朱元璋没生气，也没追究这响叮当的文字是谁代笔，或许朱元璋心中已想到有话非说不可的解缙。

解缙天生急公好义，后来，他当了御史，看不惯另外一位御史袁泰胡作非为，又帮夏长文捉刀，参了袁泰一本。袁泰知道这件事，把解缙恨之入骨。

解缙年少气盛，朱元璋爱他的才华，却也认为他该再磨练，因此，有一回解缙的父亲解开到宫里来，朱元璋就对解开说："你这个儿子大器晚成，如果你把他带回家去，好好读个十年书，再用未晚。"

朱元璋其实不是要解缙读书，而是要他改改脾气。另一方面，朱元璋老谋深算，他知道解缙的才华，希望储备人才为惠帝所用，同时，让惠帝起用解缙，表示惠帝对解缙有恩，朱元璋相信他没看走眼，解缙是忠心耿耿的热血青年。

朱高煦盗马

明朝忠臣解缙直说敢言，明太祖朱元璋极为赏识他的才华，却认为解缙年少气盛，需要磨练，命他回家乡，再读十年书，“大用未晚矣”。

解缙回到家乡，春去秋来，一晃就是八年过去了。解缙听说朱元璋驾崩，赶到京师，希望能为惠帝效命。

解缙一向直说敢言，毫不避讳，当年曾经得罪了不少人，是属于不受欢迎的人物。因此听说他回来，个个都是一副苦瓜脸。

“不行，这小子回来，咱们日子就不好过了。”

“他那张嘴、那枝笔都尖锐无比。”

“我们来个先发制人。”

众人七嘴八舌地讨论着，最后决定以“解缙母丧未葬，父亲九十高龄，不当远行”的理由，向惠帝参了一本。惠帝是个重视孝道的人，就把解缙贬到了河州。幸亏，礼部侍郎董伦帮忙说情，惠帝才重新任命他为翰林待诏。

后来，燕王发动靖难成功，成为明成祖。在解缙看来，明成祖也是明太祖朱元璋的嫡子，明朝也还是明朝，并没有亡国。所以，他没有采取如方孝孺一般激烈的抗争行动。在他看来，如何协助明成祖，让明朝国运更为辉煌，这才是报答明太祖，也才是实践读书人报国之志。

明成祖把解缙拔擢为侍读，命他与黄淮、杨士奇、胡广、金幼孜（zī）、杨荣、胡俨（yǎn）一块在文渊阁参与机密。

有一天，明成祖在奉天门，对六位臣子说："假如朝廷之上，进言者无所畏惧，听言者（指皇帝）不以为忤逆，天下何患不治？朕愿与你们共勉之。"

解缙原本就是有话直说的人，只问是否对国家有利，从不考虑是否得罪同僚，因此，朝臣以他为公敌，人人担心他受到明成祖恩宠。

没过多久，朝臣互相道贺："放心吧，解缙要吃苦头了，这小子对建储一事颇有意见。当然，按照道理讲来，应该是皇长子为太子，可谁不知道，皇上偏爱老二汉王高煦（xù）！"

"可不是吗？也难怪如此。"

众人七嘴八舌议论着，纷纷发表看法。不过，对于解缙会走霉运一事，无不幸灾乐祸地期盼着，等待着。

明成祖一共有四个儿子：朱高炽（chì）、朱高煦、朱高燧（suì）都是徐皇后（功臣徐达之女）所生，第四个儿子朱高爔（xī）生母为谁则不可考。

朱高煦小时候是一个标准的顽童，调皮捣蛋，打架闹事，长大以后则凶悍顽劣。

明太祖洪武年间，曾经命令各孙子集中在京师，找了最好的老师，予以严格地教导。

朱高煦不肯学好，读书不专心，尽是出洋相，太祖每次见到他举止轻佻（tiāo），就忍不住光火："这孩子怎如此地讨人嫌。"

朱高煦的舅舅徐辉祖是明朝开国功臣徐达的长子，极有才气，也极有正气，他对朱高煦这个外甥最看不顺眼，屡次教训不听，也就放弃了管教。

当时，南京城里盛传燕王将对惠帝不利，徐辉祖是站在惠帝这一边的，他私下里秘密报告惠帝："我这个外甥高煦不是个好东西，简直是无赖，皇上可千万不能放他回北平。"

朱高煦听说舅舅批评他无赖，倒也不以为忤，他嘻皮笑脸道："不如，我就耍他一个无赖。"

于是，在一个月黑风高的晚上，朱高煦趁着旁人不注意，溜入徐辉祖的马厩（jiù），牵出一匹黝（yǒu）黑发亮的宝马，这宝马是徐辉祖最最心爱的宝贝，乃不可多得的千里马，平常根本舍不得让人碰。朱高煦想借骑一下过过瘾，看到舅舅一张臭脸，也就识趣地把话咽回去了。

深夜里，明月高悬，天街如洗，朱高煦策马急驰，马鞭"刷刷"地挥在宝马身上，一会儿，离开了南京城。

朱高煦身长七尺余，善骑善射，有人形容他："腋下仿佛长了数片龙鳞一般快捷。"这会儿，他正发挥这份快速的本领，飞也似的往前赶路。

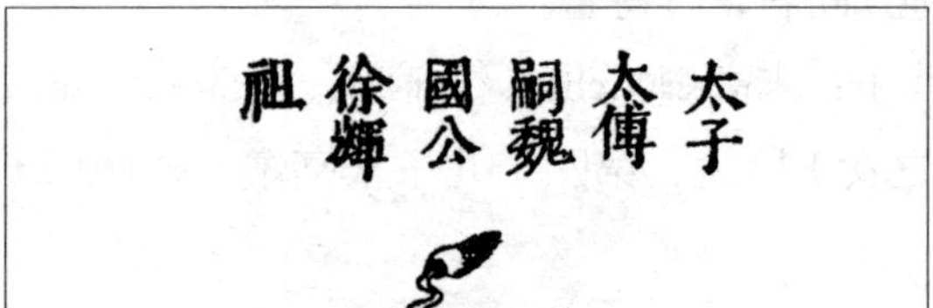

第二天一大早，徐辉祖发现宝马丢了，他气愤地说："一定是高煦这无赖，旁人没这个胆子。"

于是，各路人马展开疯狂大追击，却连影子都见不着，只不断接到消息：朱高煦杀了驿丞、朱高煦杀了民吏、朱高煦一刀结束了涿（zhuō）州驿丞……整个朝廷都在交相指责朱高煦，也责备燕王养子

徐辉祖，选自《三才图会》。

不教诲之过。

当然，燕王心里的想法是不一样的，打从他准备起事开始，最惦记的就是留在京师的两个宝贝儿子朱高炽与朱高煦，因此当燕王听说朱高煦盗了徐辉祖的马，眉开眼笑地对姚广孝说："哈！他还真有一套。"却也不免担心，"这一路之上，困难重重，何止过五关、斩六将？"

所以，当朱高煦满头大汗，气喘如牛地回到燕王身边，夸耀着一路上如何危险，自己又如何地英勇，燕王听得津津有味。频频点头："不错，颇有你老子的气势，可惜你哥哥没一起回来。"

"哥跑不动的。"朱高煦顺口道。

可不是吗？朱高炽体重直线上升，走起路来行动迟缓。想到朱高炽还留在南京，燕王的心就开始往下沉……

明成祖偏爱次子

燕王次子朱高煦逃回北平不久，惠帝心肠软，把燕王长子朱高炽也放回北平，燕王没有后顾之忧，放心大胆开始起事。

燕王在发动靖难以后，身先士卒，由于长子朱高炽体型过重，且有足疾，行动不方便，多半留守北平，跟着燕王东征西讨的，则是被舅舅徐辉祖视为无赖的次子朱高煦。

曾经有一次在白沟河战役之中，燕王被瞿通、瞿能父子苦苦追赶，燕王已筋疲力尽，已经在自言自语："想不到白沟河是我葬身之地。"

忽地，起了一阵阵旋风，朱高煦仿佛自天而降，眼到手落，一刀削去，把瞿通腰斩成两段。瞿能气极，正待举枪，朱高煦刀头一转，瞿能连人带马，跌落深溪，被乱兵杀死。

燕王握着朱高煦的手："你来得正好！"

面对如此善战的儿子，燕王心中有说不出的得意。

又一回，徐辉祖去浦子口，大挫燕军，眼看着燕军即时兵败如山倒，朱高煦轻轻松松领了番兵前来，燕王十分欣慰，他拍一拍朱高煦厚实的肩膀："我累惨了，这儿就交给你啦。"

朱高煦还是一脸不在乎的神情，而且有点儿没大没小的调皮："没问题，包在我身上，爹这个儿子可非等闲之辈。"

果然，徐辉祖这个做舅舅的，就败在被他形容为"无赖"的外甥手中。

朱高煦好得意，更乐的是燕王，他在朱高煦矫健的身手中，仿佛看到自己的影子，也充分体会到做父亲的愉快，这份甜蜜是燕王其他几个儿子没法带给燕王的。因此，燕王偏爱朱高煦，换了任何人，恐怕也会如此。

燕王能够得到天下，不能不说有一大半的功劳应该归于朱高煦。朱高煦呢，更不用说，在下意识中，也把自己比为唐太宗，虽然是次子，总有一天会登上天子的宝座。

在解缙看来，这种现象是大大不妙，明太祖朱元璋崩逝，立刻就发生了皇位之争，如果明成祖传位给次子朱高煦，又违反了传统嫡长子制度，那么，以后代代皇位之争将层出不穷，明朝国运岌（jí）岌可危。所以，站在巩固国本的立场，解缙非站出来讲话不可。

有一天，碰巧明成祖问到解缙建储的意见。解缙立刻回答："世子（世子是王侯的嫡长子，成祖原是燕王）仁孝，天下归心。"

这句话不动听，成祖沉默不语，把脸放了下来。

解缙赶紧叩首，加了一句："好圣孙。"

成祖长子朱高炽，太让成祖失望，不过朱高炽的儿子朱瞻基，自小聪明过人，有小神童之誉，成祖非常疼这个孙子。成祖心想，若是把皇位传给高炽，以后，高炽的接棒人倒是个人才，于是，脸色又和缓了些。

不过，想到朱高煦多次有救命之恩，朱高炽体型痴肥，而且愈来愈胖，怎么看都没有天子的威仪，成祖又犹豫不决了。

不久，成祖拿了一幅虎彪图，请臣子们看图写诗。图中画的是一只大老虎，旁边围着许多可爱的小老虎，父子相亲，非常温馨的构图。

解缙才气高，拿起笔来就写了一首绝句："虎为百兽尊，谁敢触其怒？惟有父子情，一步一回顾。"

明成祖了解解缙的用意，终于下了决定，把世子朱高炽找了来，立为太子，封朱高煦为汉王，朱高燧为赵王。

其实，朱高炽除了胖一点，人倒是非常善良，非但不笨，且极有才学，只因他个性沉静，嘴巴动作都不灵活，难讨父亲的欢喜。

在洪武二十八年（1394 年），朱高炽曾奉命与其他秦王、晋王、周王的世子一块检阅兵队，独独他一个人特别慢，理由是："早上太冷了，士兵受冻，因此，我等他们吃过早饭后再阅兵。"

世子懂得体恤人，成祖却不满意他过分仁厚。

成祖次子朱高煦，可是彻头彻尾，看不起他的胖大哥。

有一次，成祖带着儿孙赴孝陵，为明太祖扫墓。朱高炽实在太胖，又生了足疾，一左一右两个人搀扶着，这两人被压得好惨，他蹒跚（pán shān）地上台阶，不仅自己走得辛苦，旁人看在眼中，也觉得累极。

走着走着，朱高炽就跌了一跤，因为太胖了，这一跌是惊天动地，旁边搀扶的人也脚步不稳被拉倒。

朱高煦这个做弟弟的，没安好心眼，不断蹦蹦跳跳，故意展现自己的青春活力，看到哥哥跌倒了，先是忍不住笑，然后，半带嘲讽："前人蹉跌，后人知警。"

朱高煦是话里有话，表示他想抢胖哥哥的位置，他正在为自己的幽默而得意。忽地，背后有一个童稚的声音传来："更有后人知警也。"

朱高煦迅速一回头，原来是胖哥哥的儿子朱瞻基。朱瞻基对叔叔老是明里暗里欺负父亲早就不满，所以忍不住反唇相讥，希望叔叔收敛一些。

朱高煦一心效法唐太宗，对皇位觊觎（jì yú）久矣，这会儿希望落空，又被封为汉王，封地在云南，既失望又愤慨，他赌气地说："我有什么罪？把我贬到万里之远。"

这一笔账，很自然地，全都记在解缙身上了。

李至刚趋炎附势

明成祖终于接受解缙的建议，正式立长子朱高炽为太子、次子朱高煦（xù）为汉王、三子朱高燧（suì）为赵王，成祖等于是明明白白告诉天下“国本已立”。

但是，朱高煦希望落空，强烈反弹，他不肯去云南担任汉王。成祖一向宠朱高煦，又念在他屡次有救驾之功，也不勉强他，让朱高煦与妻儿照样住在南京，还把自己的“天策卫”亲军赏给他。

成祖的用意，原是安抚朱高煦，希望他不要因为太子位置落空，心里太过不平衡。在朱高煦的感觉，却是又燃起了希望，他还是梦想，有朝一日能够效法唐太宗，正式成为大明朝的皇帝。

解缙又忍不住开口，他上谏成祖：“陛下对汉王宠信益隆，礼秩逾嫡，等于是为朝廷开启争端，不可不慎。”

成祖一听之下，满脸寒霜，狠狠地瞪着解缙，解缙注意着成祖发怒的表情，却也丝毫没有改口的意思。

成祖心想，你这个浑小子，我已经听了你的劝，让讨人嫌的高炽当了太子，你还在啰啰嗦嗦没完没了，居心何在？于是，成祖吹胡子瞪眼睛怒吼道：“你是存心离间我们骨肉。”

“离间骨肉”这四个字罪名可不轻，消息传出，朝臣们彼此私下纷纷议论“解缙必已失宠，可喜可贺”。

解缙仿佛不把宠信与否放在心上。没多久，他又做了一件惹成祖心烦的事。

原来，永乐四年（1406 年），明成祖派中使护送安南国陈氏王的后裔，一位叫陈天平的回安南国。安南国王乐苍伪装奉迎，不料，走到一半山路，竟然派兵劫杀陈天平，而将护送的明朝军队赶回，大有明朝不必多管安南闲事之意。

明成祖面子挂不住，他勃然大怒："蕞（zuì）尔小丑，也敢欺我，此而不诛，兵则何用？"于是大举发兵。

解缙不懂得揣摹皇上的心意，他认为，犯不着为了区区安南小国，大动干戈，连夜上了一则奏章，成祖看了，反感透顶。

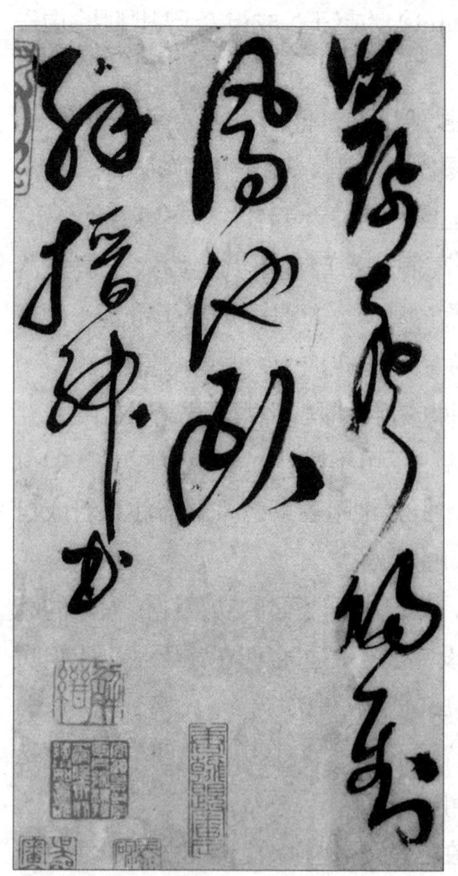

解缙草书帖。

解缙的直言快语，不仅成祖不悦，也得罪了同僚，尤其是有马屁李之称的李至刚。

李至刚名为至刚，其实，一点儿也不刚直。他在洪武二十一年（1387 年）中明经科，极有学问，可惜品德不佳，专攻阿谀，对拍马屁有一套独到功夫，明成祖很欣赏他的甜言蜜语。

不过，有时候，李至刚的马屁，也会一个不小心，拍到马腿上面。

例如，有一回，山东野蚕成茧，这不是什么大不了的事，李至刚当做大事一件，上表请贺，说了一大堆"国有圣君，乃有祥瑞……"

成祖兴趣缺缺。

没多久，李至刚又率了文武百官，为成祖庆贺，理由是："陕西进瑞麦……"

成祖非但没有投以关爱的眼神，反而斥责："不用如此。"

马屁李不以为忤，逮着机会仍然献媚。

又有一回，成祖派中官赴真腊，中途逃走三个随从，真腊国王又补了三名，成祖命此三人回到真腊。

李至刚又小心翼翼讨好成祖："会不会是真腊国，偷偷藏起三个中国人？"

明成祖脸一板："朕以至诚对待中外，真腊国用不着如此。"

李至刚的个性与解缙恰好相反，两人互相看不顺眼，也是最自然不过的了。不过，原先，表面还维持和谐，井水不犯河水，直到有一天，成祖一口气写了十位大臣的姓名，命令解缙写出他们的人品。成祖虽然讨厌解缙的正直，却也想利用解缙的特点，让他更了解臣子的为人。

解缙也就老实不客气，开始为同僚打操行分数，并且加上评语。例如："蹇（jiǎn）义天资厚重，缺点是胸无主见。郑赐可谓君子，可惜缺乏才华。黄福正直，有为有守……"当他批评李至刚，则赤裸裸地说："趋炎附势，有才气，品行不端。"

解缙的评语，一针见血，太子高炽看了也笑道："人家说解缙狂妄自大，我看他颇有定见，是个人才。"

解缙如此评断李至刚，李至刚岂有不跳脚之理。逮着机会，定要报复。

永乐五年（1407 年），有人参了一本，说解缙阅卷不公，成祖恰好看解缙不顺眼，把他贬为广州布政司参议。

解缙正要出发，李至刚跑来了，在成祖面前挑拨是非，加油添醋描绘解缙如何"心怀怨怼（duì）"。

解缙嘴巴难听是有了名的。所以，李至刚一进谗言，成祖马上就听进去了，立刻，把解缙谪（zhé）得更远，要他到交趾去。

永乐八年（1410 年），解缙因事赴北京。恰好，成祖出征，解缙只好面谒太子，再回到交趾。朱高煦这下逮到报仇的机会，他编派了一项罪名，说解缙故意趁成祖不在京师，私觐（jìn）太子，无人臣礼。

古代皇帝与太子之间，虽为父子，实有微妙感情，老皇帝总担心，太子想要老皇帝早死，甚且会谋害父皇，以便早日登基。

成祖也是如此，当下把解缙逮捕入狱。

永乐十三年（1415 年），锦衣卫纪纲奉上囚犯名单，成祖看到解缙的名字，脱口而出："解缙还活着？"

纪纲的脑筋一转，莫不是成祖宁愿解缙早死早好。于是，纪纲灌了解缙酒，在积雪中将他活埋，死时才四十七岁。

解缙主编《永乐大典》

解缙正直敢言，触怒圣上，得罪同僚，四十七岁英年早逝。但是，他在短短一生之中，发光发热，善尽言责之外，解缙还参与编修《明太祖实录》、《列女传》与《永乐大典》，尤其主编《永乐大典》一事，在中国文化史上，是大事一件。

明成祖气魄宏伟，从他派遣郑和出洋一事，就可以充分表现出大手笔。明成祖同样也注意文治，发扬人文精神。

永乐元年（1403 年），明成祖即位之初，有一天，明成祖兴致很高，他把解缙找来，对解缙说："朕常觉得，天下事务太繁太多，书籍紊乱，不易查考，不如把天下书籍合编为一书，便于参阅，你看如何？"

"皇上有这种想法，承先启后，天下之福也。"解缙是读书人，自然乐于听到这消息。

"依朕之见，你书读得多，见闻广博，不如，就由你来做这件事。"

解缙很高兴地接下了任务。

他的动作很快，马上着手进行，带着助手，根据原来储藏在南京文渊阁之中，五代十国宋辽金元及明初，一共五百多年来累积的"中秘藏书"，依据经、史、子、集、百家、天文、地理、阴阳、医卜、僧道、技艺，合为一书，在永乐二年（1404 年）十一月呈献给明成祖。

成祖看了，点头称好，赐名为《文献大成》。可是，成祖并不完全满意："依朕看来，此书仍有不够完备之处，不妨再用点功夫，把天下失散的书全给找齐全了，也算我朝对后世的一大贡献。"

于是，明成祖加派姚广孝、刘季篪（chí）与解缙同为监修，又命王景、胡俨等人为总裁；把全国最有学问的人都找来加入编辑群，再调国子监及外郡学生员担任缮（shàn）写工作，总共动员了二千多人，真是声势浩大的工作组合。

解缙率领如此庞大的编辑群，不眠不休赶了三年，到永乐五年（1407 年），终于大功告成，全书共有二万二千九百三十七卷，共装成一万一千零九十五大册。明成祖看了龙心大悦，频频点头："这正是朕心目之中的《永乐大典》。"

《永乐大典》搜集了许多明朝以前极为珍贵的佚（yì）文秘笈（jí），明成祖翻着书页，忽然想到："为什么不把《永乐大典》刻版

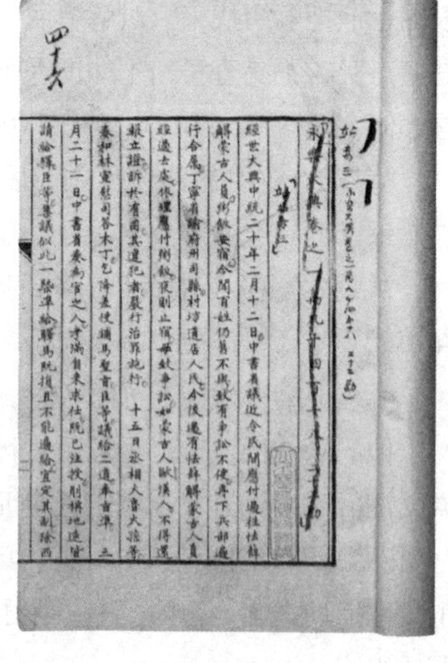

《永乐大典》，明刊本。

印行，嘉惠后世？”

这虽然是好主意。可是，算盘一拨，预算惊人，明成祖还有好多国家计划要进行，只好忍痛放弃。

后来，到了嘉靖四十一年（1562年），明世宗命名臣高拱、张居正为校理，还派礼部儒士程道南等协助，动员了一千多人誊（téng）写。忙了四五年，到隆庆初年方才完成正副两部，可见《永乐大典》的规模有多大了。

有人把明朝的《永乐大典》，比喻为中国空前的百科全书。其实，并不十分恰当。百科全书是包括各种知识，分门别类，依一定的顺序排列，用简明文字记载的一种各科辞典的书，但是《永乐大典》是讲到某一类别，譬如天文，就把所有有关天文的书，完全纳入其中，而以洪武正韵为目，将各种材料分别纳入。

到了清朝乾隆年间，修《四库全书》之时，《永乐大典》还有残余的几千册，再经过英法联军、八国联军的浩劫，更加残毁，还有不少流出国外，堪称命运坎坷。

除了《永乐大典》，解缙的老朋友胡广编的《性理大全》也是明成祖得意的一部大书。所谓《性理大全》，是集宋儒之学，分为“理气”、“鬼神”等十三目，内容是抄录先儒各家注说而成。《性理大全》与《五经大全》、《四书大全》合为三大全，永乐十五年（1417年），成祖颁之天下。以后的科举考试，也都本诸三大全，从此，天下读书人，个个埋首三大全，全力死啃活背，为的是“十年寒窗无人问，一举成名天下知”。

解缙与胡广之间，还有一段小故事。有一天，明成祖赐宴，他那天晚上，多喝了一点儿酒，心情特别好，先举杯赐了解缙一杯，又与胡广干了一杯。

然后，明成祖莞（wǎn）尔笑道：“你们两个人，生同里，长同学，仕同官，也算是一则佳话。朕听说，解缙有个小儿子，挺聪明的，不如胡广把女儿嫁给解缙之子，正式成为儿女亲（qìng）家。”

皇帝的话，就是圣旨，不能违抗，胡广一听之下，可慌了手脚，赶紧离开座位，趴到地上猛叩首：“臣妻方怀孕，未卜男女。”

明成祖颇有自信道：“一定是女的。”

胡广回到家里，七上八下，他摸着妻子隆起的肚皮道：“最好生个女娃娃。”

中国古代一向重男轻女，胡妻怪异地问道：“人人都想一举得男，为什么你偏偏要个女娃儿？”

于是，胡广加以解释，他两手一摊：“伴君如伴虎，我们总不能扫皇帝的兴致。”

不料，明成祖还真有如超声波般的锐眼，胡妻果然生下一个漂亮的小女孩。

解缙、胡广二人欢欢喜喜结为亲家，让明成祖指腹为婚的美意实践。

后来，解缙因为正直敢言获罪，他的儿子解祯（zhēn）亮也被远徙辽东。

胡广眼看这个亲家家道中落，有意悔婚。胡女不肯，胡广发脾气：“你这个笨丫头，这样的夫婿也要，我是为你好，你知不知道？”

胡女不说话，赌气关上了房门。

一会儿，门开了，只见胡女手上端个盘子，里面盛放一只血淋淋的耳朵，再看胡女，一脸的血往下淌。

胡妻见了大嚷：“你这是干什么？”一边急着找止血药为她敷伤。

胡女坚决地表示：“薄命之婚，皇上主之，大人面承之，有死无二。”

胡广吓得双手乱摇：“好好，算我服了你。”他还真怕再逼下去，非得出人命不可。再说，胡女少了一只耳朵，也嫁不出去了，只好依她的意思。

中国古代许多妇女，为了表彰节烈，常有许多现代人看来十分恐怖的表现方式，这些，我们以后再慢慢详谈。

后来，解缙死了，解祯亮被赦回，胡广的女儿，还是欢天喜地成了亲。

明成祖疏浚运河

最近内地兴建三峡水坝一事，成为世界性的热门话题。远在中国古代，水患就是全国上下瞩目的大事。

元朝所开辟，沟通南北，长达二百里的会通河，在明朝洪武年间，因为黄河的一次决口，被淹没而淤塞，这个棘手的问题，让明成祖直呼伤脑筋。

明成祖迁都北京，北方的粮食不够吃，必须要靠富饶的江南供给，于是，自永乐以来，群臣纷纷建议，必须重开会通河。明成祖终于在永乐九年（1411 年），把这个重责大任，交到宋礼手中。

宋礼是河南人，个性刚直，律己严苛，对待属下也非常严，完全不讲情面，责任心非常强烈。

宋礼奉了御旨，到了河南，马上开始勘察地形。他发现，其中最大的问题，在于汶（wèn）水倒灌。元朝对此束手无措，宋礼是户部主事出身，他也不是学工程的，不晓得可有什么妙法。

宋礼正在愁眉不展，有一天，外头来了一位老翁，说有急事求见。

宋礼瞟了一眼，只见老翁头发胡子皆已斑白，但是身体硬朗。虽然瘦刮刮，却精神抖擞，尤其一双利眼，仿佛是练过功夫的。

宋礼问道："你有什么事？"

老翁回答："小民乃山野村夫，名叫白英。近日以来，天天见到大人察看汶水，想来是为疏浚（jùn）运河之事而烦心。"

“不错，”宋礼见白英谈吐不俗，又似乎有备而来，赶紧请白英上座，并且诚恳地请问，“不知有何高见？”

白英拱拱手道：“高见倒不敢，只是小民经常留意此事。从此一带观察，就数南旺地势最高，如果能修筑大坝，把水引到南旺来，沿着运河分别向南北流去，大运河就通畅了。”

宋礼听得极有兴趣。白英继续解说：“元朝是把分水点设在济宁附近，其实，这是错误的。南旺地形高差大，河道坡度陡，不妨在南旺南北建一批水闸，通过启开各闸，节节控制，分段延缓水势，以利船只顺利地通过南旺分水脊，经过临清直抵京师。”

宋礼听了，喜出望外，立刻按照白英的建议，着手进行，这就是历史上著名的“南旺导汶”政策。

从此以后，南北运河漕运畅通，加强了南北经济的交流，减轻了人们转运的痛苦，运河沿岸并且出现了一批工商城市，促进了明代社会经济的发展。

京杭大运河上的旖旎风光，明王翚绘。

当时的明人，曾写了一首歌，描述运河沿岸风光，称之为《两京水路歌》，歌词是这样的："漕运循律事专一，征帆密密蔽天日。所经之处三十六，所历之程两月矣，共经水闸七十二，约程两千七百里。"

根据白英的建议而完成的会通河改造工程，一直为后人所称道。自诩（xǔ）精通水利的清朝康熙皇帝也"深服白英相度开复之妙"，到了民国初年，一名美国水利专家参观会通河之后，也发表观感："怎能对白英不崇敬呢？"

除了规复会通河之外，明成祖疏浚吴淞江，也是一大了不起的贡献。洪武年间，太湖容纳宣水，歙（shè）水无法宣泄，造成嘉兴苏松一带连连水患。永乐元年（1403年），明成祖采纳尚书夏原吉的建议，发动江南民工十多万人，疏浚吴淞江。

夏原吉父亲早逝，他靠着在太学当太学生，一点点微薄的补贴奉养母亲。

某日，明太祖突访太学，只见一群十多岁大的太学生吵吵闹闹，你推我一下，我打你一下，彼此嘻嘻哈哈，欢笑之声仿佛要把屋顶震垮。明太祖不自觉想发火骂人。

只有那夏原吉，一言不发，安安静静在读书，似乎与周围的喧闹，完全在两个世界之中。

明太祖走近夏原吉身边，他也浑然不觉，一页一页翻着书本，如此定力，让明太祖一见之下，就非常欣赏，马上拔擢他为户部主事。

夏原吉不请客、不送礼，却平步青云，自然让周围的人嫉妒到了极点，尤其夏原吉到了户部以后，处理公事井井有条，尚书郁新赞不绝口，使得一位叫刘郎中的，心里怄（òu）得难过。

有一回，郁新要处罚一些疏忽职守的官吏，明太祖说："算了。"郁新竟然不肯，非与太祖唱反调。

明太祖的权威感受到挫折，气得质问郁新："你好大胆子，这是谁教你的？"

郁新不敢隐瞒："堂后书算生。"

于是，堂后书算生锒铛（lángdāng）入狱。

刘郎中认为，这是一个陷害夏原吉的好机会，赶紧密报："唆（suō）使郁新的不是别人，正是夏原吉。"

刘郎中没料到明太祖明察秋毫，明太祖指着刘郎中的鼻子："原吉能处理尚书的工作，你存心想陷害他。"结果，刘郎中与书算生，都被明太祖给杀了。

明成祖即位，对夏原吉同样宠信。

永乐元年（1403年），浙西涨大水，明成祖派夏原吉前去治水，夏原吉考察地形以后，签报上去："请循大禹三江入海故迹，浚吴淞下流，上接太湖，度地为闸，以时蓄洪。"

明成祖采纳了夏原吉的意见，夏原吉开始了辛苦的工作，日日夜夜带领十多万人赶工。

当时是盛暑，夏原吉每天穿梭于工地之中，原本白皙的皮肤晒得通红黝黑，身上的汗水，湿了又被太阳晒干，干了又被汗水浸湿，整个人瘦得仿佛人干。

夏原吉的部下看不过去，好心劝道："其实，你用不着每天去工地，何妨在竹棚里纳凉。"

"不行，一方面我不放心，再方面，也是给工人打一打气。"夏原吉坚持道。

"那么，你总可以撑一把伞，遮一遮太阳。"

夏原吉笑答："人人劳苦，我何忍一人独安适？"

夏原吉靠着这股精神，终于修浚吴淞江，从此太湖不复有水患，江南农田大蒙其利。姚广孝实地考察之后，回来报告成祖："夏原吉是古之遗爱也。"

宗喀巴创立黄教

明朝初年，朝野大力提倡佛教，这也许和明太祖朱元璋当过和尚有关。明初虽然提倡佛教，但是对于流行西藏的喇嘛教，仍然相当礼遇，其目的是在笼络西藏人。

在明成祖派遣郑和第三次出使西洋的时候，青康藏高原出现了一个新的教派——黄教。

黄教的创始人宗喀（kā）巴，本名罗桑扎西，出生在青海省湟（huáng）中一带，当时这儿属于宗喀地区，所以人们把罗桑扎西称为“宗喀巴”，意思是宗喀这地方的人。宗喀巴很小的时候，就被送到寺庙之中，当了小喇嘛。

宗喀位于西藏赴大都（北京）的要道，经常有高僧经过。宗喀巴不是“小和尚念经，有口无心”的小和尚，他对经义还真的有兴趣钻研，因此，每回庙里来了高僧，宗喀巴总是搬张小椅子，专注地请教大师。

在如此这般自发自动的学习之下，宗喀巴进步神速，不但藏文顶尖，各派喇嘛教的经典，宗喀巴都下了一番功夫仔细研究。

洪武五年（1371年），十六岁的宗喀巴离开了宗喀，来到西藏，进一步钻研喇嘛教。

宗喀巴到了西藏，发现喇嘛教派别繁多，彼此不合，这倒还是小事，最可怕的是各教派戒律普遍松弛，与上层贵族相勾结，日趋堕（duò）落。

例如一些个喇嘛，打着“研究密宗”的堂皇理由，居然强占他人的妻女，整天过着荒淫的生活，沉浸在色情游戏之中，甚且连袈裟都不穿了，口口声声喊道：“戒律是束缚，去他的！”

宗喀巴看在眼里，痛在心里，他认为，现在是非改革不可的时候了。于是，他更加倍努力研究显宗，学习密宗，从而建立一套新的、健康的、改革性的思想体系。

据说，在宗喀巴埋首研究着迷时，天上降下来无数的仙女，充当宗喀巴的义务助理，使得宗喀巴能够在很短的时间之内，完成数部巨著。

西藏原先的喇嘛，戴红帽穿红衣，娶妻生子，与一般俗人没有两样，演变到后来，挟喇嘛权威以自重，日渐腐化，形成一股恶势力。

宗喀巴改革以后的喇嘛教，却是教规森严，以修习大乘经为主，不许有家室，不得娶妻生子。为与旧教区别，宗喀巴命教徒一律着黄帽，穿黄

宗喀巴，西藏自治区阿里札达县托林寺壁画。

衣，人们称之为黄教。

由于黄教教规清新，宗喀巴又孚（fú）人望，一时之间，在西藏地区颇为风行，当然，也引起旧的红教教徒不满。

某日，宗喀巴在一处旷地讲经，听众们席地而坐，个个听得聚精会神。宗喀巴的外貌庄严，神情大方，口才出众，所有的人都深深地被吸引，连眼皮都舍不得眨一下。

这时，突然之间，远远走来一高僧，旁若无人地闯入会场，他态度倨傲，面带不屑神情，也没有依照藏人礼俗，把帽子摘下来。

“怕是来找麻烦的。”听众之中，有人窃窃私语，“这是花教大喇嘛贾曹杰·达玛仁钦。”

高僧继续朝前走，走到最前端，挑了一个最上座，毫不客气地一屁股坐下来。当然，帽子还是没有摘下，空气之中，弥漫着挑衅（xìn）的气氛。

大伙睁大了眼睛望着宗喀巴，想要知道他如何应付这个棘手的麻烦。宗喀巴若无其事，照样往下讲。由于宗喀巴讲得实在太精彩，听众们也就忘了这个小插曲，会场鸦雀无声，全体一致专心聆听。

至于这一位不速之客，听着听着，听入了神，不自觉的摘下帽子，走下首席位子，坐回一般信徒位置之中，一直听到最后。

散会之后，这位花教大喇嘛，缓缓走到宗喀巴面前，深深一鞠躬，低下头说：“我原先是想来找麻烦的，准备逮到你的漏洞，当场反驳，让你下不了台，没想到你的演讲是如此精彩，我听得入神着迷，佩服万分，不晓得你愿不愿收我这个弟子。”

宗喀巴很高兴地回答：“收弟子，不敢当。不过，我很愿意与阁下切磋经义。”

后来，贾曹杰·达玛仁钦成为宗喀巴的大弟子，在黄教之中，享有极高的声誉。

另外，还有一个白教大师宝童，为人也是心高气傲，但是，在听过宗喀巴的演讲以后，甘拜下风。他不改傲气地说：“我是打遍天下无敌手，谁也别想与我辩论。当然，宗喀巴是惟一的例外。”

宗喀巴的威望，在他于大昭寺举行法会之时，达到了最顶点；宗喀巴的宗教改革，得到全西藏的信服；同时，宗喀巴派遣弟子释迦也失赴北京，明朝成祖皇帝封释迦也失为大国师。

宗喀巴认为，能得到明朝政府的认可，对黄教而言，是一件大喜事，特别在西藏色拉山修筑色拉寺，寺中供奉明朝廷赐给的佛像。明成祖是要面子的皇帝，听说之后，龙心大悦，以后，黄教与明政府始终维持着良好的关系。宗喀巴收有两大弟子，一名达赖喇嘛，一名班禅喇嘛。这达赖喇嘛原是西藏的国王，被宗喀巴感召而出家。

宗喀巴还有一则温馨的传说，据说，宗喀巴离开家乡以后，他的母亲日夜思念，想得不得了。她虽然为儿子的成就而欣慰，却总是梦到儿子会回来看妈妈，于是，她在宗喀巴出生的地方，建了一座小塔代表宗喀巴。

以后，宗喀巴的信徒们，就在小塔的旁边，陆陆续续建了许多塔，这些塔愈建愈高，也日益辉煌，甚且镶有镏（liú）金铜瓦，在阳光照耀下，美不胜收，成为西藏建筑的风格，也代表了西藏的艺术。

根据宗喀巴的遗嘱，两大弟子虽不结婚，却世世化身转生，一脉相传。一直到今天，北自蒙古，南至青海、西藏，仍有许多黄教的信徒。

明成祖御驾亲征

明成祖一朝国运昌隆，武功辉煌，讨安南，征蒙古，经略云贵，样样出色。

在中国古代，皇帝地位尊贵，国不可一日无君，因此，皇帝很少御驾亲征，以免刀枪无情，伤害皇帝。有时，所谓的御驾亲征，只是国君在层层护卫之下，在战场上露个脸，为士兵们打打气。

但是，明成祖御驾亲征，却是硬碰硬地上场，绝对是玩真的。他自建都北平以后，从永乐八年（1410 年）到永乐二十二年（1424 年）的十四年之间，一共五次出征蒙古，虽未能犁庭扫穴，一举歼灭，毕竟巩固了明朝的北疆，展现了明成祖的雄风。

永乐八年（1410 年），明成祖命令上一篇我们提到的名臣夏原吉留守北京，辅佐皇孙，亲自率领五十万大军出发。北京德胜门外，刀光辉映，战马嘶吼，军旗猎猎，炮声隆隆，明成祖身着劲装，昂着头，挺着胸，威风无比的出关。

明成祖离开北京城时，风和日丽，出了居庸关，却是天气恶劣，满地泥泞，一路之上，千辛万苦，尤其到了清水源一带，该地水味咸苦，不能入口，整个军队只好干渴着前进。

好不容易到达克鲁伦河，却发现鞑靼（dádá）可汗听说明成祖大军前来，早已逃之夭夭。明成祖立刻决定长驱直入追到底，一直苦苦追到蒙古发源地斡（wò）难河边，与鞑靼可汗本雅失里展开一场恶战，最后本雅失里丢弃大批物资牲畜溜了。明成祖回程时，又遇到鞑靼太师阿鲁台埋伏，被明成祖奋勇击退。

明成祖意气扬扬，在擒狐山时，曾在石头上留诗一首："瀚海为镡（xín），天山为锷（è），一扫风尘，永靖沙漠！"直追当年汉武帝的气魄。往后几年，阿鲁台乖乖地遣使入贡。

但是，阿鲁台终究是想反抗的，当他经过了几年的休养生息，马肥兵壮时，又不免蠢蠢欲动了，这时，明成祖又会再度亲征。

明成祖带兵先带心，所以部下对他又敬又爱又怕。例如永乐二十二年（1424 年）五月，在北征途中遇到一场大雨。北方在五月仍然是相当寒冷，一时之间，喷嚏（pēn tì）之声此起彼落，高级将领当然都换上了干爽的衣服，可是，一般小兵，只有忍受湿冷的军服黏（nián）在身上的难受。

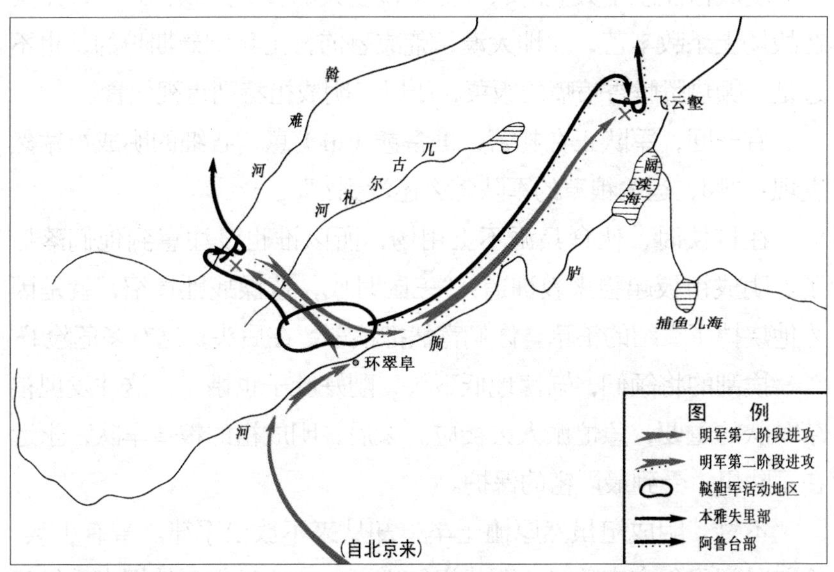

斡难河之战示意图。永乐八年（1410）二月，明成祖亲征鞑靼，五月到达胪朐河南岸。当时鞑靼可汗本雅失里与知院阿鲁台闻明军出塞，分奔东西以避明军。成祖决定先打击西路本雅失里部，遂命一部筑城于胪朐河畔，控制渡口，确保后路安全后，亲自西进，在斡难河追上敌军，大破鞑靼，本雅失里仅率数骑北遁。击败鞑靼西路后，明军东返胪朐河，又沿胪朐河东进，至飞云壑与阿鲁台部遭遇，成祖亲率精锐突阵，鞑靼兵大溃，阿鲁台携眷远逃，明军大胜而归。

明成祖停下马来，高声宣布："军队暂停前进，先生火烤干衣服。"

一旁将领悄声说："这一耽搁，怕要耗去不少时辰。"

明成祖的耳朵尖，听到以后，笑笑解释道："古人曾经说过，视士卒如婴儿一般宝贝，可与他共赴深谿（xī），视士卒如爱子，可以与他一同赴死，我们正需要士卒卖命，岂能不多多体恤（xù）！"

明成祖这一着果然管用，士卒们欢呼之声响彻云霄，一小队一小队，纷纷生起火，脱下湿漉漉的军装，凑着火烤干。换上热烘烘的军装，驱走了不少寒气，士兵们觉得一股温暖拂上心头，这不仅是身体的暖和，更是心头的一片温馨，个个都在夸："陛下不单单会打仗，也挺有人情味的。"

明成祖注意士兵们的衣，更重视士兵的食。民以食为天，尤其在战场上杀敌辛苦，北地大漠，荒凉恐怖，士兵们最期盼的，也不过是一顿热腾腾香喷喷的饭菜，所以，明成祖特别重视伙食。

有一回，军队正在扎营，准备憩（qì）息，心细的明成祖猛然发现："咦，运输粮草的军队怎么还没到？"

在打仗时，伙食兵派不上用场，所以谁也没注意到他们落后了。明成祖板起脸来教训道："三国时代，曹操战胜袁绍，就是因为他烧掉了袁绍的粮草，你们竟然把粮车留在后头，这有多危险！"

挨刮的将领们，惭愧地低下头，刚好肚子也饿了，这才发现粮草车队的重要，急忙派人去接应。以后，明成祖的粮草车队，永远在军队里，受到最严密的保护。

不过，明成祖虽然厚恤士卒，却从来不放松军律。曾有小兵，偷取民间田谷拿来喂马，明成祖知道了，大为光火，他把小兵的直属长官喊来训斥："你晓得吗？民间为了养兵，已经够苦了，我们又不缺马粮，干什么还去骚扰民间？"

这个"顺手"取了田谷的小兵，当场斩首示众，明成祖果真是军令如山。

永乐二十二年（1424 年），守边将军报告，阿鲁台又来袭扰大同了。明成祖这年已是六十五岁，体力精神大不如前。

在此之前，夏原吉曾经苦口婆心劝过明成祖："过去数年，师出无功，军马储蓄十丧八九，灾害迭（dié）起，内外俱疲，况且圣躬（对帝王身体的尊称）欠安，尚须调护，乞求遣将前往，勿劳御驾亲征。"

夏原吉原是一番好意，明成祖觉得不是味道，一怒之下，把夏原吉关入了大牢，他还是照着预定计划亲征。

这次亲征，明成祖带着充裕的物资，精锐的部队，一路之上，却不见一个敌兵，成祖觉得既无趣又疲惫。

七月回程，军队停在翠微冈，明成祖困倦极了，他问宦官海寿："什么时候才能回到京城？"

"八月中。"

成祖点点头，对身旁的杨荣说："太子这几年来，对政务日渐熟悉，返回北京之后，我要把军国大事都交给他，朕得优游暮年，过几年安和的好日子。"

杨荣回答："殿下孝友仁厚，天下归心，一定不负皇上托付。"

七月十六日，到了榆木川，明成祖更不舒服了，只觉得恶心想吐，他忍不住对身边的人说："夏原吉是厚爱我的！"

话说完不久，成祖陷入昏迷，十七日与世长辞。大学士杨荣以为消息不宜外泄，以免影响军心，因此，暂不发表，只在军中搜集锡器，铸成一口棺材，为免铸棺的泄密，铸棺工人一律灭口。

宦官海寿奔回京师，报告噩耗，并且说出成祖死前想念夏原吉，仁厚的太子赶到监狱，呼唤原吉，告诉他这段经过，两人伏在地上，泣不成声。

明成祖死后，太子朱高炽即位，是为明仁宗。

明仁宗信任杨士奇

明成祖御驾亲征，不幸在榆木川得病而死，太子朱高炽继位，是为明仁宗。

明仁宗回想前尘往事，汉王朱高煦是怎样与他作对，明成祖又是如何偏爱朱高煦，今日终于尘埃落定，感触甚多。

明仁宗是一个惜福感恩的人，他心中最感激的有两人，一是蹇（jiǎn）义，一是杨士奇。

仁宗把他两人找来，感性十足地说："朕监国二十年，为谗人所陷，内心的痛苦，环境的艰困，我们三人一块走过，幸赖皇考（指成祖）英明，才有今日……"

说到这儿，仁宗忆起有一回赴明孝陵扫明太祖的墓，明仁宗因为体型肥胖，不慎跌跤，却遭到弟弟朱高煦的嘲笑，闭上眼睛，仁宗仿佛又听到那尖锐刺耳幸灾乐祸的狂笑声，以及一次又一次，朱高煦在仁宗与成祖之间挑拨离间，幸亏杨士奇居中协调。

想着想着，明仁宗悲从中来，竟然忍不住哭了起来，蹇义、杨士奇见仁宗哭，鼻子一酸，也放声大哭，哭完了，觉得苦尽甘来，不该哭的，君臣三人又相视而笑。

仁宗还特别刻了两方图章"蹇忠贞"、"杨贞一"，赐给两位忠臣，感念他们与之共患难。

杨士奇是明朝历史上重要的名臣，值得介绍。杨士奇原名杨寓，士奇是他的字。小时候，杨士奇的父亲过世，他随着母亲嫁到了罗家。

长大以后，杨士奇了解了自己的身世，不愿意再姓罗，回到杨家。这时的杨士奇一贫如洗，他却自得其乐，读书，写作，教几个学童，日子倒也安闲。

建文初年，召集天下儒生修《太祖实录》。杨士奇因为颇有才识，尤其长于文学，经王叔英推荐，在翰林院担任编纂（zuǎn）。后来，吏部举行一个考试，杨士奇的卷子发挥得可圈可点，为人们传诵。至此，杨士奇逐渐有了声誉，也被明成祖所赏识。

杨士奇为人稳练持重，下朝之后，绝口不提公事，即使再亲密的人，也别妄想在杨士奇口中套出半句话，再加上杨士奇举止恭慎，善于应对，而且往往料事如神，久而久之，明成祖对杨士奇信任有加。

后来，明成祖命杨士奇辅佐太子，可怜的太子老是受到朱高煦的欺负，朱高煦又的的确确有

杨士奇，选自《历代名臣像解》。

让明成祖心动之处，总是杨士奇一心一意回护太子，坦诚告诉明成祖：“殿下天资高，有过必知，知必改，存心爱人，决不负陛下所托。”

成祖虽然是个猜忌心很重的君主，由于他相信杨士奇的耿直，相信杨士奇不会骗他，连带的，使得太子每次都能转危为安，化险为夷。

因此之故，当太子登上皇位，对杨士奇格外看重，杨士奇也承蒙仁宗另眼相看，更诚惶诚恐尽忠国事。

例如弋（yì）谦一事。

明仁宗即位，第一个就拔擢（zhuó）弋谦，担任大理官。弋谦为求表现，毫不客气地批评时政：“目下官吏贪钱，远非洪武时代可比，民不聊生……”

明仁宗点头称是。弋谦受到鼓励，又接二连三，一共讲了五件，由于愈说愈激动，脸上青筋毕露，仿佛在质询皇帝似的。

明仁宗脸上挂不住了，勉强忍住怒气。弋谦自己不觉察，尚书吕震、吴中等人一旁察言观色，联合御史刘观等人，派弋谦一个“卖直沽名”的罪名。

仁宗问到杨士奇。杨士奇说：“弋谦不识大体，该受责备，不过，他实在是感激陛下拔擢，力求感恩图报，希望陛下原谅他。”

仁宗听了杨士奇的话。不过，仁宗毕竟缺乏历练，心里有什么，全都写在脸上。以后，仁宗每次上朝，见着弋谦，脸色就特别难看，讲话也格外严厉。

杨士奇又提醒仁宗：“陛下自己下诏求直言，弋谦直言，却又遭陛下排斥，现在文武百官都看在眼里，恐怕不好吧。”

仁宗惭愧道：“这是朕的错，要改，要改。”

从此，仁宗对弋谦尽量摆出笑脸。但是，已经来不及了，再没有臣子敢直言。杨士奇禀告仁宗：“陛下必须亲降玺书说明此事。”

仁宗也就依了杨士奇。

明仁宗与杨士奇水乳交融，仁宗信任杨士奇，但也为他的耿直忧心，挂虑杨士奇的直来直往，可能得罪小人而不自知。

洪熙元年（1425年）正月里，有一次上朝，兵部尚书李庆上言："今年马养得多，除军用外，还剩下数千匹，不如把官员们集中在京城，让他们人养一匹，课他们的税。"

李庆话还没有说完，杨士奇忍不住高声反对："这怎么可以？朝廷选贤授官，而使之牧马，这是贵畜生而轻士人也，如何向子孙后代交代？"

仁宗顾左右而言他，故意不谈这件事。后来，杨士奇又力争，仁宗还是搁着。

过了一阵子，仁宗才把杨士奇找来，体贴地对杨士奇说："朕哪儿是真忘了，只是朕听说吕震、李庆这批人不喜欢卿，朕担心卿在朝廷被他们孤立，被他们伤害，所以故意不在朝上裁决。"说着，仁宗掏出陕西按察使陈智的上书《养马不便书》，表明他不会让士人去养马的。

仁宗又对杨士奇道："以后政令不当之处，你私下里秘密告诉朕，李庆辈不识大体，你用不着与他等辩论，只是李庆是先朝旧人，我不好不用他。"

仁宗这番话，既细腻又恳切，杨士奇听了，整个人呆住了，只觉无法报恩。

杨荣处事镇静

明成祖亲征塞北，回师途中，行至榆木川，突然崩逝。

皇帝崩逝，是一件举国戴孝的大事。事实上，榆木川之后，明朝曾经规定了大丧仪制，全民凡有婚嫁，官停百日，军民停一个月。同时，自大丧之日起，禁屠宰四十九日，停音乐百日，所以老百姓即使一个月以后可以完婚，但是，却也只能准备素筵，也不许咪哩呜啦地吹吹打打抬花轿。

由此可见，皇帝的大丧，在中国古代可是了不起的大新闻。

但是，成祖崩逝的当时，远在榆木川的少数官员可紧张着，不敢对外透漏只字。

宦官马云吓得腿都软了，幸而神志还清醒着，他悄悄地找了成祖生前最信任的杨荣、金幼孜前来密谈。

一向机警，受到成祖赏识的杨荣首先表示：“六师在外，去京师尚远，只好秘不发丧。”

金幼孜也说：“如今也只好如此，否则，军心大乱，鞑靼正好乘机近战，后果将不堪设想。”

但是，任着成祖遗体发臭也不是办法，这才决定找了工匠，先用军中的锡熔化，铸成一口棺材，暂时把锡棺就秘密放置在车辆之中。为求确切保密，参与制棺、抬棺者一律处死。

杨荣同时蹙（cù）眉交代马云：“切记，自榆木川到京师，一路之上，朝夕进膳一如往昔，不可让任何人起疑窦。”

马云点头："我一定小心。"

幸而马云一直跟在成祖身旁，他平日食量多寡，哪样菜会吃多少，剩多少，马云全都清楚。所以成祖虽然归天，在外人看来，一切起居如常，至于多日不见天颜，也许是为风湿所苦，成祖风湿严重，臂膀酸痛，这是人人都知道的。

成祖驾崩，太子不可不知，却又不能以成祖身份，命太子即位，杨荣说："先帝在，则称敕（chì，指帝王的告诫式命令），如今先帝宾天而称敕，这是欺诈，谁有几个脑袋，担得起如此罪名？"

最后，商量的结果，决定由杨荣与宦官海寿先赶回京师，报告消息。

按明成祖是永乐二十二年（1424 年）七月十七日过世的。七月十三日，途经翠微冈，成祖还在对宦官海寿说："回去之后，要把王位传给太子，朕享几天清福。"所以，让杨荣与海寿一块回去最为恰当。

他二人悄悄地离开军营，避人耳目回到京城，太子大惊失色，忍住哀痛，命皇太孙连夜赶赴开平，坐镇指挥一切。

于是，皇太孙于八月十一日到达开平，这才正式对外发布消息，成祖崩逝。

一时之间，全军哗然，因为自七月十七日到八月十一日，明成祖饮食、行礼、奏事，一切一如往昔，怎么全是障眼法?

幸亏杨荣等人处变不惊，应付突发状况得当，不然的话，难保会发生什么差池。不说别的，单单是一心效法唐太宗的汉王朱高煦，若是早一步知道成祖宾天，难保会有什么惊人举动。

杨荣的心思细密，处事周延，明成祖早就发现，而且非常欣赏。

明成祖初遇杨荣，是在明成祖攻入南京城之时。成祖当时志得意满，一心早日登大位。杨荣当时担任编修，他前来谒（yè）见成祖问道："殿下是先谒陵乎？先即位乎？"

杨荣这一句话，宛如当头棒喝，一语惊醒梦中人。成祖心忖：“好险！”他违反太祖遗命，与建文帝争夺皇位，已经是大逆不道，若再急急登位，不赶快去太祖陵墓致祭，不晓得该被天下人如何斥为不孝。

成祖当下回答：“自然是谒陵为先。”

从此以后，成祖对杨荣另眼相看。

杨荣是建文二年（1400年）的进士，不但学问好，而且脑筋灵活，反应迅捷，成祖自己也是个聪明人，特别喜欢杨荣的慧黠。

在文渊阁同值的七人之中，杨荣年纪最小，却最讨喜，他倒不是擅长巴结，而是有独到的分析推理本领。

杨荣，选自《历代名臣像解》。

有一回，成祖收到宁夏被围的军报，非常着急，文渊阁中其他人都不在，独有杨荣留守。

成祖把奏章交给杨荣，愁眉苦脸道：“你看看吧。”

杨荣仔细看过，分析道：“宁夏城坚，人皆习战，再说，这是十多天前上的奏章，依我之见，宁夏之围已解，陛下用不着过分操心。”

成祖听了，觉得心情好过一点，不过仍然忐忑不安。到了半夜里，果然太监来报，宁夏之围顺利解除。

成祖好乐，第二天，他带笑问杨荣："你怎么料事如神？"

杨荣道："岂敢，不过依常理推测吧。"

以后，一连许多桩事，杨荣都表现了料事如神的本事，明成祖愈发欣赏杨荣。

明成祖是不苟言笑的君主，经常是面目严冷，让人望而生惧，成祖也有意摆出威严，希望建立神圣不可侵犯的形象。可是，每回杨荣一出现，成祖不自觉地嘴角上扬，露出微笑，难掩心中的欢喜。

永乐五年（1407 年），成祖命杨荣赴甘肃经划军务，视察军堡。杨荣归来之后，在武英殿向成祖报告经过。杨荣态度大方，娓娓道来，有条不紊，显出他观察深入，脑筋清楚。

成祖情不自禁，拿起小刀，切了一片瓜，亲自交给杨荣，对他说："你这趟辛苦了！"

过了两年，杨荣母丧请归，成祖不许，因为成祖亲征，他要把杨荣带在身边，杨荣虽然是个文弱书生，不能上战场，却是极佳参谋，一流军师。

成祖这一着果然是对了，在屡次成祖亲征之中，杨荣都发挥了长才。一直到成祖过世，榆木川的一段，杨荣表现得可圈可点，成祖到底懂得用人。

明宣宗即位

明仁宗是超级胖子，即位以后，也许是当皇帝责任过重、压力太大，因此，仁宗在位仅短短的一年，重病而死，死时方才四十八岁。后代的史家无不惋惜，以仁宗的政绩，若是天假以年，应能够再造文景之治。

仁宗崩逝，儿子朱瞻基（宣宗）急急自南京赶来奔丧。汉王朱高煦（xù）接到消息，准备在半路拦劫，抢夺皇位，可是，到底过于仓促，朱高煦的计谋未成。

明仁宗朱高炽，选自《乾隆年制历代帝王像真迹》。

明成祖对儿子明仁宗百般挑剔，总认为他不及朱高煦可爱。不过，对于明宣宗这个乖孙子，可是一千两百万个满意，甚且明成祖最后愿意把皇位让仁宗继立，也是仁宗叨了宣宗的光。

宣宗到底魅力何在?

按明宣宗，诞生在洪武三十一年（1397年），一说是在建文元年（1399年）。当时明成祖还只是燕王，已经有谋反的野心。

据说，朱瞻基出生的前一天，燕王梦见明太祖拿了一块大圭（圭是上圆下方的瑞玉，为古代天子与诸侯所执），交到燕王手中，对他说："传之子孙，永世其昌。"燕王醒来，觉得这个梦十分吉祥。

第二天，小婴儿呱呱坠地，燕王大乐，认为其梦应验，是明朝的好兆头，取名为朱瞻基。

小娃娃满月的那一天，祖孙俩头次见面，燕王见小娃儿头发浓密、脸圆圆的、皮肤细细嫩嫩的，好可爱的样子，完全与梦里的一模一样，忍不住惊呼："我一个月以前，他还没出生，就见过他了。"

燕王把梦叙述了一遍，众人都笑得合不拢嘴，燕王望着小婴儿，意味深长地说："小儿英气溢面，我大明朝之福也。"

燕王不说，大家还不觉得，被他一提，这才发现小婴儿不但可爱，还挺有威严的，哭起来，两道浓眉凑在一块，真具有小王爷的气派。

从此开始，燕王就爱定了这个小孙子，认为他带来福气。永乐七年（1409年），当了皇帝的成祖亲自牵着小孙子的手，参观农具及田家衣食，告诉孙儿一些民间疾苦，旁边的人都窃窃私语："陛下平日面目严冷，只有看到孙子的时候，才有慈爱的笑容。"

永乐九年（1411年），宣宗正式被立为皇太孙，这一年，他弱冠满二十岁，开始跟着爷爷成祖南征北讨。成祖对宣宗疼爱有加，还找了胡广在军中为他讲论经史，难得的是宣宗悟性极高，上马打仗，下马作文，样样不含糊，胡广每回在成祖面前夸宣宗："此他日太平天子也。"成祖最爱听这一句话。

这会儿，宣宗即位，朱高煦一向看不起仁宗，讨厌他这个小娃儿，朱高煦心想，机会来了就不要放，积极谋划造反，秘密派遣亲信枚青潜赴京师，邀请张辅为内应。

张辅是明成祖身边的一员猛将，曾经四度讨伐交趾。他最为人所津津乐道的是，永乐十一年（1413 年），大军征交趾，交趾动用大批象队，张辅先是一矢射象旁的奴兵，接着就专门射象鼻子，大象护痛，到处乱闯，把象阵给破坏了。大象的吨位重，原本明军是极为恐惧的，等到看到象群大乱，自相践踏，整个原野为之震撼的壮观镜头，不能不佩服张辅有一套。

张辅问枚青："汉王是希望我担任内应？"

枚青点点头。

张辅二话不说，一把捉住枚青的手就去见宣宗。张辅力气大，枚青根本无从招架，只有乖乖跟着去认罪。

在此同时，朱高煦已经发动部署，甚且任命了王斌等人为太师、尚书、都督等官职，俨然已摆出皇帝的谱来了。

一直拖到这个时候，宣宗仍然不忍出兵，他总认为，不管如何，朱高煦总是叔叔，这场战争，能免则免。

于是，宣宗派了太监侯泰，带了一封信去见朱高煦，希望他回心转意。

朱高煦可不领情，依照规矩，朱高煦应该诚惶诚恐接过圣旨，他却倨傲地南面而坐（古代君王、诸侯接见群臣，或卿大夫见僚属都是坐北朝南），大言不惭地对侯泰说：

"靖难之时，如果不是我出死力，怎么会成功？成祖听信谗言，削我护卫，徙我乐安，仁宗只晓得用金帛诱惑我，今上处处以祖制绳治我。我是什么人？岂能长久郁郁于此？"

接着，朱高煦领着侯泰参观兵马军器，狂妄地自夸："我用此可以横行天下，你也看到了，回去跟你的主子说吧！并且把奸臣夏原吉给我绑来，你听清楚了吗？"

侯泰死命点头："听清楚了。"

可是，回到京城，侯泰却没这个胆量报告宣宗，什么话都不敢说，仿佛突然之间变成了一个哑巴。

跟着侯泰一块去的锦衣官可憋不住了，他一五一十全报告了宣宗。

一向好脾气的宣宗终于发火，他把十个指头用力掐弄，发出咯咯的声音，好半天才开口："汉王果然造反！"

宣宗立刻派薛禄带兵讨伐。

到了半夜，宣宗召集大臣，举行秘密会议，大学士杨荣第一个发言："不如圣上亲征。"

张辅则猛拍胸脯："高煦的事，包在臣身上，只要拨给臣两万兵队，保证没问题。"

夏原吉也赞成宣宗亲征，而且愈快愈好，他说："兵贵神速，事不宜迟。"

于是，宣宗决定挥兵亲征，他问左右："你们认为汉王策略如何？"

有人说："汉王目前所在的乐安城小，汉王一定先取济南为巢窟。"

宣宗摇摇头道："不然，济南虽近，不易攻，朱高煦外强而中干，他之所以敢造反，是因为轻视朕年少新立，必不肯亲征，现在闻说朕亲征，一定心惊胆战。"

果然，朱高煦当初知道薛禄前来征讨，心花怒放，以为成功在望，后来听说宣宗亲征，心凉了半截，又听说宣宗重金悬赏高煦人头，不禁大呼："这下惨了！"

乐安城里，议论纷纷，大家都在商讨，如何把朱高煦绑了去领赏，以免战火毁了乐安城。在这样的四面楚歌之下，朱高煦终于出门投降。

明宣宗狱中惊魂

明宣宗即位，汉王朱高煦终于叛乱。宣宗接受杨荣的建议，毅然亲征，乐安城中人心瓦解，朱高煦手下甚且准备逮捕朱高煦献城。

最后，朱高煦走投无路，心不甘情不愿出门请降，宣宗逮捕高煦父子，朱高煦恨恨地自言自语："这一回是死定了。"

但是，朱高煦竟然没死。明宣宗心肠软，不忍心处死亲叔叔，只是把朱高煦父子贬为庶人，囚禁在西安门内的逍遥城，名为逍遥，当然，阶下囚是无论如何也逍遥不起来的。

至于朱高煦造反之后，天津、青州、沧州等都督指挥举城响应者，当然是饶不了的，一共杀了六百四十多人。比起太祖、成祖时代动辄（zhé）株连，宣宗的确是手下留情。

明宣宗手下留情，饶朱高煦一命，朱高煦可不领这个情，他自觉皇位该是他的，奈何天不从人愿，既然事败，干脆赐他一死，如今判个终身监禁，求生不得，求死不能，朱高煦真正是怨死明宣宗了。

明宣宗不明了朱高煦的心理，在他看来，朱高煦罪该万死，宣宗网开一面，饶他不死，真正是皇恩浩荡，宣宗有时想想自己的宽厚，都会被自己感动。

宣宗宣德四年（1429 年），宣宗一时兴起，信步走到西安门内，探视朱高煦。在宣宗来说，朱高煦应该感激他不杀之恩，尤其，宣宗也没杀高煦之子，算是为朱高煦留了后代。

宣宗走到朱高煦面前，朱高煦一见仇人来了，分外眼红，尤其宣宗进来，前簇后拥的皇帝气派，让朱高煦看了相当难受，因此，朱高煦故意闭起眼睛装作打盹（dǔn）。

宣宗走近几步，想看清楚一点，朱高煦趁其不备，长长伸出一脚，把宣宗勾倒在地，宣宗跌疼了屁股，气得大呼："快快，快用大铜缸把这个贱人盖住。"

卫士们也慌了，谁料得到铐上脚链的朱高煦会来这么一招。

三四个卫士抬起了三百斤重的大铜缸，用力压在朱高煦身上。换作普通人就算没压成肉饼，也是动弹不得。

朱高煦却"嘿嘿"一笑，竟然双手擎（qíng）起大缸站了起来，还把缸在手上舞着，到底是练过武功的，小露了一手。

已经被吓坏，远远躲在一旁的宣宗大喝："丢红炭，赶快丢红炭。"

监狱里旁的没有，用来烧人的红炭最多，大伙七手八脚，拿着叉子，对准铜缸，发射烧得烫滚滚的木炭，不一会儿工夫，火愈烧愈旺，直烧得铜缸熔化，朱高煦被活活烧死，空气中飘浮着难闻的焦肉气味，也似乎仍有朱高煦狰狞的笑声，在四周回旋。

宣宗走出逍遥城，双腿发软，心脏扑通扑通地跳个不停，且有强烈的挫折感，他不解道："奇怪，朕待朱高煦不薄，他为何要如此回报？真正是人心险恶。"

于是，朱高煦被烧死之后，朱高煦几个儿子也先后被诛，宣宗心有余悸自忖："上一次当，学一次乖，留着总是祸害。"

幸而，宣宗本性敦厚，因此，虽然受到教训，他仍不改其善良作风。

例如，有一回，他外出，偶尔见到几个农民在烈日之下耕种。宣宗自小生长在深宫，没见识过农事，虽然成祖带他参观过农具，仍然觉得挺新鲜。

宣宗带着几个官员走到田埂，亲切地垂询农业收成情况，他好奇地问一个老农：“你手上拿着的是什么？”

“喔，这是耕田用的犁耙（bà）。”

“可不可以让朕推一下？”

老农尴尬（gān gà）又腼腆（miǎn tiǎn）地推托：“这种粗活很累人的，皇上怎能耕田？”

宣宗笑道：“没关系，朕且试一试。”

圣旨岂能违抗？老农用布把犁耙擦干净，交给宣宗。

宣宗轻轻一推，学老农的样，竟然推不动，勉强推了三下，土也没挖松，人已经累得喘气，背后的汗也湿了一大片。

宣宗不好意思地把犁耙给了老农，对他说：“朕才推了三下，就已经吃不消了，更别说长年累月耕田了，人们常说，劳苦者莫如农家，这话真是丝毫不假。”

农人耕作，清绵亿绘。

回宫之后，宣宗依然念念不忘，他亲自写了《织妇词》分送朝臣，并且找人画了一幅农家图挂在宫中，目的是要大家明了民间疾苦。

宣宗主张节俭，而且带头节俭，反对奢侈，减轻赋税，停止建设宫殿。

宣德四年（1429 年），工部尚书吴中启奏："山西圆果寺是国家祈福之处，现在旧塔损毁，不堪使用，请求复建，征调力役。"

自从宣宗上任，工部真是闲得没事可干，宫中非但没有新的建设，连维修也常惹得宣宗不悦。惟一能够大规模修建的仁宗陵墓，宣宗也力求节约，理由是"这是先皇的遗嘱"。父子二人倒是有志一同，在宣宗亲自规划之下，短短三个月就完成了陵墓。和明太祖、明成祖的陵墓简直是没法子比拟。

工部工作轻松，更无油水可捞，上上下下，个个唉声叹气，好不容易想出这个山西圆果寺的小案子，而且是为国家祈福用的，满以为总该可以破土了吧。

没想到，宣宗还是不肯，他问吴中："你是想修寺求福吗？我倒是想安民求福，所奏不准。"

宣宗非但自己不轻易征调力役，他也下令皇室勋戚一律不准侵扰百姓。在历史上，像宣宗这般不扰民的皇帝，还真的不多见。

马后、徐后、张后三代婆媳情深

明成祖传位给明仁宗，主要是疼爱仁宗的儿子宣宗。此外，还有一个极为重要的原因，那就是明仁宗的皇后张后，深得明成祖夫妇的喜欢。

先说明成祖的皇后徐后。徐后可是一等一的好婆婆，对媳妇百般呵护。当然，徐后也是一位幸运儿，她的婆婆马皇后，更是历史上难得一见的贤后。

马皇后是明太祖的皇后，虽然长得粗手大脚，令人不敢恭维，却具有真正的内在美，是朱元璋一辈子的最爱。

记得在朱元璋没有发达以前，马皇后为一解朱元璋的饥饿，曾经跑到厨房偷拿刚出炉的热饼，不小心被人发现，往怀里一塞，结果胸前烂了一大片，朱元璋每思念及此，心中有说不出的感激与怜爱。

马皇后是如此的善良，所以，当她飞黄腾达，当了皇后之后，努力提倡妇德。由于她自己没有读过书，特别欣赏媳妇徐后朗诵刘向所著的《列女传》（列女乃旧时指有节操的女子，列同烈，有贞烈之意），婆媳二人一块讨论中国古代贞节妇女，并且暗暗以此为榜样，因此，互相容忍，相亲相爱。

马皇后死后，徐后本着婆婆的遗命，另外撰（zhuàn）写《内训》一书，书中所讲的，不外是修身养性的东西。按徐后乃是开国功臣徐达的长女，毕竟家世教养不一样，才有写书的本事。

原先《内训》一书，不过是给皇太子看的，到了永乐五年（1407年），徐后过世，成祖因为追念她，遂把此书颁赐给臣民，后来，就非常的流行。

到了清朝初年，有一个叫王相的人，把《内训》一书与班昭所写的《女诫》，宋若华所写的《女论语》，以及王相母亲所写的《女范捷录》四本书合起来，订为一本《女四书》。《女四书》就此流行传遍于妆楼绣阁之间。

当徐后由多年媳妇变成婆时，或许是没尝过受煎熬的滋味，因此，她也疼媳妇们，尤其是明仁宗的皇后张皇后。

永乐二年（1404年），后来的明仁宗，正式被封为太子，张氏被封为皇太子妃。

明成祖徐后，明宫廷画师绘，台北故宫博物院藏。

张妃不但生了一个白胖儿子，深得成祖与徐后的喜爱，她的雍容大方，谨守妇道，更让公公婆婆赞不绝口。

太子因为体型肥胖，行动不便，无法上马，更别提射箭，所以，怀有野心的朱高煦老是数落他，常想取而代之。

成祖三番两次，减少太子宫

中膳食，也有好几回，几乎都想换太子，可是想到张妃如此贤慧，她所生的小宝贝这般可爱，最后还是让太子继承皇位，是为明仁宗。

仁宗即位，不知是否体型过肥，罹（lí）患了高血压糖尿病之类的疾病，不到一年，仁宗就去世了。张后含泪忍悲，以太后的身份，协助宣宗。

张太后的贤德，闻名中外，深受民众的爱戴，四方的贡物，无不争相献给太后。

宣宗宣德四年（1429 年），宣宗与太后一同谒陵，宣宗为了表示孝顺，曾经亲身下马扶辇（niǎn，辇是皇帝坐的车子）。

皇帝扶辇，这可是轰动得不得了的大事，两旁的人潮，密密地围了一圈又一圈，就差没有挤死人。所有的人都提高着嗓子齐吼："皇帝万岁！""皇帝万岁！""太后万岁！"

坐在车里的太后，忍不住回过头来，对宣宗说："你瞧瞧，老百姓如此地拥戴国君，皇帝应该勤劳政事，造福大众。"

宣宗赶紧点头称是，感谢母后的教诲。

回宫之前，经过一农家，张太后特别召见一位老妇人，老妇人叫做周大婶，周大婶又欢喜又不安地猛搓裙摆。

张太后和颜悦色地问道："今年收成如何？"

周大婶腼腆地回话："托太后的福，还算不差。"接着就期期艾艾讲不下去了。

听说太后驾到，村里的人都把它当成这辈子最大的盛事，忙着献酒，献蔬果，张太后含笑接受："这是道道地地的田家风味，咱们带回去尝尝看。"

张太后不但在民间享有声望，在朝廷之上，更是得到臣子们一致的拥护。

有一回，太后在殿上召见张辅、蹇义、杨士奇、杨荣、杨溥、金幼孜，诚诚恳恳对他们说：“你们都是先朝的旧人，要好好辅佐皇上。”

接着，张太后又正色地告诉宣宗：“这几人是先朝所留给你的，凡事你要与他们商量，他们若是不赞成，你就不能做。”

宣宗回答：“记住了。”

又一回，宣宗对杨士奇说：“母后谒陵回来，又对朕提到一些，她说，张辅武臣也，通晓大义，蹇义厚道小心，但是优柔寡断，只有你，行事方正，无所畏惧，先帝有时候也会不悦，最后还是接受你的意见。又有三件事，常常后悔没听你的。”

张太后虽然极有权威，却一向不滥权，她对自己娘家约束甚严，深恐重蹈东汉外戚干政事件。

张太后有一个小弟张升，十分地优秀，而且淳良敦厚，但是，张太后怎么样也不许张升插手国事。

张太后的自重自爱，在历史上留下了美名。

孙家小美女进宫

张太后是明仁宗的皇后，虽然明仁宗在位仅仅一年便匆匆过世，但是，张太后的一生却称得上幸福与充实。

张太后还是太子妃时，甚得成祖与徐后公公婆婆的喜爱。她所生下来的宝贝儿子朱瞻基被认为是吉祥之兆，太子对张妃又敬又爱，还得靠她讨父母的欢喜。

等到仁宗归天，宣宗即位，她的声誉更隆，宣宗又非常孝顺，让太后感到相当欣慰。

对张太后而言，这辈子惟一做错，且不能原谅自己的事，便是当初不该让孙妃进宫，可是，孙妃当年的美艳可爱，又有谁会料想得到以后的事呢？

说起来，那还是张太后还在张妃时代的往事了。

张妃是永城人，因为张妃的缘故，她父亲在洪武二十年（1386年）被封为兵马副指挥使，没多久就过世了，追封为彭城伯。

张妃与张夫人母女情深，张夫人自幼疼女儿，长大以后，张妃入了宫，张夫人仍不时前来探望，闲话家常。

张夫人是个乐观开朗，最爱帮助人的善心人，她交游甚广，每次入宫，都能把张妃逗得笑个不停，舍不得母亲大人走。

张夫人有次前来，用最惊奇的口吻叙说："我最近看到了咱们永城县主簿孙忠的小女儿，虽然才十岁，一点点大，美得啊，简直是小仙女一般，看到的人没一个不夸的。"

下一回来，张夫人又形容："这个小女孩儿眼睛亮亮的，鼻子翘翘的，怎有人长得如此俊俏？妈妈我是开了眼界。"

再一次来，张夫人的话题，仍旧绕着孙家小女儿身上打转："你不晓得啊，这个小美人愈长愈美了，咱们永城怎出了如此绝色。哎，我说了半天，你还是没法想象她多迷人。"

说着，张夫人微闭了眼睛，仿佛陶醉其中。

张夫人的审美眼光一向挑剔，女人对女人，称赞不容易，即使是人见人夸的大美人儿，张夫人总会皱皱鼻子挑剔："皮肤太黑。""人胖了些。"也不晓得孙家小美女到底有多可人，让她母亲这般推崇。可惜，入了宫，当了妃子，不能到处乱跑。

因此，张妃便笑道："您每回说，说得我真是好奇万分，不如这样吧，娘下回进宫，把她给带来，让咱们也开开眼界。"

"好！"张夫人一口答应，深觉这是平淡生活之中挺有趣的一件事。

没两天，张夫人便献宝似的，牵着孙家小女儿入宫了。为了进宫，还特意打扮一番。人要衣装，佛要金装，这小美人儿换上漂亮的衣服，愈发亮眼了。

这个小女孩，也真不简单，第一回进宫，一点儿也不畏惧，她挺一挺腰，双眼平视着，不慌不忙走上台阶，向张妃请安。

张妃一细看，倒抽一口气，孙家小女孩，虽然还梳着两个丫髻（jì），却完全不似小女孩，倒像是一个女人了，这般的国色天香，难怪连张夫人这个老人家也被迷住了。

张妃捏一捏孙家小女孩的脸蛋，问她几岁了，父亲是什么人。答得清清楚楚，声音娇声娇气，嗲（diǎ）到极点。

听说张妃房里来了一个稀世美女，许多宫女都围拢过来指指点点评头论足。有人夸她鼻子尖挺，也有人赞美她眉毛生得好。

小女孩儿面对众人的指指点点，没有丝毫羞赧（nǎn），大大方

明仁宗张后，明宫廷画师绘，台北故宫博物院藏。

方站着让人欣赏，脸上透着自信，显然是晓得自己生得俏丽，也经常被人夸赞。

张夫人坐在一旁，带笑看着众人指指点点，心中可得意着：怎么样，我老人家可没说错吧。

张夫人一时兴起，半开玩笑道："张妃既然喜欢你，你就留在宫里玩，别回去了。"

换作一般小孩子，一定会吵着要回家，孙家小妹妹可不，她嗲（diǎ）嗲地娇笑道："张妃疼我，我愿意留在宫里陪伴张妃。"

张妃愣了一下，她一向不太喜欢太甜的人，这个小丫头，过于灵慧，不是好事。但是，此念头一闪而逝，尤其孙家小女孩，甜甜地朝张妃一笑，又默默低下头去，嘴巴抿着，显出好看的弧形，爱美是人的天性，张妃就把小女孩儿留在身边。

张夫人欢天喜地地走了，临走时，得意地说："我生了一个妃子，今天又带来一个未来的妃子，真有意思。"

明成祖听说媳妇张妃带来一个小美女，也好奇地想来看看。中国古代后宫号称三千粉黛，其实选佳丽多半挑身世，真正美丽非凡的并不多见。

成祖一见孙家小美女，即使是能当爷爷的年纪，却也被她的美色所吸引，他心想："朕一辈子还没见过如此花容月貌，待她长大了，不晓得多少男人会盯着看，朕没这个福气，不过，倒是可以把她留给我的乖孙。"

于是，成祖吩咐张妃："好好地把她养大，将来可以给我的乖孙当妃子。"

孙家小美女听到了，心中暗喜，脸上却一丝表情也没有，完全是喜怒不形于色，张妃发现了，心中盘算着："小美女不简单。"

皇太孙听说宫里来了一个年纪与他相若的小女孩，特别找个机会过来瞧瞧。孙家小美女向皇太孙问安，皇太孙只觉耳中嗡嗡作响，完全没有听清楚她的话，因为她的笑容极甜，嘴唇极美，皇太孙心无二用，眼中集中全神，耳中自然听而不闻了。

小美女看出皇太孙两眼何以发直，心中暗暗高兴着。

仙女原来是巫婆

张妃的母亲每次入宫，总是夸奖永城县主簿孙忠的女儿有多么美丽，有一回，张夫人把孙小妹带入宫内，果然是美艳绝伦，于是，孙小妹就被留在宫中。

孙小妹愈长愈标致，已经不能称为小妹，而是亭亭玉立的少女了，她无论走到何处，都有人投以惊艳的眼光，她对自己的容貌也更具信心。没事时，总是一个人，托着腮帮子，对着铜镜发呆，并且痴痴迷迷地自言自语："天啊！我生得如此美艳，简直是仙女，不，仙女也比不上我。"说着，用手轻抚脸蛋。

张妃不认为这是好现象，总是婉言规劝："妇容固然重要，妇言、妇德、妇功同样重要，此之谓妇女四德。"说着，张妃把她婆婆徐后所写的《内训》一书交给孙家少女，正色地说："好好研读，对你很有用的。"

张妃的话，孙家少女哪儿听得进去，但是，表面上，她用力地点点头："多谢教诲。"

等到张妃一转头，孙氏顺手把书一抛，扔得老远，瞧都不瞧一眼。然后，把鼻子贴近铜镜，努力端详着自己，陷入自恋之中。

这一切，张妃都看在眼中，暗暗叹一口气："孺子不可教也。"

外表看来，孙氏非常善良，仿佛一只小蚂蚁也不忍伤害，与天使一般温柔，当她抱起小白兔轻轻抚弄，旁人赞美："你们看，这一人一兔都是世间至美。"

孙氏听了不悦，抱着小兔子走到草丛，用力捏着兔子的耳朵，重重地摔在地上，气愤地说："你也配与我相比吗？"

张妃正好走过，听到孙氏的恶言恶语，很不以为然，走过来准备责备，孙氏机警，立刻抱起小白兔，万分怜惜道："小兔子，好可怜，你怎么被石头割伤了耳朵？"孙氏转眼之间，又变回温柔美丽的天使了。

张妃气极，却不想再开口指责，说了也没用，孙氏只会张着一双大眼睛，眨着长睫毛，一脸无辜，倒像是张妃不懂得怜香惜玉似的。

张妃不想再直接指出孙氏不当，却不自觉一脸鄙夷，皱紧眉头冷冷而去，孙氏当然也敏感地发现张妃不以为然。

通常，在宫闱（wěi）中求生存的女子，都学会了一套演戏功夫，每个人脸上都带着笑容，似乎亲热得不得了，骨子里却藏着一把刀，随时捅出来。

张妃的情况有点儿不一样，她自幼受到父母的宠爱，入宫之后，又得到公公婆婆的欢喜，丈夫的敬爱，所以用不着演戏。同时，又因为帮助太子对付朱高煦小叔的欺负，无形之中磨练了一身精干与正直。

张妃了解孙氏是怎样的人以后，她暗暗下了一个决定，以后为皇太孙选太孙妃时，可千万不能选孙氏，虽然太孙是如此着迷孙氏的美貌。

张妃爱子心切，几经物色，多方打听，终于选了一位张妃心目之中理想的媳妇——胡善祥。胡善祥出身世家大族，娴静贞良，虽不及孙氏妩媚，却是气质典雅，落落大方。

永乐十五年（1417 年），成祖为心爱的孙儿选妃，胡善祥为妃，孙氏为嫔，妃与嫔相比，显然孙氏略逊一筹。孙氏非常生气，打她十多岁初进宫，她就一心一意当皇后娘娘的，这会儿被硬生生压了

宫中图，明杜堇绘。

下去，她心头仿佛打翻了一缸醋。但是，表面上却完全不动声色，谁也猜不透她的心思。

后来，成祖去世，仁宗即位，仁宗当了一年皇帝就过世了，张妃也由张后成为张太后。同时，宣宗即位，胡善祥成为皇后，孙氏成为孙贵妃。

孙贵妃原本灵巧，自幼生长深宫，更练就了种种手段。胡皇后生长环境单纯，人又厚道，原先还以为孙贵妃是善良的仙女，所以完全不摆皇后的架子，人前人后夸赞孙贵妃。

孙贵妃看看时机到了，趁着四下无人，开始百般欺负胡皇后。胡皇后从来没有被人凶过，也从未斥骂过人，她被孙贵妃呵斥，整个人呆住了，胡皇后不敢相信，那尖拔高亢的泼妇骂街竟然出自孙贵妃口中。

胡皇后若是机警，她该立刻回顶过去，毕竟皇后是母仪天下，毕竟皇后是掌管后宫所有妃嫔。可是，胡皇后太老实了，她又羞又气，想到平日对孙贵妃的礼遇，情不自禁落下泪来。孙贵妃瞧不起胡皇后的懦弱，扬长而去。

当天晚上，胡皇后发烧、咳嗽，自此以后，胡皇后身体从来没有好过。胡皇后缺乏斗争经验，只晓得忍耐，她退一步，孙贵妃进一步，胡皇后吓得干脆躲在病床之上，蒙着枕头哭到天明。

这一切，张太后都看在眼中，她数次询问胡皇后，胡皇后是厚道人，总是回答："没事，没事。"

张太后问："是不是孙贵妃太过分了，你是皇后，该拿出一点皇后的气魄来。"

问题是，胡皇后一见孙贵妃就害怕，一听到她甜软娇嗲的声音，马上联想到孙贵妃锋利尖酸的狰狞面目，天啊，仙女变女巫，太可怕啦。

孙贵妃心知肚明，胡皇后不是自己对手，同时，明宣宗也被孙贵妃的美色，迷得昏昏沉沉。

孙贵妃集三千宠爱于一身，她也不准明宣宗去找其他的妃嫔。再下一步，孙贵妃就要把皇后位置抢到手才好。

可是，废后在中国古代，可是大事一件，该怎么样才能得手呢？孙贵妃琢磨着，盘算着，她有不计一切、不择手段的旺盛企图心。

孙贵妃恃宠争权

明宣宗的皇后胡皇后，性情娴雅，温柔敦厚，奈何“人善被人欺，马善被人骑”，处处受制于外表娇美动人，内心深沉诡诈的孙贵妃。

最初，宣宗对于母亲张太后安排胡氏为皇后，孙氏为贵妃，并不反对。反正左拥右抱，全是他的人（皇后是妻，贵妃为妾），何况，自古以来，皇后一向标榜的是母仪天下，胡皇后知书达礼，的的确确比较当得起“母仪天下”四个字。

明宣宗的学问极佳，嗜爱书本。正巧，胡皇后出身世家，饱览诗书，才情极高。因此，宣宗觉得，与胡后谈论诗文，也是一桩乐事，这与孙贵妃撒娇献媚，风情万种，又是不同美妙的滋味。

孙贵妃看到宣宗竟然能与胡皇后谈论诗文，心中醋味大发，一有机会就依偎在宣宗怀里，哭哭啼啼编一套胡皇后欺负自己的故事。

孙贵妃编的故事多了，让宣宗相信胡皇后真的是在欺负孙贵妃，美人儿被皇后虐待，任谁看着也不忍心。

有一天，宣宗和胡皇后在一起，宣宗便要求她善待孙贵妃。

宣宗带有责备语气的话，胡皇后差一点没有昏晕过去，她何尝欺负过孙贵妃，倒是孙贵妃常常暗地欺负她！只不过孙贵妃凭着一张漂亮的脸蛋，加上善于演戏，让宣宗误以为孙贵妃太娇美，才受到胡皇后的欺负。

胡皇后想分辩，又不知打哪儿开口，她很想把孙贵妃的真面目揭开来，又怕宣宗会不相信。况且，她又是厚道之人，总觉得在背后批评别人是不道德的，思前想后，满腹委屈，不自觉地，泪水夺眶而出。

宣宗见皇后哭了，不觉着了慌，赶紧解释道："你下回多多包容贵妃，朕不会再怪你的。"

宣宗竟然以为胡皇后真的欺负孙贵妃，所以才感到愧疚而哭了。

宣宗走后，胡皇后忧急攻心，又病倒了。懦弱的个性和教养的约束，使她除了哭泣之外，真不知该如何对付孙贵妃。

张太后前来探望，心疼万分地对胡皇后说："你身为皇后，管理所有的妃嫔，也该拿一点威仪出来，用不着太怕孙贵妃。"张太后捏紧胡皇后的手，想要带给她一些力量。

胡皇后感激地望了张太后一眼，不晓得该要说些什么，只喃喃道："我没有用。"豆大的泪珠，滚满了一脸。

旁人都被孙贵妃的美貌和做作给迷住了，张太后可是亲眼看着孙贵妃进宫，知道孙贵妃那张美丽的面孔背后的恶毒心肠。

张太后握着胡皇后的手，内心激起一股正义澎湃之情，她定定地看着胡皇后："有我在一天，我就会尽我的全力保护你。"

孙贵妃呢？她根本没把软弱多病的胡皇后放在眼里，她清清楚楚地知道，通往皇后这一条路最大的障碍来自张太后，这件事不能急，也急不得，非慢慢铲除不可。

有一天晚上，孙贵妃特意浓妆艳抹，用茉莉花种拧出汁水，抹在手心里拍脸，本来就是个鲜艳异常的美人，再抹了天然香水，甜香满颊，芳香欲滴。

孙贵妃最擅长撒娇，又多喝了几杯酒，漂亮的大眼睛，转盼流光，直把宣宗看得迷离恍惚，落魄垂涎。

宫中图，明杜堇绘。

孙贵妃心想，是时候了。于是，一面猛灌宣宗的酒，一面开始提出要求："皇上最不公平了，皇后有的，我都没有。"

宣宗抓抓脑袋，不解道："谁说的？哪一样东西是皇后有的，你没有？"说着，宣宗轻抚贵妃细腻的脸蛋。

事实上，自胭脂珍宝到绫罗绸缎，孙贵妃的奢华，远远超过胡皇后。

孙贵妃尖着嗓子，嗲声嗲气："有一样东西，可是她有我没有的，那就是金印。"

原来，宣宗即位，封皇后、封贵妃之时，按照规定，皇后有金册金宝（印），贵妃只有金册，没有金宝（印）。

宣宗这下子可为难了，他讷讷道："金印一向是皇后才能有的。"

"我不管，为什么我没有？"孙贵妃提高了声音，双手推着宣宗的肩膀。

宣宗道："你要那个做什么？"

孙贵妃突然脸色一变，双手叉腰，两眼瞪得比铜铃还大，尖声嚷道："做什么？没有那一颗小小的金印，我样样比不上她，处处得听她，你就不晓得，皇后凶起来会有多怕人。"

宣宗吓了一跳，怎么孙贵妃变了一个人似的，那娇柔的模样，竟然不见了踪影。这股凶相和漂亮的脸孔，多么不搭调。

宣宗也不是笨蛋，脑际里灵光一闪，莫非这凶相才是孙贵妃的本来面目？

但是，宣宗也和胡皇后一般，自小备受宠爱，他是成祖的心肝，是仁宗的宝贝，他不晓得该如何应付，从来未见过这小美人的凶恶状，那脑际里的灵光立刻消失了。

宣宗心想，贵妃以下，有册无宝，原是大明朝的规矩，金印岂能随意颁给，又不是赏一件首饰，再说，太后那一关铁定会碰钉子的。

孙贵妃瞅着宣宗缩着脖子不说话，气得大声吼了起来："你说，你给不给金印？"

宣宗嗫嚅道："朕考虑考虑。"

明宣宗意乱情迷

想当初，宣宗与孙贵妃，即使是好不容易逮住机会，格于礼教，双方都得避开老远。每次见到小美人回眸一笑，宣宗总是心里头乱纷纷，日夜思念不已，恨不得早日长大完婚，一解相思之苦，所以尽管后宫佳丽如云，宣宗连多看一眼也没有兴趣。

当然，孙贵妃任何要求，宣宗无不接受，只是这次金印的要求，乃是违反皇宫礼制的事，他可不敢轻率地答应。

宣宗在孙贵妃一再逼迫之下，抱着准备挨骂的心情，嗫嗫嚅嚅向张太后开了口：

“想当初，皇祖（指明成祖）把胡孙二人同时选为妃嫔，其实，礼数是差不多的。如今一人贵为皇后，一人仅是贵妃，一人有册有印，一人有册无印，相差太远了，可否也赐给孙贵妃一个金印？”

讲到这儿，宣宗自知理亏，红着脸，小声地说：“兹事体大，儿也不敢自专，恳请母后决定。”

在中国古代，皇帝的话就是圣旨，宣宗真要给孙贵妃金印，太后又能如何？换一个角度来看，宣宗还想到问一声老娘，也算是孝顺的了。当然，张太后明白，这个准是孙贵妃的主意。

于是，张太后以沉重而缓慢的语调说：“贵妃有册无宝，这是咱们老祖宗定下来的规矩，岂能轻言更易？不过，由于她二人同时进宫，稍示优惠孙贵妃，似无不可。但是，以后孙贵妃不许处处与皇后相比，皇后不但门第较高，德行亦较孙贵妃高出许多，你千千万万得牢记。”

张太后的意思非常明显，金印可以给孙贵妃，但是，孙贵妃可别再打什么歪主意。

宣宗根本没有细想，只觉得能向美人儿交代了，心里忽然觉得好轻松。

孙贵妃拿到金印以后，笑容满面，对宣宗特别温柔，常像小鸟依人般，贴在宣宗身边，让宣宗心里感到真是甜美。

有一天，宣宗下朝，心中惦记着小美人，急急忙忙赶到孙贵妃宫中。

“万岁！”宫女在宫门口跪着迎接宣宗，却不见孙贵妃。

“贵妃呢？”宣宗问道。

“贵妃在宫内有事。”一位宫女答道。

宣宗不再问话，快步走进宫中，只见孙贵妃正把双手放在一块大冰之上，宣宗感到好奇怪，现在正是秋凉时节，哪里热得要用冰。

明宣宗像，明宫廷画师绘，台北故宫博物院藏。

“小美人，你在干什么？”宣宗望着孙贵妃那娇艳如花的脸孔。

“皇上！”孙贵妃叫了一声，就大哭起来，扑倒在宣宗怀里。

“心肝，别哭，快告诉我怎么一回事？”宣宗疼惜地轻摸着孙贵妃的黑发。

“你看哪！”孙贵妃把一双玉手伸到宣宗面前。

一看孙贵妃的双手有些红肿，宣宗好生心疼，立刻焦急地问：“宝贝，你的手被什么东西给夹伤了？”

“才不是夹伤的。”孙贵妃又钻进宣宗的怀里边哭边说，“是被皇后打的。”

“什么？”宣宗简直不敢置信，“皇后为什么要打你？”

“还不是那颗金印。”孙贵妃委屈地说，“那颗金印有什么了不起，我才不希罕。可是，皇后怀恨在心，太后又劝皇后立威。于是，皇后在坤宁宫召我过去，没想到皇后早已安排了宫正司女官。我一进去，皇后就命女官拿了紫檀戒尺，把我的手心手背打了一百下。皇上，痛死我了，肿得好大，你千万要替我作主啊！”

宣宗一面听着美人在怀里悲伤地哭诉，一面感觉到孙贵妃在抖动，心中大生怜爱，紧紧地搂住孙贵妃：“宝贝，别哭，朕会为你作主的。”

孙贵妃的诡计

明宣宗对孙贵妃三千宠爱在一身。孙贵妃诬陷胡皇后责罚她，宣宗万分疼惜。

宣宗如果冷静、理智一点，这件事至少有两个疑点。第一，胡皇后从来没有打过人，这次竟然打皇帝最心爱的贵妃，一定会立刻有宫女或太监飞报皇帝，一定会变成皇室内的大新闻，可是宣宗却没有一点信息。

第二，如果孙贵妃真的被打了一百板，恐怕整个手掌会肿得像熊掌一般高，哪里会只是轻微的红肿。可是宣宗这时脑子早已被孙贵妃的眼泪和娇泣声弄得一塌糊涂，根本失去了分析的能力。

“宝贝，”宣宗轻拍着孙贵妃的肩膀说，“你说，我该怎么帮你？”

孙贵妃突地一抬头，用手拨一拨零乱的发鬓，瞪大了眼睛望着宣宗，用坚定的声调说：“只有一个办法，就是废掉皇后。”

宣宗吓了一跳，一脸苦笑道：“废后乃国之大事，皇后又没有犯错，如何能废？”

“谁说没有？”孙贵妃立刻接口，“皇后多年不育，岂不是犯了七出之中最重要的一条？”（所谓七出，指的是不孝顺父母者、无子者、淫僻者、嫉妒者、恶疾者、多口舌者、窃盗者，古代女子十分可怜，没生儿子是滔天大罪，猛生女儿仍然算是无子，女人不能继承香火，生了也只是赔钱货。）

宣宗整个人呆住了，不晓得该如何答腔，也差一点脱口而出：

“可是，你也没有为朕生个儿子，是不是也同样犯了七出？”但是这一句话太尖锐，宣宗害怕孙贵妃受不住，因此没敢开口。

孙贵妃看到宣宗的神情，马上拿出撒娇的绝技，抱住宣宗的脖子，嗲声说：“皇上难道不肯立我为皇后吗？”

“宝贝，”宣宗眯着眼睛说，“朕当然愿意立你为皇后，可是如果以胡皇后无子为名废后，那么，你不是也没生儿子吗？”

“皇上，只要你立我为皇后，我一定会生一个儿子。”孙贵妃把脸贴在宣宗的胸口。

“什么，你怎能保证你会生个儿子？”宣宗好奇地看着孙贵妃。

“皇上别管，你先发誓，我生个儿子就立我为皇后。”孙贵妃在宣宗耳边说。

宣宗心想，如果孙贵妃生子，而胡皇后又无子，废胡皇后立孙后也许可以讲得通。于是点点头道：“好，朕发誓，如果你生个儿子，朕必立你为皇后，不过，你怎么知道你会生儿子呢？”

孙贵妃神秘地附在宣宗耳边，悄悄地说了几句，又把宣宗弄呆了。

原来，孙贵妃的计谋是让宫女怀孕，孙贵妃伪装怀孕，等宫女生了儿子，孙贵妃便接为己子。后宫宫女，才貌庸俗，地位卑下，皇帝是不会理睬她们的。现在孙贵妃为了要“借腹生子”，便想出了这个主意。

“朕只爱宝贝你呀，朕不要那些粗俗的宫女。”宣宗摇摇头，他被孙贵妃迷得神魂颠倒，对其他女人都没有兴趣了。

“皇上，”孙贵妃从宣宗怀里爬出来，站在宣宗面前，用严肃的神情说，“你该想一想，你还没有儿子呢，后宫的女子那么多，总该有人为你生一个儿子接续香火吧！”

在古代，没有儿子是一件很严重的事，尤其是皇帝，如果没有儿子，皇位该传给谁？孙贵妃的话，也不是没有道理。

“皇上，”孙贵妃又依偎上来，换了柔和的口气，“我知道你只爱我，你不爱她们，但你只是借她们的肚子为你生一个儿子啊！”

“好吧！”宣宗望着孙贵妃，“你的计谋可要小心保密，否则会惹来大麻烦。”

孙贵妃诬告胡皇后的消息，传到张太后耳中，太后赶紧去找胡皇后，太后一脸凛然道：“不是我说你，你也该好好整顿一下中宫，立一立皇后的威，既然孙贵妃说你打了她，你不妨就差人把她给找了来，真的打她一顿，让她以后别胡乱造谣，否则，她话说得多了，不免影响皇帝对你的看法。”

明宣宗胡后，明宫廷画师绘，台北故宫博物院藏。

胡皇后幽幽地说：“把孙贵妃找来揍一顿，这种事我做不出来。何况，皇上早已对我厌倦了。”胡皇后想到当初与皇上共赏诗文，浓情蜜意的时光，忍不住流下两行清泪。

张太后既怜胡皇后的善良，又气胡皇后的懦弱，她长长地叹了一口气：“你如此忍让，难怪孙贵妃可以骑在你的头上。”

“唉，”胡皇后伤心地说，“这个皇后，当着也没有意思，我早也不想当了，不如烧香拜佛，图个清净。”

看着胡皇后的可怜相，张太后只得摇摇头，叹一口气，婆媳俩相对无言。

另一方面，孙贵妃正积极怂恿宣宗进行废后计划。

宣宗被孙贵妃的美色给迷昏了头，同时也担心不孝有三，无后为大，尤其身肩大明帝国的命脉，没有子嗣是万万不可以的。

孙贵妃演出怀孕剧

孙贵妃天使面孔，魔鬼心肠，她计划利用宫女怀孕生子，她做一个现成妈妈，然后，以此为由，废掉胡皇后。

主意虽妙，毕竟是见不得人的勾当，宣宗不敢让臣子们参与，免得被议论。于是，宣宗悄悄找了四名得力的太监共商大计。

宣宗找来的四名太监是范弘、王瑾、阮安与阮浪，这四名太监，大有来头，值得一提。

明成祖时，张辅出征交趾，俘虏了一些小男童，其中有不少都长得眉清目秀，是人见人爱的小帅哥，张辅把他们都净了身，送到成祖宫里当小太监。

在这群小太监之中，尤其以范弘等四人最为俊秀，眼睛大，鼻子挺，让人忍不住多看几眼。

明成祖非常喜欢这四个小男生，欣赏他们的聪明伶俐、乖巧懂事。有一天，明成祖终于忍不住说："该教他们识字，受点教育，自然会更能干。"

按明太祖曾经下令："内监不得识字。"这一会儿，明成祖正在兴头上，他喜欢重用太监是出了名的，他所提拔的太监，例如郑和等，又的确表现优越，谁又敢不识趣地搬出老祖宗的诫条，惹明成祖不悦？

在明成祖的特意栽培之下，范弘成为司礼监的掌印太监，精通文墨。阮安擅长于建造宫殿，修治运河。阮浪口才便给，文学修养深厚。这三人，明成祖后来赐给了明仁宗。

还有一个名叫王瑾（jǐn）的，脑筋最为灵活，深得成祖喜欢，成祖把他送给成祖最疼的小孙子——明宣宗。

明宣宗自从得到王瑾，真是如鱼得水。明宣宗自己是个聪明人，非常受不了一般太监笨头笨脑，一件事情交代下去，总是丢三忘四。

明宣宗经常对王瑾说："真希望能多有几个王瑾，办事就会利落多了。"

为了制造多几个王瑾，明宣宗在内廷设立了一个"内书堂"，挑选一些资质优异、聪明活泼的小太监送去读书，至于明太祖规定"内监不得识字"的禁令，早就没人去理会了。

宣宗训练太监，花了极大的功夫，他设立的内书堂，也绝不是随便混混的地方。他礼聘名师，严格管教，例如大学士陈山，便被派去主管内书堂，内书堂自宣德初年设立，一直延续到明朝灭亡为止。

话说回头，宣宗用了王瑾这一批人，自然是养兵千日，用于一时，如今孙贵妃想假怀孕，王瑾拍着胸脯保证说："包在我身上。"

宣宗离开之后，孙贵妃慎重地对王瑾说："这件事绝不能让外界知道，尤其是未来的皇子，更不能让他知道生母是谁。"

王瑾立刻接口："当然，子生母亡，绝不能留活口。"

孙贵妃点点头，美丽的脸庞，不自觉浮出残忍的微笑。

宣宗按照孙贵妃的计谋，每天和一些宫女在一起，这是很反常的，宫女们受宠若惊，禁不住兴奋起来。不久，有一位宫女怀了孕，这位怀了孕的宫女立刻被王瑾安排到一处秘密场所，不与外界接触，给予最好的食物，表面上说是既然怀了孕，要特别照顾，其实是保密，不让外界知道。

在宫女怀孕的同时，王瑾也放出消息，说是孙贵妃怀孕了。接

宫中图，明杜堇绘。

下来，就是孙贵妃演她的“怀孕剧”了。

怀孕当然得让肚子慢慢大起来，于是，先在肚子上垫毛巾，愈垫愈多，最后，装入了枕头。

孙贵妃一向擅长演戏，一会儿闹着非吃酸梅不可，一会儿说是害喜严重，不能进食，反正颐指气使，乱发脾气，把皇宫里上上下下整个够。

宣德二年（1427年）十一月，孙贵妃的怀孕剧达到最高潮，真正怀孕的宫女，生下一个白白胖胖的小男孩，做母亲的还没有看到亲生的婴儿，小婴儿就被王瑾给抱走了。

“孩子我先抱着。”王瑾装出一副笑脸，对那宫女说，“你要好好静养，皇上送你一碗人参汤，补一补身子，你赶快喝吧。”

宫女感激地接过人参汤，一口气就喝了下去。刚喝完不久，宫女就觉得天旋地转，两眼发黑，连叫都没有力气，糊里糊涂命归黄泉，再也见不到她亲生的婴儿了。

胡皇后心碎坤宁宫

孙贵妃设计让宫女怀孕，果然，宫女生下一个白白胖胖的小男孩。

同一个时候，孙贵妃也“临盆”了，“生”了个人见人疼的男婴。小男婴其实是宫女所生的，可是，那宫女已经永远地离开人间，没人知道她的姓名，也没人知道她埋骨何处。

孙贵妃的计谋终于成功了，她抱着婴儿，那份喜悦不是来自母性的情爱，而是即将夺得权力的满足感。

“恭喜啊，宝贝！”宣宗握着神采飞扬的“产妇”的手，竟然忘记了小婴儿不是孙贵妃所生的。

小男孩的降生，使宣宗十分兴奋，他为这婴儿取名为朱祁（qí）镇，这小男孩就是后来的明英宗。

“皇上，”孙贵妃躺在床上，用娇滴滴的声音说，“我已经有了儿子，皇上，还记得你发过的誓吗？”

宣宗有些迟疑：“母以子贵，你如今是皇母，又何必非要当皇后，谁又敢欺负你？”

“什么？”孙贵妃霍地从床上坐了起来，发出尖锐的高音。“我只是妃子，万一有一天，皇后也生了儿子，我的儿子就当不成太子，那我怎么办？”

宣宗叹一口气：“我保证，我不再去皇后那儿，这样你总放心了吧。”

孙贵妃杏眼圆瞪，简直像是变了一个人，双手把小婴儿举了起来：“你不废皇后，我现在就把他摔死。”

“这可使不得。”宣宗吓坏了，连声答道，“好，我答应你。”

过了几天，孙贵妃“坐完月子”，见宣宗并无动静，又缠住宣宗要求废掉胡皇后。

宣宗颇有一些为难，他期期艾艾地解释：“皇后未曾失德，拿什么理由废后？废后是一国大事，并非只是家务事。何况，在普通民间，大妇未生育，男子娶小妾生子继承香火，这是常有之事，却未闻因此废掉大妇。”

宣宗的解释，孙贵妃根本听不进去，她思索了一会儿，扮成一副甜甜蜜蜜的笑脸凑了上来。宣宗一见美人笑，立即肉酥骨烂，脑筋也就糊里糊涂起来。

明宣宗孙后，明宫廷画师绘，台北故宫博物院藏。

孙贵妃嗲声嗲气道：“当然，如果要皇上废后，让皇上为难，的确这也说不过去。不如，由皇后自请退位，那不是最简便的方法吗？”

宣宗暗吃一惊，果真是最毒妇人心，不过，假如非要废掉胡皇后，这倒不失为一个好方法。

于是宣宗来到坤宁宫，看到胡皇后正在念佛经。

“皇后，”宣宗心里

有些不安，可是脑子里孙贵妃的美丽倩影在闪动着，终于鼓起勇气开了口，“你身体一直不好，又没有生儿子，我想你是不是可以把皇后的位子让出来？”

“皇后位？”胡皇后用幽怨的眼光望着宣宗，“皇上，我并不在意皇后的头衔，我只希望，你不要忘记我们一起作诗读文的那一段日子。”

“皇后，我不会忘记的。”宣宗惭愧地低下头。

“可是要把皇后位给孙贵妃？”胡皇后轻声地问道。

宣宗点点头，掩不住内心的愧疚。

孙贵妃假怀孕的事，胡皇后早就知道，当然，也有人劝她出面干涉。胡皇后这些年来，病也病够了，气也气饱了，她根本不善于斗争、使诈，她不齿于孙贵妃的所作所为，却也懒得追问，闲来无事，一人看看佛经，求取心灵的平静。

不料，闭门家中坐，祸从天上来。宣宗要求她自请退位，胡皇后当然是不甘愿的，当然是生气的，她是皇后，她大可以拒绝。

可是，懦弱的个性，使她连发一顿脾气的勇气都没有。面对宣宗的一脸愧疚和哀求的眼神，她的心碎了，她实在是爱这个皇帝的，现在这个皇帝变了，她却没有变，那一份浓浓的爱，使她的心像撕裂一般痛，她实在不在乎这个皇后位子，她感到绝望的是那一份追不回来的爱情。

“皇后，求你答应吧！”这是宣宗第三次请求，让胡皇后最感到难过的是皇帝的语气，似乎一次比一次冷。

“唉，我今晚就写一份奏章，自请退让皇后位。”胡皇后闭着眼说，她不敢看宣宗，她怕一睁眼就会昏倒。

当天晚上，胡皇后便上了一个奏章，自称由于身体有病，多年无子，十分惭愧，情愿辞去皇后之位，以便早定国本。

孙贵妃夺位

孙贵妃怂恿宣宗，逼迫胡皇后退位，胡皇后含痛忍悲自请退位。

看到了胡皇后的奏本，宣宗兴奋莫名，赶快去孙贵妃那儿，报告好消息。

听完宣宗的话，孙贵妃眉毛一皱，冷冷地说："这样不好，会让天下人误以为我有心抢皇后的位置。"

宣宗颇为气馁，他心想，本来就是你一直在抢嘛，口中却百般怜惜道："不然，你想怎么办？"

孙贵妃嘟着嘴道："不如，我也上一个奏章。"

于是，孙贵妃也上了一个表，客气地推辞："皇后病愈之后，自然会生儿子，吾子岂敢先于皇后之子。"

孙贵妃的奏章当然是虚情假意的，她怕胡皇后不再唱这出戏，便要宣宗再向胡皇后逼迫，让胡皇后再上奏章，表示坚决要让出皇后位，并且请立朱祁镇为太子。

胡皇后第二次奏章呈上以后，孙贵妃立刻也上了奏章，表示谦让，就这样一来一往，一共闹了三回，孙贵妃既要里子，又要面子，胡皇后被整得终日眼泪汪汪，身体更加孱（chán）弱。张太后想要插手，胡皇后却加以婉拒，胡皇后绝望地说："算了，反正孙贵妃不把皇后拿到手，她是无论如何不甘心的。"

在中国古代，废后是一件大事，可是明朝重臣杨溥、杨荣、杨士奇都没有出面讲话，因为他三人看得很清楚，明宣宗一心一意都在孙贵妃身上。宣宗在其他方面，也算得上是位明君，何必为了女人之事，惹得皇帝老爷不开心？所以，“三杨”虽也曾耳闻宫闱之间种种不平，却宁可睁一只眼，闭一只眼。由于这一件事，有人指责明朝“三杨”实不能誉之为一代贤相。

宣德三年（1428 年）三月，宣宗终于正式废胡皇后，赐号为静慈仙师，仍在宫中潜修静养，孙贵妃大摇大摆，正式登上皇后的宝座。

胡皇后贤慧贞洁，无故被废，尽管孙贵妃擅长演戏，宫中上上下下心里雪亮，人人同情胡皇后。这件事不胫而走，传到宫外，天下人都暗暗为胡皇后抱不平。

张太后是最最同情胡皇后的，张太后最清楚孙贵妃，不，现在是孙皇后。虽然胡皇后已成废后，张太后担心，孙皇后会继续欺负胡皇后，说不定还会下毒手。

于是，张太后对宣宗说：“以后，胡皇后就和我一起住，解解闷。”

宣宗做了亏心事，还敢说一声“不”吗？当然，只有乖乖听太后的话。

张太后不满孙皇后的毒辣，为了替胡皇后求个公道，自此以后，每次宴会，她都把胡皇后的位子，安排在自己身边，所以，孙皇后即使贵为皇后，位子仍在胡皇后下面。

孙皇后每次宴会回去，总是怄得又哭又闹，气呼呼地抱怨：“我还是太后一手带大的，如此当众羞辱我，给我难堪，就因为我人长得美，谁都要妒忌，都要踩一脚。”

宣宗两手一摊，无可奈何道：“我总不能干涉她老人家。”

另外一方面，孙贵妃假怀孕，逼走胡皇后之事，也逐渐为外界所闻，甚且有人直接问到宣宗。

宣宗很尴尬，讪讪地解释：“此朕少年事。”表示是年纪轻不懂事。宣宗是贤君，素来享美名，为了这件事，外界批评，形象

明宣宗，出自《朱瞻基行乐图》，明人绘。

受损，他心中亦不无遗憾。

宣宗在位，仅仅十年，得病而死，宫女生下的朱祁镇即位，是为英宗。

按理说来，母以子贵，这该是孙皇后扬眉吐气的日子了。孙皇后改称为孙太后，张太后则改称为太皇太后。

但是，张太皇太后仍然是大权一把抓，实在是她自太子妃起，被训练成为一个能干的女强人，对朝政熟悉，有为有守，人人敬爱，朝中重臣人人信服。

至于孙太后，除了长相漂亮，会耍手段，到底腹中无墨水，撒娇耍赖她在行，真要她看奏章，立刻显现出无知。

张太皇太后深知孙太后是怎样的一块料，完全不准孙太后插手政事，在这样的情形之下，胡皇后才能靠着太皇太后的保护，苟延残喘。

一直到英宗正统七年（1442年），张太皇太后去世，第二年，胡废后受不住打击，也病逝了。

后来，孙太后也过世之后，明英宗觉得胡皇后贤而被废，天下人为之不平，这才修陵寝，追谥为皇后。

蟋蟀皇帝明宣宗

在明史之中，明宣宗堪称为好皇帝，不过，皇帝总是皇帝，手握无限大权，打一个喷嚏，天下都为之骚动。因此，明宣宗闲来无事时，喜欢斗斗蟋蟀，却也搅得百姓不宁，并且得到一个“蟋蟀皇帝”的不雅绰号。

蟋蟀是节肢动物门，昆虫纲，直翅目，蟋蟀科，后脚强大而善跃，栖于阴湿的石砾下或土中。蟋蟀好斗，而且必斗得你死我活方肯罢休，因此，有许多人喜欢看斗蟋蟀，觉得过瘾而刺激。

南宋的奸相贾似道便以斗蟋蟀而闻名，并且以此下赌注，玩得不亦乐乎。困守襄阳达三年之久的吕文焕，苦候救兵未到，听说宰相大人忙于斗蟋蟀的“军国大事”，无暇顾及宋朝边境的军国大事，气得投降蒙古，天下人都为吕文焕抱不平。

话说回头，斗斗蟋蟀，原是平日小孩子都喜欢的游戏，倒也无伤大雅。但是，皇帝玩起来，却是非同小可。

宣德九年（1434 年），明宣宗下令苏州知府况钟，圣旨上说，过去内监安儿和吉祥采取不少促织（即蟋蟀），今年所进蟋蟀数量减少，又有许多是细弱瘦小不堪一战的，希望况钟至少要献上一千只蟋蟀。

皇帝竟然亲自下诏要求蟋蟀，这也是少见的事。

至于蟋蟀为什么叫促织呢？这是因为蟋蟀“瞿（qú）瞿瞿瞿”，鸣声有如急遽（jù）的织布声，所以又名促织，又名经纬，还有叫吟蛩

（qióng）的。同时由于蟋蟀出现于秋风初起，正是催织秋衣的时间，才有“促织鸣，懒妇惊”的谚语。

由于宣宗喜好斗蟋蟀，在《皇明纪略》一书中，记载着这么一段故事。

宣宗喜欢斗蟋蟀，派人赴江南搜寻，价格飞涨，一只善斗的蟋蟀，索价高达十数金。

卖蟋蟀，选自《营业写真》。

当时枫桥有一粮长，为了找寻蟋蟀费尽了千辛万苦，最后，皇天不负苦心人，终于找到一只武功高强的蟋蟀，偏偏对方不卖，并且开出条件：“除非与你所骑的骏马交换。”

粮长心想，名马虽然不可多得，但是如今是蟋蟀当道，如果呈献上去，也许平步青云，日后在官场有说不完的好处。

因此，粮长一拍胸脯，豪气万千地说：“行，咱们换了。”说着，粮长翻身下马，把马鞭交出，然后，欢天喜地把蟋蟀当宝贝一般给捧回家。

粮长有一妻一妾，平日吵吵闹闹，不甚和睦。今日，久等粮长未归，二人不约而同，站在门口盼郎返家。

等了又等，盼了又盼，才远远见到粮长，手里捧了一个小竹篓，脸上挂着傻笑，摇摇晃晃地走回来。

一妻一妾立刻迎了上去，一前一后地撒娇道："怎么如此晚才回来？菜饭都凉了。"同时惊异地问道："老爷，你的马呢，怎么弄丢了？"

粮长口里哼着小调，手里扬着小竹篓，兴奋莫名地说："换了这个了。"

"这是什么宝贝？"

"蟋蟀啊。"

"什么，老爷把名马换成了蟋蟀！"

妻妾二人一块惊叫，彼此对望了一眼，几乎不敢相信自己的耳朵。

粮长的名马，可是真正天山名驹，平日爱之若宝，甚且不让家中马夫照顾，粮长总是自己亲自喂它吃草，拿着刷子为它理毛。名马通灵，对粮长也有一份特殊的感情，今天怎么哪一根筋不对，竟然用蟋蟀给换了。

粮长却笑容满面："今晚，我要好好庆祝，你们快去厨房弄几个下酒的小菜来。"

妻妾二人一向互相看不顺眼，这会儿却忍不住互相商量："蟋蟀有什么用？"

"我也不知道。"

"又不能下锅去炒。"

"老爷怎么了？"

"该不是病了吧？"

两人研究了半天，就差没有脱口而出："老爷该不是疯了吧？"

晚饭的时候，粮长主动解了谜，告诉她们，当今皇帝喜欢斗蟋蟀，某人某人都因此官运亨通，“所以嘛，”粮长眯起了眼，“我的未来就在它身上。”

如此说来，妻妾二人恍然大悟，对蟋蟀可不敢小觑（qù），却又耐不住好奇。妾对妻说：“咱们何不偷偷看一看，瞧瞧主掌咱们命运的小东西，到底有何不同。”

妻说：“好啊，我正有此意，偷看一眼，反正老爷也不会知道。”

于是，一妻一妾蹑手蹑脚，潜入老爷的书房，屏住气息，捧出小竹篓，悄悄打开一条小缝，正准备探头一看究竟，说时迟，那时快，矫健的蟋蟀一跃而出，一蹦一跃，跳出窗外，刹那之间，完全失去了踪影。

妻妾二人呆在书房，以为自己在做梦，两个人一握手，都是透心冰凉。她二人盘算，老爷一向暴躁，如今闯了这么大的祸，绝饶不了她们，因此一妻一妾当晚上吊。

第二天，老爷醒了，看到空空如也的竹篓，一对僵硬的尸体，痛不欲生，也跟着上吊了。

明人黄景昕（xīn）在《国史唯疑》一书中，也记载了同样一件“一只蟋蟀抵三条人命”的悲惨故事。

蒲松龄讽刺明宣宗斗蟋蟀

明宣宗喜欢斗蟋蟀，在他个人而言，这是休闲，是娱乐，但是对百姓而言，却是一大负担，真正不折不扣“把自己的快乐建筑在他人的痛苦之上”。

明朝人不敢批评明朝的皇帝，到了清朝，有一名蒲松龄者，在他所写的《聊斋志异》的小说之中，却写了一篇《促织》，大大地讽刺了明宣宗。

蒲松龄，字留仙，号柳泉，世称聊斋先生，山东淄川人，他小时候就有文名，天资聪慧，学识渊博，可是没有考运，每次应考，总是名落孙山外，一直拖到七十二岁高龄，才勉勉强强补了一个贡生。

在中国社会中，屡试不第的书生是百无一用，只能教教小孩子，当个私塾老师，为乡里所瞧不起。蒲松龄生活贫困，有志难伸，闲来无事，写写小说自娱娱人。

《聊斋志异》大多描写妖狐鬼怪之事，尤其擅长描写鬼怪化身为美女，无不贤淑多情，大大安慰了落第的书生。以唐人传奇式的笔墨，写人世阴阳的怪异，让读者觉得这些鬼怪，不但不可怕，反而可亲可爱。因此，《聊斋志异》一书大受知识分子的欢迎，每年到了“中元节”，更是热门的话题。

在名为《促织》的小说之中，蒲松龄是这么叙述着：

宣宗宣德年间，皇宫之中流行斗蟋蟀，每年向民间要求大量的蟋蟀。

蟋蟀这个玩意，原来并非陕西的特产，但是陕西华阴县县令，希望能利用蟋蟀平步青云，因此下令乡官：“你帮我多找一些蟋蟀来，找到好的，用笼子装着养好，我会出高价收买。”

县令当然是不会花钱购买的，乡官却不得不照办。反正上面推给他，他也有办法再往下推，于是，乡官就假借名目，把抓蟋蟀这件事加派到了民间。

乡官同时还要找一个人专门负责此事，他想来想去，有一个人倒是挺不错的，那就是一个叫成名的私塾老师。

成名是屡试不中的落拓书生，为人既木讷又迂腐，非但乡里的人瞧他不起，成名的妻子尤其不满意这个脑袋冬烘的先生。

乡官欺负老实人，就把成名找来，满面笑容对他说：“在我们县里，你算是肚子里最有墨水的人了。”

成名一抱拳：“岂敢，岂敢。”

乡官皮笑肉不笑道：“因此，我特别推荐你当里正。”

“喔。”成名没多细想。

乡官清一清喉咙道：“里正的任务主要是捉蟋蟀。”

“什么？”老实的成名差一点没昏过去，他不解道，“捉蟋蟀与我粗懂文墨有何关系？”

“当然有，因为你比较负责任，就这么说定了。”

乡官不由分说，给成名派了这么一项任务。成名急坏了，又送厚礼，又托人说情，乡官仍是不改初衷，非让成名接下任务不可。

过了没有多久，为了寻找蟋蟀，成名仅有一点薄薄的财产也用光了。上头催缴蟋蟀又催得穷凶极恶，成名也不敢摆出里正的威风，再向老百姓榨取，他简直快要被逼疯了。

成名干脆不再起床，他躺在床上，瞪着天花板，研究如何自杀，但是，又没有勇气真的上吊。

成名的妻子，一向看成名不顺眼，在一旁冷冷地说：“死又能解决问题吗？你还不如自己去找找看，万一找着了，岂不妙哉。”

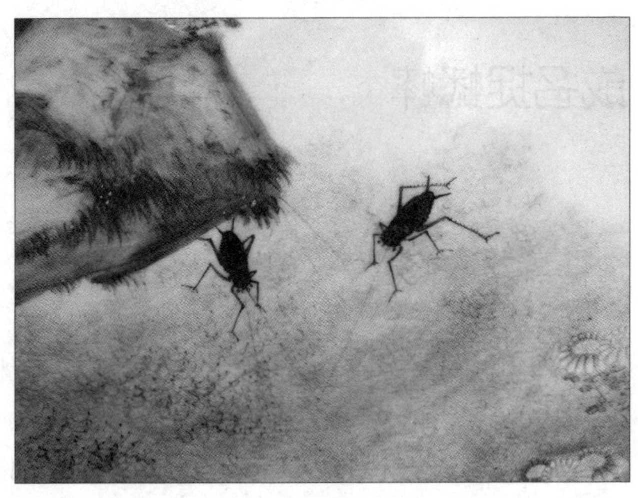

蟋蟀，近人李明亮绘。

成名回答：“好吧。”

从此以后，成名每天天没亮，就带着竹筒丝篓出门，凡是杂草丛生之处，就费尽了力，把石头搬开，用针挑了又挑，试了又试，可以说，什么办法都用过了，还是找不着，即或偶尔捕到一两只，又是老弱不中用的，与成名差不多一般不堪一击。

上头的乡官催得急，成名空手而去，被狠狠打了一百大板，两条大腿之间又是脓又是血，恐怖极了，这一会儿，瘫在床上，痛苦呻吟，哀哀流泪，就只想自尽。

成名夫妇一向是“贫贱夫妻百事哀”，感情非常淡薄，不过到底夫妻一场，也不能见死不救。她对成名说：“最近，村子里来了一个驼背巫婆，听说灵得很，我不如去问问看。”

成名一向是“子不语怪力乱神”的拥护者，向来反对迷信，现在是眼前只有死路一条，也不反对死马当活马医，于是，点点头道：“你把咱们最后剩下的一点银子带去吧，反正，驼背巫婆不灵的话，咱们也不用活了。”

于是，成名的妻子，抱着最后的一线希望，直奔驼背巫婆处。

成名捉蟋蟀

成名没有抓蟋蟀的本事，被乡官狠狠打了一百板屁股，皮开肉绽，脓血流漓，一筹莫展之下，只有让妻子去求神问卜。

成妻慌慌张张寻到驼背巫婆之处，只见人声鼎沸，有白发婆娑的老妇人，也有青春美丽的少女，个个怀抱着不同的希望而来。成妻进入屋舍，只见密室外垂着竹帘，竹帘外设着香几。凡是问卜者先把香插入鼎中，一拜再拜，驼背巫婆嘴里呜哩呜啦，不晓得呢喃些什么。

接着，竹帘里抛掷出一张小纸片，问卜者赶紧去拿，捡起来一看，脸上露出欣喜满意的笑容。因为纸中所回答的，正是问卜者心中想问的。奇怪，驼背巫婆真有一套。

轮到成名的妻子了，她学样地先把钱供在案上，焚了香，拜了天……过了一会儿，帘内果然又抛出一张小纸片。

成妻惊喜万分地看纸片，奇怪的是，纸片上没有一个字，却画了一幅地图，图中央仿佛是座寺庙，后面小山下，横卧怪石，针针丛棘，一只巨大的蟋蟀停在石上。成妻把纸片揣在怀里，急急返家。

成名原本想自杀，后来决定先等老婆回来再说。成妻一入门，成名顾不得大腿流脓，急奔向前，一把抓住纸片，看了又看，喃喃自语："驼背巫婆莫非是告诉我猎取蟋蟀的地方？"

成名又眯起眼睛，细细端详着画片："这座庙，看来似乎是村东的大佛阁。"

成妻忍不住道："别研究了，你赶快去大佛阁试试看嘛。"

于是，成名先给大腿换了药，勉勉强强拄着拐杖，一瘸一瘸地前往大佛阁。他找到大佛阁，绕到后山，只见蹲石鳞鳞，颇像驼背巫婆画中所示。成名大喜过望，也顾不得大腿一阵一阵的抽痛，侧着身子，仔细聆听，在草丛之中慢慢搜寻，简直像是大海捞针，折腾了半天，一无所得。成名心情灰恶，颓然坐在石头上发呆，他长长地叹了一口气："心目耳力俱穷，看来只有死路一条了。"

成名正在自怨自艾，忽地，一只癞蛤蟆猛然跃起，成名一愣，突然想起，驼背巫婆画中也有一只癞蛤蟆，莫非，莫非癞蛤蟆是天上派来的指引者！

成名惊起，紧随癞蛤蟆，癞蛤蟆遁入草间，成名也蹲下身子，在草中搜寻，果然，皇天不负苦心人，成名发现了蟋蟀出没的痕迹，再往下搜，赫然出现一个石穴，八成是蟋蟀的住处。成名拿了一根草，用草尖掭（tiàn）了又掭，毫无动静。

成名在大佛阁捉蟋蟀，佚名绘，中国历史博物馆藏。

接着，成名用手掬了一些水，往石穴一灌，居然真的出现一只蟋蟀。这蟋蟀长得英俊壮健，姿态不凡，成名大喜，猛扑而上，捉入竹篓之中。

成名眯着眼睛，凝视躲在竹篓中的蟋

蟀，只见巨身修尾，青项金翅，一副不好惹的模样，实乃不可多得的上好货色。

成名乐坏了，他一路轻快飞奔回家，仿佛打从出娘胎为止，没有一天比此刻更开心。他回想少年家贫，十载寒窗，名落孙山，人生似乎是一连串失意与困顿的连结，惟有这一刹那，手中握着竹篓，有前所未有的充实与满足。

成名回到家，成妻迎上前来，着急地问："怎么样？"

成名得意地摇一摇竹篓，神气万分道："你瞧，这是什么？"

"这么说，驼背巫婆果然灵验？"成妻吃惊地问成名。

"那还用得着说吗？"成名一昂首，"不过，当然最后仍靠在下的本事。"

接着，成名把如何经癞蛤蟆指点，如何在草丛里苦苦追寻的经过，详详细细描述了一番，当然，少不得加油添酱，增加趣味，成名讲得口沫横飞，他从来不知道自己的口才这么好。

"哼，你还得谢谢我有帮夫运。"成名的妻子在旁啐（cuì）道，"要不是我去求驼背巫婆，你仍然在寻死寻活。"

"有谢娘子。"成名作揖，仿戏中口白，把成妻逗笑了。他二人一向是贫贱夫妻百事哀，成妻素来泼辣，对成名向来没好脸色，成妻如此娇柔，是从结婚那一天开始从就来没有过的，成名简直乐坏了，他不断地唠唠叨叨："这叫做否（pǐ）极泰来。"

当天晚上，成妻把家中仅余的一只大公鸡给宰了，夫妻二人和九岁的小毛，欢欢喜喜打了一场牙祭。小毛打从出娘胎，没见过家中如此乐乐融融，比过新年还像过新年。

小毛问妈妈："今天为什么事要庆祝？"

成妻愉快地说："还不是因为你父亲捉到一只蟋蟀！"

这一问一答，埋下了祸根，欲知后事，请看下篇。

《聊斋志异》中的蟋蟀

成名费尽千辛万苦，得到驼背巫婆的指引，终于皇天不负苦心人，捉到一只雄赳赳的蟋蟀。他这条老命总算可以保住了。

成名对待这只蟋蟀，比对老祖宗还要殷勤，每日蟹白栗黄，张罗食料，爱护备至，只待养到规定的日期，拿出去献宝。

成名的儿子小毛，九岁大，正是调皮捣蛋的年岁。他也斗过蟋蟀，他不晓得为什么平日脑袋冬烘，个性迂腐，只晓得逼着他读书写字的老爹，突然对蟋蟀感兴趣。小毛也不明白，一向喜欢打人骂人的妈妈，为什么换了一个人似的，没事偷偷发笑，把喂食蟋蟀当做了不起的大事一件。

小毛心想："非去看看蟋蟀不可。"

这个念头一起，小毛再也忍耐不住，他告诉自己："看一眼有什么关系，妈妈又不会知道，蟋蟀也不会告状。"

小毛一拍手，"对——"就跑到后院，用手揭开盆盖。这一揭，不得了，蟋蟀一跃而出，小毛吓坏了，两手用力一拍，拍是拍到了，可惜用力过猛，这一拍之下，蟋蟀翅膀也掉了，整个身子劈成两半。

小毛慌了，用手抖落蟋蟀，大哭大叫，跑到厨房找妈妈。

成妻一听，整个人也呆住了，顺手甩过一巴掌："你这个孽子业根，你完了，你爸爸回来，用什么方法处罚你，我看，你还不如给我去死。"成妻脸色灰死，小毛看呆了，他知道妈妈一向不慈祥，但也从未见过妈妈有如此凶恶的表情。

成名回来了，口中哼着小调，心情显然十分愉快，他一向愁眉不展、自叹怀才不遇，不过，自从捉到了蟋蟀，一切都不一样了。他一进门，成妻就报告坏消息："蟋蟀死了。"

"什么？"成名不敢相信自己的耳朵。

成妻也一肚子的火，没好气地回答："你的宝贝蟋蟀被你的宝贝儿子弄死了。"

"这个混账！"成名气疯了，拿着棍子，四处追赶小毛。搜遍了屋内屋外，不见踪影。成妻突然大叫："不得了，小毛投井自杀了。"

夫妻二人七手八脚把小毛拉上来，由一腔怒气转化为满腹悲伤，呼天抢地，哭得好不伤心，从中午哭到傍晚，最后，勉强收拾哀痛，拿了一张草席，准备裹尸体。

正要卷尸体的时候，成名发现小毛鼻孔里还有一丝气息，夫妻俩喜出望外，把小毛放回床榻，到了半夜，小毛果然活回来了，但是调皮捣蛋的小毛，却神情呆痴，昏昏欲睡。

成名折腾了一天，既然小毛活回来了，也顾不得他变傻了。成名痴痴地望着竹篓，只觉得万念俱灰，整个晚上，夫妻二人牛衣对泣，从黑夜到天明。

忽然之间，成名听到"瞿瞿"的蟋蟀叫声，他推开门一看，居然看到一只蟋蟀，成名急急欲捕，蟋蟀一跃而去，他一只手正要举起，蟋蟀又跃过墙壁，转眼不见了。成名徘徊四顾，只见蟋蟀停在壁上，成名凑前一看，短短小小，黑黑瘦瘦，远不及原来那只漂亮，不过，毕竟还是一只蟋蟀，成名把它养入盆中，取名小虫。

成名村子里有一个游手好闲的少年，驯养了一只大蟋蟀，名为蟹壳青，每战皆胜，少年十分得意，四处找人比划，把村子里大大小小蟋蟀打得全军覆没。

少年听说成名养了一只小虫，登门拜访，存心挑衅。成名先是遮遮掩掩，少年非看不可，一看小虫的幼细模样，少年掩口而笑："好，比比看嘛。"

成名不肯，少年坚持。成名继而一想，以小虫的能耐，迟早也是死路一条，不如博少年一粲（càn）吧。

于是蟹壳青与小虫并列盆中。小虫趴着不动，呆若木鸡，少年大笑，试着用猪鬣（liè）撩拨虫须，小虫依旧不动，少年笑得更厉害，眼泪都要流出来了，再次撩拨。小虫火了，直往前奔，振奋作声，一跃而起，张尾伸须，就差一口没咬断蟹壳青的脖子，少年急得大喊："好了，停！"把蟹壳青从鬼门关救了回来。小虫

斗蟋蟀，选自《吴友如画宝》。

骄傲地翘翅长鸣，仿佛表示谢谢主人知遇之恩。

成名大喜，对着小虫看呆了。忽然，屋外走进来一只大公鸡，瞄准小虫就是一啄。成名吓呆了，手足失措。却见公鸡伸颈摆扑，似乎浑身难受，原来小虫停在鸡冠上，慧黠而灵巧，成名更是倍加宝爱。

过了几天，成名把小虫上缴乡官，乡官嫌小虫弱细，成名立刻搬出小虫力克蟹壳青的辉煌战果。乡官不信，当场拿来其他蟋蟀比划，小虫大获全胜。

于是，乡官送给抚军，抚军把小虫放在金笼里，又献给了皇帝。宣宗迷上了小虫，用它与蝴蝶、螳螂、油利挞、青丝额比武，小虫是常胜军，而且每每听到琴瑟之声，就会翩翩起舞，宣宗龙心大悦，赐给抚军名马衣缎。

抚军不忘谢乡官，乡官不忘谢成名，不但免了成名的劳役，还设法让他当了秀才。

又过了一年，成名的儿子忽然不药而愈，精神复旧，他告诉爸妈："我化身蟋蟀，轻捷善斗，到今天才醒过来。"

原来，小虫是小毛变的。成名夫妇搂着小毛，亲了又亲，喜剧收场。不过，喜剧的背后，显露了多少专制的悲伤。

明宣宗夜访杨士奇

明宣宗除了喜欢斗斗蟋蟀以外，大致而言，是一个好皇帝，在位十年之间，国家安定，民生富庶，他所用的旧臣如杨士奇、杨荣、杨溥……都是稳练持重的儒臣，尤其是杨士奇，最为耿直。

明宣宗喜欢微服出宫，事实上，皇宫虽大虽美，长年累月深居宫中，任何人都会想出去透一透气。

宣宗宣德六年（1431 年）七月，在一个月黑风高的晚上，宣宗一时兴起，带了四名骑士，夜访杨士奇。

宣宗左手牵缰，右手拿着马鞭，“刷刷”地在杨宅大门上抽。

杨士奇惊惶失措，跪在地上叩首：“陛下奈何以宗庙社稷之身，如此自轻。”

宣宗心直口快道：“朕想到一件事，急着告诉卿，所以朕等不及，马上就来了。”

宣宗原以为深夜造访，可以给杨士奇一个意外的惊喜，想想看，皇帝亲自来看他，多么有面子的事。

可是，宣宗观察杨士奇的表情，似乎不但没有一丝喜悦，反而愁眉不展的模样，宣宗怏怏（yàng），觉得挺扫兴的。于是，原来想讲的话也埋在肚子里，带了四名骑士，回到宫中。

第二天，宣宗依然满腹疑惑，也不晓得杨士奇为什么不欢迎天子光临。于是，宣宗派遣了一名太监跑去问杨士奇。

太监问杨士奇：“皇上不明白，微行有何不可？”

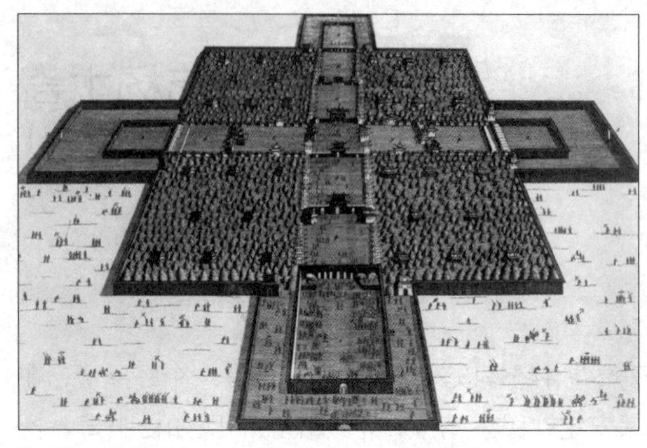
紫禁城，西洋版画。

杨士奇回答：“陛下地位崇高，万一在外面，遇上冤夫怨卒，来个出其不意，伤了皇上，那可是不得不忧虑的事。”

太监回去禀报宣宗，宣宗听了，不怎么以为然。

过了十天左右，在杨士奇住宅附近，果然捉到了两名强盗，怀有异谋。

宣宗知道了，拍拍胸口，直呼：“好险！”于是，他立刻召见杨士奇，对他说：“我从今而后，才更知道卿爱朕也。”

宣宗宣德十年（1435 年），宣宗忽然病倒了，这一病没拖多久，宣宗就与世长辞了，死时不过只有三十八岁。

此时，孙贵妃假怀孕生下的太子，不过只有九岁大，如何撑得起一个国家？整个朝廷都陷入一片哀愁当中，因此，外界纷纷传言，张太后准备让仁宗另一个儿子襄王继承皇位。

大学士杨士奇、杨荣忧心忡忡去见太后。太后到了乾清宫，牵着九岁大、拖着两条小辫子的小皇帝，对大家说：“这是新天子。”

于是，杨士奇等人，一块儿跪在地上，齐声呼喊：“万岁，万岁，万万岁。”是为明英宗。

皇位虽定，浮议虽息，毕竟英宗只是一个毛孩子。所以有人跪请：“希望太皇太后垂帘听政，安定天下。”（宣宗过世之后，皇太后尊为太皇太后，蛇蝎美人孙皇后则被尊为孙太后。）

太皇太后不领这个情，她板起脸来训斥道："毋破坏我祖宗家法。"

太皇太后极有威严，而且她的个性是表里如一，绝不会表面上拒绝，内心里欢喜，因此，她这一呵斥，也没人敢再提。不过，事实上，国家大政仍然取决于太皇太后，朝中公卿也还是宣宗时的一班元老，大体而言，仍然维持着旧有的局面。

不过，到底太皇太后年岁已高，到底老臣逐渐凋谢力不从心，更重要的是，毕竟换了新天子，尤其新天子宠信一个叫王振的宦官，明朝的国运开始下滑。

王振是河北蔚州人，小时候，曾经在家乡读过一点书，混不出什么名堂。后来看到皇帝颁布诏书，征求入宫服务者。王振心一横，自行阉割，进了宫廷当了小太监。

恰好，当时明宣宗设立了内书堂，选聪明伶俐的小太监，教他们读书识字。王振也进了内书堂，因为他头脑灵活，又原先就有些根柢，基础比较好，没多久，就成为内书堂中的资优生，顺便教一些宫人识字，于是，上上下下都尊他一声"王先生"。

宫女称王振为王先生，没什么稀奇，王先生最大的本事是，连太子朱祁镇都尊他一声王先生，并且对他又敬又爱。

朱祁镇是孙贵妃假怀孕，利用宫女得来的儿子，他含着金匙出生，又因为孙贵妃不放心，在他四个月大的时候，便被立为太子，但是朱祁镇也和所有的太子一般，在成长的幼年岁月，没有爹娘的疼爱，没有兄弟姐妹的相伴，完全由宦官一手带大，因此，宦官成为太子心理上最亲近的人，这是可以理解的。

尤其是，九岁的小毛头，突然之间，一些个年纪可当他爷爷的长辈，全跪在地上喊万岁，需要他的领导，内心实在是害怕。

王振捏准了小皇帝欠缺安全感，开始一步步实行扩权计划。

王振考前猜题

小皇帝明英宗刚登上皇帝的宝座，司礼太监金英立刻把位置让出来给王振，因为金英知道，以后是王振的天下了。

司礼监是太监中的首席太监，负有批阅奏本、传宣旨意双重责任，并且经常可以假传圣旨，因此，有人把司礼监视为明朝的“真宰相”。

金英原先也是炙手可热的一号人物，在宣德七年（1432年），宣宗甚且赐金英免死诏，意思是不论金英犯了什么罪，都准他免死，免死诏中，并且对金英大大褒奖了一番。

有人劝金英：“你手上既然有先帝赐给的免死诏，又德高望重，何必放弃司礼监这个肥缺？”

金英摇摇头道：“你不了解，王振狡狠毒辣，诡计又多，我自知不敌，还是趁早下台。”

金英说得不错，王振的确有一套。

九岁的英宗，根本还是一个小孩子。英宗倒不是调皮捣蛋型的，相反，英宗很内向，很胆小，很害羞，他自知任务艰巨，心里头真是害怕。

英宗披上了龙袍，戴上了龙冠，正式成为九五之尊的天子。英宗站在铜镜之前，左看看右瞧瞧，自己都觉得好笑，有点儿像小朋友演老生戏，嗓音稚嫩，毫无威严。

正当英宗为自己的娃娃模样发愁之时，王振在一旁安慰道：

“别担心，一切有我。”

于是，王振仔仔细细告诉英宗，临朝之时，会遇着哪些人，长相如何，个性如何，可能会说些什么，英宗该如何裁示等。

王振耳提面命，英宗敬谨受教。

就这样，英宗先背熟了模拟题目，接着，照“王先生”所教的，深深呼一口气，勇敢地接见文武百官。

照着王振的预先演练，英宗一下就认识了方脸是某某，粗眉是某某，果然，他们所上奏的，也正是王振事先猜题的。于是，英宗有条不紊地一一指示。可以看得出来，朝臣们的脸上都有惊奇的表情。英宗“考”得不坏，心中大乐。

一次两次下来，王振都是料事如神，英宗对这位“王先生”是十二万分地佩服，全心全意地依赖。

王振还会耍些小手段，让英宗又敬又畏。

有一天，英宗与一个小太监在玩球，玩得兴高采烈，脸上红扑扑的，兴奋地大呼小叫，他毕竟是个不满十岁的孩子嘛，本来应该是玩球的年纪。

忽地，英宗远远地看到王振走近了，脸色阴阴暗暗，英宗立刻把球一扔，趋前亲热地喊一声：“王先生。”

明代宫廷早朝，想象图。

王振故意板着脸，别过头，不理会英宗，英宗吓软了手脚。王振存心建立起威严。因此，第二天一大早，英宗在内阁，王振突然下跪奏道："先皇帝一球子几乎误了天下，陛下又跟先皇一样喜欢玩球，江山社稷怎么办呢？"说着，声调都哽咽了。

英宗没料到王振有这一着，眼圈一红，差点儿当场哭了出来，难堪得恨不得有个地洞可钻进去。

杨士奇、杨荣、杨溥三位前朝老臣，一听之下，倒是非常欢喜，连呼："不想宦官之中，竟然有这一等人。"对王振是另眼相看。

英宗回到宫里，闷闷不乐，他不明白王振为什么要当场给他难堪，觉得好委屈，可又不能去向孙太后诉苦，孙太后母以子贵，加上她这个母亲，本是抢夺宫女之子得来的，根本没有太多的母爱，英宗垂头丧气坐着发呆。

王振走过来，端来一盘热腾腾的点心，慈爱地说："都是你最喜欢的，快吃了吧！"

英宗感激地望了王振一眼，觉得心里头暖烘烘的，心想："还是王先生爱我。"而英宗别无选择，只有更依赖王先生，整个人被他捏在手掌心。

王振凶过英宗之后，又扮作好人样，郑重地对英宗说："因为皇上年纪太小，想要树威，还真是挺不容易。"

英宗咽下点心，用力地点点头道："这还得请王先生多多费心。"

王振皱着眉头道："只有用重典，让他们知道皇上不是好欺负的。"

英宗道："对，该让大家知道，不可以不把朕放在眼里。"

王振又说："不如杀鸡儆（jǐng）猴，眼前就是一个现成的例子，王骥奉诏赴边界议事，已经迟到了五天还没上奏。"

英宗回答："迟个几天是常有之事。"

王振摇摇头："不然，该把他下狱。"

"噢？"英宗不解。

"否则，以后圣旨就没人理了。"

"对！"英宗怕人看不起，当下把王骥给关到大牢之中。

刘中敷举枷罚站十六天

明英宗九岁即位，心中惴惴（zhuì），太监王振抓住明英宗的心理，怂恿英宗用重典以立威，明英宗立刻照办。

首先遭殃的是兵部尚书王骥，他奉诏赴边境议事，只不过是迟了五天没有回奏，就不由分说被关入了大牢。由于实在找不出罪状，过了几天又被释放出来。

除了兵部尚书王骥，他如礼部尚书胡濙（yíng），刑部尚书魏源，右都御史陈智，都因为不同的原因入牢，而且没有王骥幸运。

例如户部尚书刘中敷（fū），向来以公正廉明为人所称道。正统元年（1436 年），莫名其妙被逮捕入狱，由于张太皇太后的出面，才给放了出来。

正统六年（1441 年），刘中敷上了一个奏章，请求让民间来牧养御用牛马，其实这不是坏事。但是有言官参了一本，指责刘中敷“变动既有的成法”，又把刘中敷给关了起来。

刘中敷这一回的牢饭可难吃了，除了饱受阶下囚的折磨，还多了一个“荷校（xiào）”的新苦头。

所谓“荷校”，这是王振想出来整人的新花样。他打造了许多轻重不等的枷，称之为“校”，从一二十斤至一百斤不等。然后，命令犯人用双手扛起这种枷来，一动也不动，乖乖地罚站示众。

“荷校”不同于举重比赛。举重比赛举一回，不过一下子，而且一定是孔武有力的人才有资格参加。“荷校”这一荷，往往是十来天，许多人往往是活活地站死。

刘中敷当年曾经上过战场，多少还有些底子，但是双手高举实在挺累的，尤其让刘中敷难堪的，是他被罚站在长安门旁，许多民众围拢来看热闹。

不知情的小娃儿，还会问妈妈：“他为什么站在这儿？累不累？会不会尿裤子？”

刘中敷闭上眼睛，泪水在眼眶里打转，内心里有太多的不平与委屈，觉得强烈地受到侮辱。他被罚站了十六天，侥幸还没死。

这正是王振的意思，他存心把朝官的尊严狠狠地踩下去，让人家了解，现在是英宗，不，英宗背后的王振掌权。

王振的阴柔狠毒，张太皇太后早在正统二年（1437 年）就曾经发觉，并且准备铲除后患。

当时，英宗即位未久，军国大事多取决于三杨（就是杨士奇、杨溥、杨荣）。有一回，杨士奇的公文还没有批下来，王振等不及，就抢着做了，意思是不把杨士奇放在眼里。杨士奇心中不悦，在家里，整整生了三天的闷气。

张太皇太后知道了，派人把王振找了来，一进来，就着实鞭打一番，并且怒斥：“你还不赶快赴杨府请罪。”

王振绷着脸，似有不服之意。

太皇太后冷冷地丢下一句话：“再敢如此，必杀无赦。”

不久，太皇太后召集张辅、胡濙、杨荣、杨士奇、杨溥入朝，太皇太后左右女官，杂佩刀剑，侍卫凛然。太皇太后先问杨溥：“近来可好？”

杨溥曾经是明仁宗的老师。有一回，仁宗迎接明成祖，不小心迟到了，明成祖发脾气：“这是什么人教出来的？”于是，杨溥被锦衣卫抓入牢中，一关就是十年。杨溥是个夫子型的人物，不忧不惧，利用狱中时间把经史子集好好读了几遍。

太皇太后想起了前尘往事，对杨溥说："先帝生前，时时惦记着你，屡次叹息，不意今日你我能相见也。"想起了仁宗，太皇太后与杨溥，同时沉入了思念。

于是，杨溥落泪，太皇太后也跟着掉眼泪。她对侍立在一旁的小皇帝说道："这五个人是先朝所留给你的，凡事你要与他们商量，他们不赞成，你就千万不能做，记住了吗？"

明英宗跪下来，认真地回答："记住了。"

接着，太皇太后仿佛下了重大的决心似的，宣召王振。等到王振一跪下来，太皇太后立刻如笼秋霜："你，侍奉皇帝，多有不法！"她断然说道，"赐死！"

"死"字一说出口，宫正司的女官，双双以白刃加颈，王振吓得魂飞天外，频频用眼色向英宗求援。

小英宗见太皇太后要杀他最亲密、最相信的王先生，就差没当场哭了起来，他完全不知所措，只有双膝落地。皇帝这一跪，五大臣也跟着下跪。

太皇太后颇为不悦："皇帝还小，哪里晓得这些人会为国家带来多大的祸害？"

可是，太皇太后又不能不卖五大臣的面子，因此，严正地训诫王振："我是看在皇帝与大臣的份上，今天饶了你，以后，你不准干预国事。"

王振自然赶快跪下来谢恩。

李时勉钢炮性格

王振为了立威，用“荷校”（命人双手高举重枷罚站）的方式修理人。但是，当他枷国子祭酒李时勉之时，却踢到了铁板，差一点激起监生们变乱。

李时勉具有钢炮性格，他的一生极具戏剧化，值得介绍。

李时勉自幼择善固执，拗强起来，连父母亲都拿他没辙。他幼年时，非常非常用功，到了冬天夜晚，又冷又黑，他还是怎么也不肯早点休息。

为了御寒，李时勉想出一个怪方法：他先用厚布把双脚紧紧捆绑，然后把脚伸入木桶中，他就这么怪模怪样地，一个人大声朗读诗书。家里的人看了是又钦佩又想笑。

十载寒窗的苦读，李时勉终于在永乐二年（1404年）考取进士，在文渊阁编修《太祖实录》，《实录》完成以后，担任翰林侍读。

李时勉性情耿直，有话就非说不可，这种性格，让他吃了不少苦头。

当时，明成祖决意迁都北京，征求群臣的意见。谁都知道，成祖的意思，就是等着群臣夸他“英明”。偏偏李时勉不识相，上了一个奏章。条条列举不可行之理。

成祖批阅奏章，看了一半，肝火旺盛，气得把摺（zhé）子揉成一团，“叭”的一下，扔到地上。

过了一会儿，成祖气消了大半，想起李时勉奏章之中，有些事

明代官员石像，湖北钟祥。

情讲得还挺有道理，又弯下腰，把奏章拿起来拜读，并且照着实行了一些。

不过，李时勉的话实在多了一点儿，没多久，又因事下狱，吃了一年的牢饭，由于杨荣的举荐，恢复原职。

复职没两天，李时勉就惹得明仁宗大大的不悦，恨透了李时勉，这是怎么一回事呢？

原来中国人一向认为“百善孝为先”，孝顺是最重要的事，所以，父母过世，守孝也是大事一件，非但不能结婚办喜事，就是结了婚的夫妻也要保持距离。万一在守孝这一年之中，不巧生了一个小孩，这小孩长大会被人指指点点，仿佛是极不名誉的事。

明仁宗这个胖皇帝，虽然仁孝，却是非常好色，明成祖死了不久，他每晚都到妃嫔处寻欢作乐。

岂料，明仁宗夜夜春宵的事竟给传了出去，旁人听了顶多暗笑一番，偏偏让李时勉这个夫子听到了，他又爱君心切，惟恐君王名誉受损，因此，在奏章之中，带了一笔：“谅阴之中不宜近妃嫔。”所谓谅阴，指的是帝王居丧。

明仁宗见到这一句话，整个人仿佛遭到了电击一般，又羞又恼又气，把李时勉叫来训话。

明仁宗的原意，是希望李时勉承认自己听错了，皇帝也就放他一马，不予深究。

但是，素来认真的李时勉竟然回答：“此事不可能误传，内宫中应有记载，望陛下切勿文过饰非。”

明仁宗再也忍耐不住了，当场下令：“武士们，给我用金瓜打呀！”

李时勉连挨三个金瓜，肋骨被打断了三根，人也昏厥过去，被关入锦衣卫的大牢之中。

说来也真是侥幸，有一位千户，曾经受过李时勉的恩，某日，千户赴锦衣卫参观，无巧不巧正遇着李时勉，不禁惊呼：“这不是李恩人吗？怎么入了狱？”

李时勉把经过告诉千户，千户不敢批评皇上，只是说：“我认识一位海外名医，对外伤最拿手。”

靠着千户的照料，李时勉断了三根肋骨，硬是没死，也算奇迹。

明仁宗想起李时勉，就忍不住牙痒痒的，他也担心，万一李时勉所提的那桩事，真给记入了实录，大大有损仁宗的清誉与形象。在仁宗看来，李时勉被武士用金瓜打成那个模样，应该撑不了多久就会归天了。

谁知道，仁宗打探的结果，李时勉竟然活得好好的，据说，比起入狱之时，还胖了一些哩。

倒是明仁宗，虽然正值四十八岁英年，身体却愈来愈不行，拖到最后，他耿耿于怀的，就是没杀李时勉。

仁宗对夏原吉说：“时勉当廷侮辱我。”

夏原吉只好婉言相劝：“陛下养病要紧，用不着把李时勉放在心上。”

仁宗却愈发光火：“你不晓得他是如何侮辱我。”讲着讲着，眼圈都红了，更加气喘不已。

当天晚上，仁宗崩逝，因为记恨李时勉，竟然死不瞑目。

李时勉捡回一命

明仁宗临终之时，拉着夏原吉的手，念念不忘道："李时勉当众侮辱朕。"

宣宗即位不久，夏原吉便据实以告。

宣宗是个孝子，一听此言，怒火冲天，高声呵斥："快，快把李时勉给绑来，朕要亲自审问，然后杀掉。"

皇帝的命令岂可耽误，于是，一批使者快马加鞭赴李时勉处所。

隔了没多久，宣宗又改变了主意，他对王指挥说："此人当面侮辱先帝，我不要见他的面，你把他直接绑到西市给斩了。"

王指挥哪儿敢怠慢，马上也出发了。

李时勉这个人也真正是命大，当王指挥率领人马出端西旁门之时，前面的一批使者已绑着李时勉，从端东旁门进入，刚巧岔开了，否则，李时勉就在西市问斩了。

明宣宗见到有人押上殿来，不用介绍，准是李时勉无疑，他遥遥指骂道："你这个小臣，好大的胆子，居然敢触怒先帝，你到底当时说了什么？赶快告诉朕。"

李时勉叩了一个头，不疾不徐道："臣言，守孝期间不宜接近妃嫔，皇太子不宜远离左右。"

本来准备大发脾气的明宣宗，脸色渐趋和缓。其实，明仁宗做的这件事，宣宗比谁都清楚，而且不以为然，尤其仁宗为了掩人耳目，在守孝期间，命令宣宗远赴南京，也让宣宗心头不是滋味。

所以，明宣宗非但不想杀李时勉，反而认为他是难得一见的骨鲠之臣，宣宗态度立刻有了一百八十度的转变，亲切和缓地对李时勉说："你的奏章之中，还提到一些什么？"

李时勉，选自《三才图会》。

李时勉又讲了几件，然后诚惶诚恐道："臣实在记不清楚了。"

明宣宗正听得有兴趣，失望地问："你的疏草还在吗？"

"早在上疏时便烧了。"

原来，上给皇帝的奏章，不许保留底稿，这是规矩。

宣宗益发觉得，这个李时勉真是不可多得的忠臣，对他大大夸奖了一番。

此时，奉命前往逮捕李时勉，却不巧扑了个空的王指挥赶回宫中，却发现李时勉闲适从容，与宣宗有说有笑，宣宗更是满面愉快。王指挥不禁慨叹："真是人生如戏。"

于是，李时勉被擢为侍读学士。有一回，明宣宗赴史馆，忽然之间，一时兴起，像散财童子一般，把手里的金钱给撒了满地，所有的臣子，个个兴奋地弯下腰来抢，独有李时勉昂然屹立，不肯玩这种没有格调的游戏。

宣宗很欣赏李时勉的傲骨，特别赐给他一些钱。

李时勉年纪大了，想要退休，但是，宣宗说什么也不肯，君臣二人相处甚欢。

宣宗在位十年去世，英宗小皇帝即位，王振掌权。以李时勉方正的个性，对王振这种奸恶的宦官，自然是没有什么好脸色的。王振过生日，百官道贺，李时勉是当然缺席。

有一回，李时勉奏请改建国学，英宗命令王振前往探视。

王振到任何地方都是张牙舞爪、横眉竖眼，李时勉看不过去，勉强把怒气给咽了下去，王振呢，他也嫌这个老头儿态度不够恭敬，非得想办法治一治。

但是，李时勉以清廉著名，鸡蛋里挑不出骨头，王振颇不甘心，有人献计："李时勉曾经在修彝（yí）伦堂时，为了除草，把大树给砍了。"

王振问："这算什么罪？"

"咦，擅自砍伐官树啊，而且，愈算不得罪，愈要治他，让他晓得厉害。"

因此，王振就以李时勉乱砍树木的荒诞理由，下令逮捕李时勉。

官役赴国学拿人时，李时勉正在东堂改考卷，他也不惊也不慌，沉稳地批完卷子，跟着去。

王振存心让李时勉过不去，特别制了一个一百斤的枷，留给李时勉消受。李时勉既来之，则安之，他笑笑回答："老夫筋骨甚坚。"便乖乖地荷起一百斤重的枷，站立在国子监门口，汗流浃背地站了三天。

这三天之中，李时勉的众多门生陪着他站，眼看着士林望重的学者，毫无理由受此酷刑，许多学生忍不住嘤嘤哭泣。

监生李贵率领了一千多名学生，直直跪在宫门口请愿，呼声响彻云霄，另有一个叫石大用的人，则上奏章，表示愿意代替李时勉受罚。

事情闹到后来，孙太后的父亲孙忠也知道了，趁着过生日，太后派人来送礼，孙忠悄悄要使者转奏太后：“再闹下去，恐生变乱。”

太后急着找英宗，英宗根本蒙在鼓里，立刻释放了李时勉，但是，英宗对王振王先生的信赖，却不因此而稍减。

王振自比周公

明英宗年幼无知，被宦官王振牢牢控制，张太皇太后警告王振“不准干预国事”。王振害怕太皇太后随时会取他的性命，一时之间，倒还不敢过于张狂。

但是，太皇太后毕竟年纪大了，到了正统六年（1441 年），开始身体大不如前，王振心头暗喜，准备大干他一场。

有一回，皇宫之中，三座新宫殿落成，英宗宴请文武百官。按照规矩，宦官即便得宠，也还没有资格赴宴。

当天早上，英宗循例派人去看看“王先生”。这不去还好，一去之下，王振勃然大怒：“周公辅成王，我还没资格赴宴吗？”

乖乖，王振竟然把自己当成周公了。周公是成王的叔叔，他不过只是皇帝身边的太监啊。

但是，英宗平时对王振，左一声王先生，右一声王先生，可能比周朝时，周成王对周公还要服帖顺从。

因此，当英宗听到王振动怒，他竟然颇为自责，立刻派人把中门打开，让王振赴宴。

王振挑高眉毛问使者：“噢，现在又可以去了吗？”

于是，王振大摇大摆步入中门，趋炎附势的大臣们一起弯腰侯拜，王振这下可乐了。

正统七年（1442 年），张太皇太后崩逝。王振咬牙切齿道：“终于等到这一天了。”

太皇太后的丧事还没有办完，王振就下令："把宫门那块铁碑给我扔掉!"

原来，宫门口竖立着一块"内臣不得干预政事"的铁碑。这是明太祖时，有鉴于前代宦官之祸，惟恐后代子孙不察，特别铸了这么一块铁碑，用以提醒后人。明太祖若是地下有知，看到王振如此嚣张，定要指着明英宗，痛斥"子孙不肖"。

张太皇太后归天，王振遂了心愿。但是，另外还有其他五大臣——张辅、胡濙、杨士奇、杨荣、杨溥，也是王振的眼中钉，非一一拔除不可。

稍早之时，王振曾跑来找杨士奇与杨荣，极有深意地说："国家大事，全靠三位老先生，不过三位老先生，也都高年倦勤了，以后该怎么办呢？"

"身为老臣，"杨士奇接口，"自当鞠躬尽瘁，死而后已。"

"不，老先生，你怎能如此说话？"杨荣顺着王振的意思道，"我辈已老，自当选择年富力强的人，以事人君，报答国家的厚恩。"

王振很高兴地拜别二杨。

王振走后，杨士奇不禁埋怨杨荣："王振早就讨厌你我，方才的话，完全不怀好意，你难道听不出来？"

"老哥哥，"杨荣解释道，"王振讨厌我们，我们就算能撑下去，他能甘心吗？他大可以用阁中人少，阁臣年纪又大为名，向皇上说项。一旦夜半宫门抛出半片纸，命某某人入阁，我们能够抗旨吗？倒不如让他举荐，谅他目前还不敢公然援引小人。"

杨士奇点点头："还是吾兄看法高明。"第二天就举荐了曹鼐（nài）等四人入阁。

后来，杨荣请假回福建扫墓，归途在杭州病逝，时年七十。

不久，杨士奇又请假回籍，王振心想"机会来了"，立刻暗中指示言官动手陷害杨士奇。

原来，杨士奇是个标标准准的君子，但是，杨士奇的长子杨稷却是地方恶棍，曾经把人打死。

言官为此弹劾杨士奇，朝廷只把弹劾内容寄给杨士奇，表示不予追究。但是，言官又条条列举杨稷十多条罪状，遮都遮掩不住，只好把杨稷拘系大理寺，暂时不开庭审理，英宗且在王振的建议下，下诏安慰杨士奇。

杨士奇一生嵚崎磊落，见到英宗的诏书，老泪纵横，大叹养子不教谁之过，他自觉无颜再上朝廷，一直不肯销假。过了不久，忧急攻心，一病不起，含恨逝世。

三杨之中，杨荣、杨士奇都走了，杨溥更觉势单力薄，起不了作用了。

此外，本来最为仗义敢言的张辅，也愈来愈沉默了。

原来，张辅只有一个儿子，很小就夭折了，中国人一向讲究不孝有三，无后为大，张辅为此耿耿于怀，总觉得自己对不起张家的列祖列宗。一直到他六十七岁时，他一个小妾帮他生了一个小男

张辅，选自《三才图会》。

孩，全家人都乐疯了，张辅给儿子取名为张懋（mào），并且对人说：“我年近古稀，去日无多，儿子还这么小，万一不小心得罪了王振，待我归天，懋儿可就惨了。”

所以，张辅也自动封口不言。

朝中正直大臣于谦，不禁慨然言之：“唉，今日朝廷柱石，都因为家累而累国，诚我大明朝之不幸也。”

王振念佛

明英宗宠信宦官王振，王振气焰日益高张，他自认为学问渊博，且以虔诚的佛教徒自居，经常念佛、拜忏与禅修。

王振手腕上总是挂着一串念珠，终日阿弥陀佛念个不停，王振又喜欢告诫别人："世间有因果，不造恶业就不坠地狱，行五戒十善就得人天福报。"

一般人看到王振一脸肃穆，动辄劝人的庄严法相，准会被他给蒙骗过去，误以为王振若是不做宦官，一定上山修行去了。

其实，王振岂是六根清净之人，又哪里是不做坏事的人？

关于这一点，王祐再清楚不过了。王祐外貌不俗，十分清丽，皮肤光嫩嫩柔滑滑，吹弹可破，仿佛是牛奶做的美男子。古代男子蓄长发，因此，王祐只要换上罗裙，就是一位娇滴滴的姑娘。

王祐了解王振，虽然时时口说佛法，内心却最为贪婪，因此，王祐不时地献上厚礼，王振内心里，实在乐得很。

有一次，王振接过王祐送来一对雕工精细的玉狮子，忍不住对王祐说："假如多有几个像你这样的可人儿，那该有多好！"说着，王振的手，不断地抚摸温润的玉狮子。

王祐笑容满面地接口："这不是难事，包在我身上。"

原来，王振一向自我标榜，长年茹（rú）素，又经常劝人戒贪，如此一来，送礼的人自然却步，让王振好生着急，又不方便自己拉下脸来。王祐知道王振的心意，不断地送礼，让王振好生欢喜，如今王祐愿意把王振的心意传达出去，王振真是无比喜悦。

当天晚上，王祐在一个宴会上对在座的大臣们说：“我们常常相互以礼物馈（kuì）赠，可是各位有谁送过礼物给王先生？”

“送礼给王振王先生？”工部徐侍郎立刻接口道，“那怎么成？王先生吃斋念佛，常常告诫我们勿贪，他怎么会收礼啊？”

“对啊！送礼给王先生，一定会被王先生骂一顿，自讨没趣。”礼部张侍郎摇着头说。

“各位，你们错了！”王祐提高了嗓门。

“错了？”全桌的人都惊愕地嚷了起来。

明阿弥陀佛瓷像。

“不错。”王祐清一清喉咙，用威肃的口吻说，“我常去看王先生，我知道王先生的看法，王先生认为送礼表示礼貌，不送礼就是没礼貌，看不起对方，这送礼的事和贪不贪没有关系。”

“真是高明，领教领教，大家敬你一杯！”全桌的人，一同举杯向王祐表示感谢。

官场中人大多懂得揣摩上意，经过王祐的宣传，有人试着送礼给王振，王振收了礼，而送礼的人不是升官就是得了别的好处，于是，送礼给王振成为京城里的一股风气，大家不但竞相送礼，而且比谁的礼送得厚，乐得王振心花怒放。

王祐办事，王振放心，王振自然对王祐多夸了几句，王祐精敏，立刻下跪，亲热无比地高喊："翁父。"

王祐成了王振的干儿子，父子二人都有说不出的欣喜。

由于王祐貌美，擅长修饰，又喜欢故作小儿女态，王振时时吃他的豆腐，或是摸摸他的小白脸，或是玩弄他的头发，甚且把手搭在王祐的肩膀上，搂搂抱抱，王祐就依在王振怀里撒娇，也不觉得不好意思。

有一回，王振趁着酒兴，又开始了装疯卖傻，王振眯着醉眼，对王祐说："你坐过来。"

王祐最听翁父的话，立刻依偎一旁。

王振对着王祐猛瞧，王祐粉脸低垂。王振赞叹道："你的皮肤真好，干干净净，宛若凝脂。"

王祐低低笑着："多谢翁父夸奖。"

王振盯着王祐看了半天，一只大手不老实地在王祐脸上随意乱摸，突然之间，摸到了王祐的唇边，又细又软，王振半开玩笑道："王祐啊，你怎么没长胡子？"

在中国男人看来，没长胡子，表示缺乏男子气概，是件丢脸的事。

王祐却笑嘻嘻回答："老爹无须，儿子岂敢有须？"

王振是宦官，不会长胡须，王祐不是宦官，却是标准的娘娘腔，小白脸，王祐肉麻当有趣，王振听了，却十分受用。

从此以后，王祐更是身价百倍。

这件事传扬开了，许多人背地里，都把王祐无须当笑话讲，王祐知道了，却也不以为忤，显然王祐从外表看来，脸皮细薄，其实，脸皮厚得很哩。

刘睿向王振学佛

王祐为了巴结宦官王振，不但尊之为翁父，甚且以“老爹无须，儿子岂敢有须”的肉麻话，用来解释何以自己唇上无毛，不像是一个男人，许多人听了，都大呼：“受不了，太恶心了。”但是，也不乏暗中羡慕王祐者。

其中刘睿就是最为羡慕的一人。刘睿官拜吏科给事中，职位不算小，不过，人往高处爬，官位权势永远不嫌大。刘睿终日手捧《易经》，卜来算去，希望能够看出端倪（ní），何时可以升官。他的礼也送过了，也找人去说过情了，烧香烧了半天，就是没有动静。

刘睿听说了王祐的笑话，他可不认为是笑话，他时时端坐在铜镜子之前，抚摸着自己一张如风干橘子皮般的老脸，上面坑坑洞洞，高低不平，再往下看脖子，松松垮垮的一张皮，不但皱纹多得像黄河长江，甚且还有支流哩。

刘睿对着镜子，长叹一番之后，猛拍大腿：“也罢，看我刘睿也有刘睿的本领。”

第二天，刘睿算准了王振将经过某一条路，他就直挺挺地跪在路旁。中国人喜欢看热闹，大家不约而同，围拢过来，指指点点，不明白何以一位头顶乌纱帽的官员，竟然跪在道旁。

不一会儿，王振经过，刘睿不但跪着，并且不断地叩首，王振大惊，连忙停下来，找刘睿问话。

刘睿早准备了一番说词："韩愈曾经说过，闻道有先后，术业有专攻，任何学问都应该求教于明师。在我看来，佛法是这般的美好，懂得的人却是如此之少，我希望能在公余之暇，弘扬佛法，普度众生。久闻先生在禅修方面的功夫，敬请王先生指教一二。"

刘睿当着众人面的一番马屁，把王振捧得五脏六腑有说不出的舒坦，尤其刘睿一脸恳挚，似乎字字句句发自肺腑，王振原本是有自卑感的宦官，因此，对刘睿的吹拍，格外有一层舒畅的感受。

所谓人之患，在于好为人师，刘睿一副执弟子礼的模样，使得王振立刻摆出道貌岸然的威仪，摸着念珠对刘睿道："信佛与民间崇拜鬼神不一样，信仰佛教必须皈依佛法僧三宝，有机会我向你解说一下。"

于是，刘睿不但到王振面前讨教佛法，更重要的是，如愿以偿，先升为户部左侍郎，又升为户部尚书。

既然有人跪在道旁，讨教佛法，王振更认为自己了不得了。

王振拜佛，除了以佛教作为幌子，让人家误以为他是一个慈悲心肠的人以外，还有一个更重要的理由，那就是王振与魏晋南北朝的人一样，担心作孽太多，死后下地狱，所以王振的"诵课"，倒是做得相当勤快。

王振家里，有一间大佛堂，佛堂前摆设着香、花、灯、果、净水与素食。佛堂里每日有小太监打扫得一尘不染，庄严肃穆。

有一天清晨，王振的侄儿王山，匆匆忙忙赶了进来，嚷着要见王振。

小太监"嘘"的一声，禁止王山："王先生在诵课，交代下来，任何人任何事不得打扰。"

王振诵课花的时间是很长的，先是烧香、献供及顶礼三拜以后，早上诵《大悲咒》三遍至七遍、《心经》一遍、三称摩诃般若波罗蜜，然后，念阿弥陀佛或观世音菩萨一百零八遍，再念普贤菩

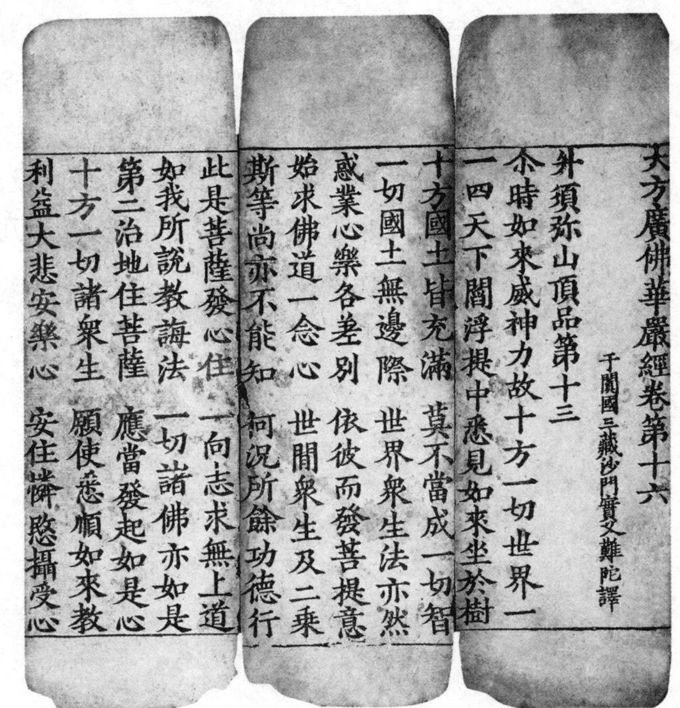
大方廣佛華嚴經卷第十六
于闐國三藏沙門實叉難陀譯
昇須彌山頂品第十三
尒時如來威神力故十方一切世界一
一四天下閻浮提中悉見如來坐於樹
十方國土皆充滿 莫不當成一切智
一切國土無邊際 世界衆生法亦然
惑業心樂各差別 依彼而發菩提意
始求佛道一念心 世間衆生及二乘
斯等尚亦不能知 何況所餘功德行
此是菩薩發心住 一向志求無上道
如我所說教誨法 一切諸佛亦如是
第二治地住菩薩 應當發起如是心
十方一切諸衆生 願使悉順如來教
利益大悲安樂心 安住憐愍攝受心

《华严经》经文，宋刻本。

萨十大誓愿。最后是三皈依，唱回向偈：“愿消三障诸烦恼，愿得智慧真明了，普愿灾障悉消除，世世常行菩萨道。”然后顶礼三拜，课诵完毕。

王山站在佛堂外面，着急地踱来踱去，远远望见王振一脸肃穆，没完没了，王山搓着手，不耐烦透顶。

王振课诵完毕，看到王山，立刻把王山拉入佛堂，对他说：“我告诉你，《华严经》是《大方广佛华严经》的简称，在中国历史上，自佛教东来，初译“华严”，是东晋时的佛驮跋陀罗，他译的是六十卷的《华严》……”

王山对佛经全无兴趣，心里又着急，王振的话，对他来说像是催眠曲，不觉眼皮下垂，昏昏欲睡，却又不敢真的睡着。

王振愈讲愈有劲，完全没想到王山竟“敢”不听。他发挥传教的精神，对王山说：“你如果拜《华严经》，你就念：南无大方广佛华严经，南无华严海会佛菩萨。”

王山不停点点头，不知是王振的教导，还是打瞌睡，当然，王振以为是孺子可教，对王山说："你既然懂了，就不妨跟着我念。"

王山无可奈何，乱七八糟跟着咿唔（yì wú）一番。

念了几遍，王振停了下来，王山做了一个深呼吸，打起精神，王振一看王山的表情，问道："你有没有觉得，念了几遍后会开了悟，得了智慧，修行愈深，悟性日高？"

王山拼命点头："果然如此。"

匿名信风波

宦官王振，明明是个杀人不眨眼的厉害角色，却偏偏喜欢修禅拜佛，以虔诚的佛教徒自居。

一日，王振的侄儿王山有要事求见，王振正在拜佛，折腾了好一阵子。

好不容易，王振停止了传教，王山赶紧开口："叔父，我有重要事求救。"

"不急。"王振慢条斯理道，"如今螃蟹正肥，昨天有人送来满满一大缸，正用鸡蛋白喂着，咱们先吃了螃蟹再说。"

王山一听，直咽口水，在王振家吃蟹，诚乃人生之一大享受。王振家里有特制的小木槌（chuí）小木垫，用黄杨木做的，小巧可爱，用来敲敲打打，可以免去手剥牙咬之劳。

王振喜欢卖弄学问，他对王山说："《晋书·毕卓传》中有这么一首诗：右手持酒杯，左手持蟹螯（áo），柏浮酒船中，便足一生矣。"

王振虽然附庸风雅了一番，他活吃螃蟹的模样，却极为野蛮。

王振取来一只活蟹，两个指甲狠狠地掐住螃蟹盖子，任它双螯痛苦地乱舞，然后，轻轻地把脚掰开，"咔嚓"一声把螃蟹壳揭开，然后，扯得碎碎的，沾了芥末、醋，放入口中大嚼，然后，端起酒杯，喝一口香醇扑鼻的美酒，不自觉地伸出舌头舔舔自己的嘴唇，仿佛滋味无穷。

王山在一旁，看得既惊心又恶心，他很想问王振："叔叔，你贪恋美食，不论鱼虾螃蟹都喜欢活吃，尤其偏爱吃猴脑，又老说自己是慈悲为怀，这岂不是一大矛盾吗？"

当然，王山可没敢开这个口。

王振和王山吃完了螃蟹，喝了一碗鲍鱼粥，王振这才问王山："你一早赶来，究竟是为了什么？"

王山不好意思地说："我最近与华嵩为了一个妓女，闹得不甚痛快。"

王振挑起了眉毛，用太监特有的尖细嗓子追问："就是那一个武功中尉指挥使吗？这小子打狗也不看主人面。"

"可不是吗？他欺负我，就是不把叔叔放在眼里。"王山赶紧火上加油。

"这还不容易吗？"王振阴险地笑一笑道，"看我把华嵩的头发剃个精光，涂上油漆，再让他在妓女户门前，举枷罚站，你看可好？"王振此时脸上，露出狰狞残忍的笑容，完全不是方才在佛堂里，开口闭口修行学禅的仁者了。

另外一方面，王振惟恐别人不晓得他信佛，于是，大量地发给"度牒（dié）"，培养大批和尚。

原来，明朝的和尚是要领执照的，否则就不能够享受政府给予和尚的许多优待，这执照"度牒"是要经过考试才发的。从洪武二十六年（1392 年）起，每三年一次考试僧徒，凡能熟通经典者才发给度牒，相当严格。王振当权以后，就从宽录取，在正统五年（1440 年），半年之间，竟然发出两万两千三百张的度牒。

正统十三年（1448 年），王振重修庆寿寺，花掉了几十万两的银子，改名为大兴隆寺，富丽又堂皇，王振满足了自己拜佛的心愿，对自己能够"做善事"而沾沾自喜。不过，京中却流行着一首歌谣讽刺王振："竭民之膏，劳民之髓，不得遮风，不得避雨。"如此用民脂民膏来修庙，菩萨如果真的有知，不晓得还会不会保佑王振。

王振，明代石刻画像。

有一个在锦衣卫里担任卫卒的王永，是个真正悲天悯人的佛教徒，对王振的所作所为是十二万分的不满。

王永时时向妻子抱怨道：“王振这般的小人，竟然到处自吹自擂，仿佛是一代之师，简直是玷辱了佛教，身为佛门弟子，实在是看不下去，若是王振继续这般弘佛，谁还会再信仰佛教？”

王妻也是一个虔诚的佛教徒，虽然家境不丰，却不断地周济邻人，她长长叹一声道：“王司礼毕竟是王司礼，我们能有什么办法，不理会也就是了。”

王永一拍桌子道：“不成，我一定得想个办法治一治他。”

“你一个小小的卫卒，又能如何？”王妻婉言相劝。这一句话却伤了王永的自尊心，他摔下碗筷，愤愤地离开饭桌，丢给妻子一句话：“你等着瞧，王振的死期不远了。”

王妻急坏了：“你可别做傻事，别想行刺啊。”

王永笑道："你想到哪儿去了？我上有高堂，下有妻小，岂会冲动。"说罢，王永神秘地一笑。

王永的神秘笑容，说穿了一点也不稀奇，他写了一封匿名信，呈给皇帝，检举王振种种不法恶行，在王永想来，皇帝英明，一定是毫不知情，才会这般纵容王振。

王永的检举信，还没有送到皇帝的面前，就先落到了王振的手里，王振勃然大怒，展开地毯式的全面搜查，并且一人一人核对笔迹。

最后，一心一意替天行道的王永被逮着了，在菜市上当场被磔死（磔，zhé，是古代分裂肢体的一种刑罚）。

王振这一着，狠狠地把朝廷上下给吓坏了，从此以后，朝臣更是争相阿附，望风而拜，人人呼之为"翁父"。

王振诈取夜明珠

王振打着佛门弟子的名号，其目的是掩饰他小人本色，吴澄就是没有摸清楚王振的性格而遭殃的。

吴清和吴澄两兄弟都在京师任官，吴清任吏部主事，吴澄任户部科给事中，兄弟俩都清廉耿直。

有一天，王振召集几位大臣到朝房议事。

“各位大人，”王振用缓慢的语调说，“宫里吃的白米，我想向北京的裕成米行采购，各位意下如何？”

宫里的米一向由官仓供给，王振突然提出要向民间采购，事情有些突然，大家都愣住了，没人答话，吴清却表示反对：“向民间采购白米恐怕会扰民，还是由官仓供应比较好。”

“官仓的米品质比较差，我是为皇上着想，想换好一点的米。”王振的脸色沉了下来。

官仓的米会差？这才怪哩！但是，谁也不明白王振的葫芦里到底在卖什么药。

“翁父忠于皇上，向裕成米行采购是好事。”户部李侍郎立刻接口。

“吴清不识大体，应该照翁父的意思办事。”礼部杨侍郎也附和着。

“很好！”王振点头道，“为了慎重起见，我明天会亲自到裕成米行走一趟。”

晚上，吴澄来看哥哥吴清，吴澄说："听说你今天反对王振向裕成米行采购白米。"

"是的。"吴清道，"老百姓最怕跟官府打交道，宫中如果向裕成米行买米，会付钱吗？纵使付钱，会付多少？什么时候付？米行的老板怎敢向王振要钱？我看裕成米行要破产了，我是替老百姓担忧啊！"

可是，王振是用皇上做大帽子。

吴澄说："你反对，岂不是你不爱护皇上？"

"唉，皇上恐怕根本不知道这一回事。"吴清道。

第二天，王振带了几个大臣准备到裕成米行去，其中当然没有吴清。

在王振出发之前，王祐已经先到达裕成米行。裕成米行的赵老板听说宫中要向他买米，吓得几乎昏倒。

"赵老板，"王祐喝了一口茶，轻声地说，"我知道你很害怕，所以我一早来到你店里，就是想要帮你的忙。"

"王大人，请你指教，我这小店实在不配做宫里的生意，如果能请宫中另找别家，我会感激不尽，我会好好谢谢你的。"赵老板拱着手，一脸焦虑的神情。

"我能体会你的心情。"王祐站起来，在客厅里踱着步，"听说你最近得到一颗夜明珠，乃是稀世的珍宝，如果你肯献给王振王先生，我想事情就好办了。"

"这个，"赵老板心头一惊，"夜明珠是我用一万两银子买来的。"

"当然，夜明珠是很宝贵的。"王祐对赵老板说，"可是，你整个店和夜明珠比一比，哪个更重要？"

赵老板沉思了一会儿，终于作了一个痛苦的决定："好吧，我把夜明珠拿出来。"

赵老板从内室里拿出一个锦盒，交给王祐说：“王大人，一切仰仗你啦！”

“没问题。”王祐笑眯眯地接过锦盒，“你可以保住你的店，不过，等一会儿王先生会带十位大人一起来你这儿，那十位大人，你也不能不表示一点意思吧。”

“我只有一颗夜明珠啊！”赵老板瞪大了眼睛。

“当然不是夜明珠。”王祐附在赵老板耳边说，“十位大人，每人一锭金元宝就成了，你赶快到附近的金铺去吧。”

不久，王振带着十位大臣来到裕成米行，王祐和赵老板在门口恭迎，王振等人来到客厅，大模大样地坐了下来。

“翁父，赵老板孝敬的一点小意思。”王祐把锦盒捧给王振，笑眯眯地眨眨眼。

“嗯！”王振用手一指，要王祐把锦盒交给小太监。

“各位大人，”王祐又捧了一大堆小盒子，每个盒子里放了一个金元宝，送到各位大臣面前，“这是赵老板的一点小意思，请各位大人笑纳。”

明代京城商铺，明人绘。

“赵老板，”王

振的语气充满权威，“宫中本来想向你买米，现在我自己来看一看，觉得你的店太小，供应不了宫中的需索，所以我决定作罢，不向你买米了。”

“谢谢，谢谢各位大人。”赵老板跪在地上叩头，泪水不知不觉夺眶而出，不知道是舍不得那颗夜明珠和十锭金元宝，还是对王振的宽宏大量感激涕零。

王振和几位大臣回到朝房，在门口遇到吴清。

“吴大人，”王振诡谲地一笑，“我觉得你说得对，官府不要扰民，所以，宫中的白米不向裕成米行购买了。”

“王先生睿智。”吴清严肃地向王振一拜，“这才像王先生念佛济世的做法。”

王振回到家中，命人把马顺找来。

“吴清那家伙不通人情，处处跟我作对。”王振恨恨地说，“你设法加他一个罪名，把他除掉。”

第二天上午，吴清去上朝，有人抱着一个大木盒来到吴清家中，把木盒交给吴清的妻子。

“我家老爷交代不能收任何人的礼物。”吴妻说。

“没关系，是吴大人的好朋友工部刘大人送的，吴大人回来就知道了。”来人放下盒子转身便走。

吴妻看着桌上的木盒，考虑是否要打开来，马顺带着一批衙役闯了进来。

“把木盒打开。”马顺命令衙役。

木盒打开，赫然是一盒银子，一条一条整齐地排列着。

“这是赃物，把它带回去。”马顺高叫道。

于是，吴清被东厂收押，判了一个贪赃收贿的罪名，处以死刑。

吴澄得知吴清被东厂扣押，连夜写了一份辞职书，托朋友递呈上去，自己则催促妻儿，趁天未亮，扮成百姓模样，逃出京城。

王振看到吴澄的辞职书，立刻命马顺去捉拿吴澄。

“记住，”王振对马顺说，“吴澄和吴清一样，都不是好东西，斩草除根，把吴澄加一个共同贪污的罪名，一起干掉。”

马顺来到吴澄家，发现吴澄一家人已经逃跑了，没有人知道吴澄的去向。

刘球还魂

王振手段毒辣，人人畏惧，称之为“翁父”。翁父被捧在云霄，于是，一连发动了两次大规模的战争，一是征麓川之役，一是征瓦剌之役。

麓川是云南与缅甸（miǎn diàn）之间，伊洛瓦底江畔的一块小小的地方，当明太祖派傅友德平定云南的时候，曾经把这一块地方收复，建立了一个麓川宣慰司，以土酋摆夷人思伦发作为宣慰使。

所谓思伦发，发是王的意思，思伦为其名字。英宗即位之初，思伦发的儿子思任发即位，势力强大，侵略云南边境，不愿意接受明朝政府的拘束。以后，麓川与明朝之间，断断续续有小规模的战役。

到了英宗正统五年（1440 年），思任发觉得长期作战，也实在是累坏了，于是，遣使入朝，表示想要言和，王振却是极力主战。

翰林侍讲刘球看不下去，上书皇帝，坦率地表示，不能赞成出兵。

刘球是永乐十九年（1421 年）进士，曾经家居研究学问十年，跟着他求学的人很多。后来入朝，担任礼部主事、翰林侍讲，为官清廉，为人敬重。

刘球的弟弟刘玭（pín）在莆田为官，曾经送了一块当地土产的夏布给他，这夏布也不是什么名贵东西，说是土产，还真是颜色鲜艳土里土气。

但是，刘球就把它当成一件天大的事，不仅把夏布奉还，还写了一封好几页的长信，硬是把弟弟教训了一番。

刘球是坚决反对用兵的，他所持的理由是："王师不可以轻易出动，麓川野蛮人的性格是不可能骤然改变的，南方水旱灾害频仍……凡此种种因素，都不宜在此时此刻出兵。"

此外，刘球另有一层很深的顾虑，他认为，瓦剌才是明朝最危险的边患，若是把甘肃的精兵调出去打麓川，导致北边防御空虚，万一北方"有警"，该如何是好？

可想而知，王振哪儿会肯听刘球的话？于是，正统六年（1441年），明朝政府发动十五万人马，浩浩荡荡讨伐麓川，劳民伤财，骚动天下。

到了正统八年（1443年），奉天殿遭到了雷击。在中国古人看来，这一定是皇上做了失德的事，所以老天才要处罚他。因此，英宗不得不做做样子，下诏要求大臣们上疏，直言时政。

既然是皇帝想听直言，刘球就老实不客气地参了一本，其中有一段："政由己出，则权力不下移。过去，太祖太宗皆是如此。今皇上临朝九年，日渐熟悉，愿守太祖太宗成规，使事权归一。"明眼人都看得出来，刘球希望皇帝独立自主，别再事事让王振给牵着鼻子走。

刘球有一个小同乡，名叫彭德清，素行不端，刘球一向看不起彭德清，从来与他划清界线。

彭德清逮住了报仇的机会，他对王振说："你仔细瞧瞧，这不是含沙射影，指责你揽权吗？"

王振本来就是揽权，但是，他却忌讳别人说他干政。于是王振找来心腹爪牙马顺。王振对马顺说："你今晚替我把刘球除掉，务必要干净利落，不留痕迹，知道吗？"

"是，遵命。"马顺恭敬地回答。

王振满意地点点头，转身走向内室，踱进佛堂，对着几尊佛像拜了三拜，然后盘坐在锦垫上，一脸虔诚的样子。

这一天夜里，刘球好梦正酣（hān），突然，一条黑影从窗外一跃而入，刘球相当机警，立刻醒来，可是，一把冰冷雪亮的钢刀已经架在脖子上了。

“你要干什么？”刘球惊慌地坐了起来。

“你误国害民，罪大恶极。”黑影发出冷峻的声音，原来是马顺。

“我刘球忠君爱国，太祖太宗可鉴。”刘球激动地说。

“好吧，就让你去见太祖太宗吧！”马顺说着，手起刀落，刘球的脖子应声而断。

马顺拿起了床单，把刘球的尸体裹好，背在背上，飞跃而出，消失在黑暗之中。

第二天清晨，刘球的儿子发现父亲失踪了，床上留了一滩血，心知父亲一定是遇害了，连尸首也找不着，一家人跪在佛堂前抱头痛哭。

当然，有人暗地里猜测刘球是被王振派人刺杀的，却没人会猜到刽子手是马顺。

马顺有一个儿子已经生了很久的病，整天躺在床上，马顺遍请名医诊治，儿子的病也渐有起色。有一天，马顺来到儿子的床前，儿子猛然坐起身来，抓住马顺的头发拼命扯，跟着一拳对准马顺的鼻子挥过去，力量奇大，打得马顺口鼻喷血。

“你这老贼，我打死你。”马顺的儿子发疯似的叫着。

“儿子，你疯啦！”马顺惊慌地跌坐在地上。

“我不是你儿子，我是刘球，我要你偿命。”儿子的身体朝马顺扑过来，马顺本能地一滚，儿子的头撞到椅子角，鲜血直流，气绝身亡。

瓦剌使节团入贡

英宗听信王振的意见，劳师动众讨伐麓川，最后获得胜利，大将王骥终于得胜班师，并且在金沙江立石为誓："石烂江枯，尔乃得渡。"

的确，明朝这一次用兵，虽然是威加绝域，可是，动兵十数万人，转战半个天下，人力物力的消耗极大，依然是得不偿失。同时，由于麓川一战，引起了英宗与王振好大喜功的心理，促成了惊天动地的"土木堡之变"。

元朝灭亡之后，蒙古人被赶回旧居之地，居于东部一带的，称之为鞑靼（dá dá），居于西部的则称之为瓦剌。瓦剌愈来愈强，尤其到了明英宗正统四年（1439 年），也先任丞相辅佐脱脱不花，也先是一个贪狠厉害的角色，自称为太师。不过，初起之时，对于明朝，依然保持邦交，经常遣使入贡。

中国人一向是以天朝上国自居，看不起夷狄之邦，瓦剌既然遣使入贡，明朝为了面子，总是请他们住最好的旅舍，搬出最为丰盛的招待。不但如此，贡使临走，明朝还一个人一个人给赏，幸而人数不多，只有区区五十人，开销不算大。

这五十名瓦剌使者又吃又住又拿，简直舍不得回去，轻轻松松走了一遭，竟然能够捞到这样的好处，个个心花怒放，下次还想来。

第二年，又到了入贡的时候，也先心想，反正明朝有的是钱，不拿白不拿。于是，代表团人数由五十人一下子增加了十倍，五百人浩浩荡荡自瓦剌到了北京城。

礼部接待的官员吓了一大跳，吃惊地问："咦! 怎么今年来了这么多人?"

瓦剌为首的代表，笑嘻嘻地说："这表示对大明朝的敬重之意。"

礼部哑巴吃黄连，有苦说不出。可是，人数激增，招待吃力，而且处处仍得讲究排场，不能让瓦剌人看寒酸，临走，又是一人一个厚厚的大红包，只是礼部官员再三表示："明年，派五十个人便可，用不着如此麻烦。"

到了第三年，瓦剌的贡使，竟然多达一千人，礼部相当相当不悦，又不方便发作，于是，在一行人吃饱喝足返回瓦剌之前，不得不拉下脸来，郑重表示："贡使人数，维持五十个人，下一回，千万不许擅自增加。"

但是，说归说，瓦剌根本相应不理，到了正统十年（1445 年），人数增加到两三千人，明摆着年年敲竹杠，把明朝当呆子。

正统十四年（1449 年），瓦剌居然号称来了三千人之多，更过分的是，所谓三千人，不过是书面上的，其实，实到人数，仅仅是两千多人，瓦剌是虚报人数，实领赏赐。

同时，瓦剌入贡的马匹，也不再是精良的纯种马，其中混杂了不少劣级老马，这一切的一切，都让明朝实际当家的王振，气得是沸腾滚滚。

终于有一天，王振被惹火了，他把礼部的人叫来，先是臭骂一顿："你们这样子办事，国库非给掏空不可。"

接着，王振脸一板："这一回，瓦剌派了多少人来?"

"据说是三千人，当然，其实绝对没这么多，顶多来个八成左右。"

"好得很。"王振气歪了，"也先这个混球，还把我大明朝放在眼中吗？不但年年敲竹杠，甚且，他还鼓动蒙古其他部落，一起向明朝讨赏。也罢，你听好，今年的赏赐只有六百人的数量。”

礼部官员期期艾艾道：“这不是只有瓦剌报上来的五分之一吗？”

王振脸一朝天：“这不好吗？”

礼部的人，夹着尾巴回去，乖乖照办。可想而知，瓦剌的人拿到了赏赐，脸都绿了。

一行人回到瓦剌，也先又羞又恼，二话不说，就在正统十四年（1449 年），发动了塞外诸番，联兵入寇。

也先大举入寇的消息，传到了北京城，大家都十分震惊，独有王振，开心极了，他飞快地跑去报告明英宗：“陛下露脸的机会终于来了，陛下当效法太祖、成祖御驾亲征，削平瓦剌，在我大明朝的历史上记下一笔。”

明英宗一向最听“王先生”的话，一听此言，也没有细想，马上就跟着兴奋起来：“对，对，朕当效法祖宗，御驾亲征。”

英宗自幼生长于深宫，不明外界状况，在他看来，御驾亲征，驰骋于荒野大漠之间，想来与打猎一般有趣刺激，何况，一切有他最信赖的王先生调度安排，他是再放心不过了。

于是，英宗踌躇满志道：“看吧，待朕亲征归来，朝廷里的大老们，谁敢再瞧不起朕！”

英宗内心深处的自卑心理，也促成了这一场与瓦剌之间的大战。

王振衣锦还乡

英宗正统十四年（1449年），也先大举入寇，朝廷震惊。宦官王振一向好大喜功，明英宗又是一个自幼生长于深宫，完全少不更事的君主，欣然同意王振的建议，决定御驾亲征。

吏部尚书王直首先力谏："国家边备最为谨严，坚甲利兵，随处充满，且耕且守，是以久安，不必亲御六师，远离塞下，兵凶战危，臣以为不可。"

英宗才不管他的"臣以为不可"。除王直外，兵部尚书邝（kuàng）野、侍郎于谦也纷纷表示："六师不宜轻出。"

王振悄悄地对明英宗洗脑："这些臣子都是在阻挠陛下立功的机会，也先入侵，完全是预料中事，甚且是事先设计的，岂有不胜之理？陛下要不要在明朝历史上留下一笔，就看陛下是否要亲征。"

英宗望着王先生，眼神中有说不出的信赖与崇敬，当下把一切军事都交给了王振，让他全权处理。

王振是宦官，从来没摸过军事，骤然当起总司令，又兴奋又不知所措，他把兵部的人叫来，板起脸孔道："今天是七月十四日，我命令你们，在两天之内，调集五十万大军，不得有误。"

兵部的人一听，人都傻了，两天之内准备五十万兵马粮饷，简直是开玩笑，但是，又不敢开口解释，王振是个大外行，说了也不懂，搞不好，王振一发怒，自己的脑袋先搬了家。

两天很快就过去了，到了七月十六日，果然自各地调来五十万人马，由于过分仓促，车辆马匹、戈矛弓矢、粮草器具，全部不齐，破破烂烂，真正是所谓乌合之众。

明英宗倒是异常地起劲，下诏亲征，命弟弟郕（chéng）王留守。英宗心想，带去的人马想必是愈多愈好，愈能显现威风，于是，自英国公张辅以下，包括六部尚书，连官带兵，声势惊人，从来也没听说出兵打仗是如此累赘（zhuì）的，明太祖、成祖若是看到这种子孙不肖的行径，一定会气得再死一次。

七月二十日，大军出发。第二天，夜宿龙虎台，风横雨狂，军中夜惊，真正是不祥之兆，马上有人想到这是出师不利。二十七日抵达宣化府，连日风雨，人心惶惶，尤其是兵士缺乏粮草，沿途有不少士兵饿死病死。

兵部尚书邝（kuàng）野实在看不下去了，直叩行宫，当面奏请停兵。

王振认为，邝野是存心泼他冷水，气得七窍生烟，勃然大怒："你这个书呆子，懂得什么军事？"王振厉声呵斥，"再乱说话，我就杀掉你！"

"我是为了社稷生灵，你用不着拿死来吓我。"邝野亢声回答，"我不怕死。"

他虽然不怕死，王振却不理，大喝一声："把他给弄出去，罚他在野草之中长跪！"顿时，几名校尉向前，半扶半拖把他撵（niǎn）出行宫，跪在野地里。

如此一来，一方面更失军心，另一方面，王振的威势更大，许多人怕死了王振，一见到王振，不由自主地双膝落地，王振忍不住仰天长笑。

八月初一，明朝大军到达大同，和也先的部队发生了接触战。由于明军兵士缺粮，军心动摇，一战下来，明军横尸遍野，到处可见开膛破肚的伤兵死士。虽然此时，也先暂且退兵，那种战争凄凄惨惨的景象，让王振首次体会到，似乎不太好玩。

接着，王振召见郭敬之后，背脊一阵一阵地发凉，邝野这些书呆子的话，王振是听不入耳的，可是，郭敬不一样，郭敬是王振派在大同的心腹。

郭敬忧心忡忡道："太师成国公朱勇带领的前锋三万人，与也先交锋，大败而溃，也先实非等闲之辈也。"

郭敬并且正色地说："也先为人诡计多端，目前虽然暂时退兵，其实是诱敌深入，绝非惧怕我军。"

王振这下子可有点儿发急了，他问："依你之见，又该如何？"

郭敬回答："三十六计，走为上策。再说，王先生不妨以也先退兵为理由，堂而皇之退兵，再晚可就来不及了。"

旁人的话，王振可以不听，郭敬的劝告，王振是非要考虑不可。第二天一大早，王振下令班师。

退兵也就罢了，谁知道王振突发奇想，他心忖，此去距离他老家蔚（yù）州不远，若是能把皇帝带到蔚州一趟，让乡里的人瞧一瞧，当初看不起他的成国公朱勇等人向他报告之时，竟然是膝行向前，那该有多威风，衣锦还乡，人生快慰莫过于此。

因此，王振打定主意，要借此机会风光一番，光宗耀祖，夸示乡里。

土木堡之变

宦官王振好大喜功，怂恿明英宗讨伐瓦剌也先，却出师不利，也先诱敌深入，暂且退兵，王振听从郭敬的话，决定回銮（luán）。

按理说来，车驾应入紫荆关，往东八十里，便是易州，就到了安全地带。但是，王振是山西蔚州人，他希望皇帝能够“顺便”临幸他的故乡，以便夸耀乡里，扬眉吐气，因此，原来应该往东南的行军路线，改走为直指正东方向。

王振一心只想露脸，脑海中尽是乡人又羡又妒的眼光，他却忘了，时值秋收季节，几十万大军，把田里的收成，践踏得如一摊摊的烂泥巴。

王振一看景象惨不忍睹，心想，这一着棋走错了，真要回到蔚州，准被乡里的人咒骂死，不成，不成，又赶紧改弦更张，仍然取道宣化府，如此一耽搁，就被也先给追上来了。

八月十三日，明朝大军到了怀来以西的土木堡（bǎo），邝野紧急上奏：“请陛下车驾疾驱入关，严兵为殿。”

王振又发脾气：“你这个腐儒，又来烦我，来人啊，拖他出去！”

原来，王振原先准备衣锦还乡，因此，带了一千多辆车子，里面装满了在京城里搜括来的宝贝，这一会儿，车辆未到，王振不放心，因而，需要等待。

邝野知道原委，更加火大，他愤愤不平道：“此是何时，竟然不顾万乘（shèng）之尊，而重视千乘辎（zī）重？”

第二天，八月十四日，更恐怖的事竟然发生了，土木堡是一块高地，掘井掘到两丈深，尚不及泉，人马皆渴，而十五里外，惟一的一条河，已被也先所占，这该如何是好？莫非大家一块干渴而死？

正在一筹莫展之际，第二天正是中秋佳节，突然出现了转机，也先派了使者前来谈判。

英宗欣然同意，特召翰林学士曹鼐（nài），写好谈和的敕书，另外派了两名通事，偕（xié）同也先的使者，一块儿回去复命。

也先派人求和的消息，一会儿工夫，立刻传遍了整个军营，兵士们可乐了，纷纷离开自己的营区，四处去寻找水源，一时之间，整个军营全给乱了。

原来这是也先安排的毒计，他等的正是明军急急觅水的动作。于是，刹那之间，四处涌来瓦剌兵队，高声大呼：“凡是解甲投刃者不杀。”

话是这么说，怎可能不杀？明军却信以为真，一个个忙着抛下盔甲，脱下衣服，光溜溜的，更容易被瓦剌所杀，放眼望去，尽是赤裸裸的尸体，五十万大军，连同所有的装备，荡然无存，令人悲痛。

将相大臣遇难的，还真不少，其中包括入掌机务的学士曹鼐、张益，兵部尚书邝野，户部尚书王佐，侍郎丁铉等等，五品以下的官员，更是不可胜数。

至于罪魁祸首王振，有人说，他在乱兵之中被活活打死，也有人说，王振是被明朝的大将军樊忠用长锤给劈死的，挥锤之际，樊忠还大呼：“我要为天下诛此奸贼！”

王振到底是如何死的，在兵荒马乱之际，谁也顾不了谁，又有谁知道王振到底是怎么见阎王爷的呢？

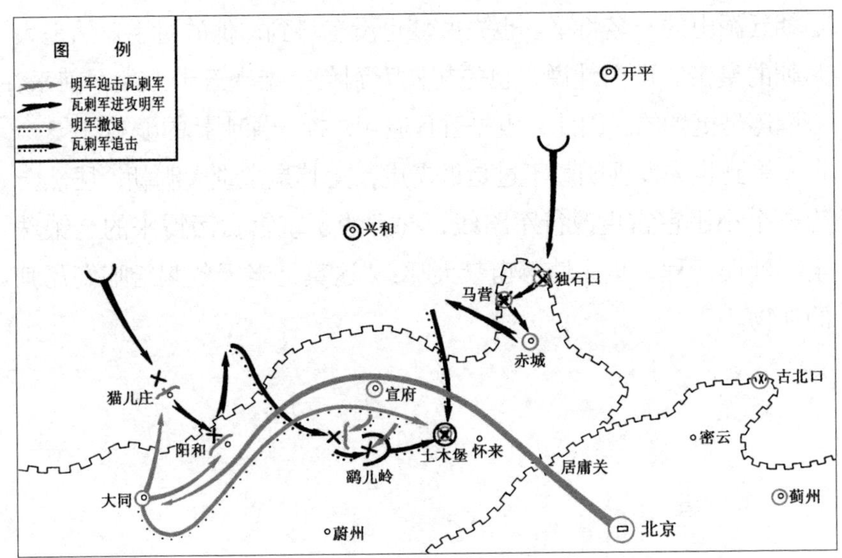

土木堡之战示意图。明英宗正统十四年（1449年），瓦剌四路进袭，也先率主力攻大同，另三路分攻赤城、辽东、甘肃。七月初，明军出大同迎敌，先败猫儿庄，再败阳和口，同时，瓦剌北路也自独石口南下，马营守备弃堡逃走，王振因之力主英宗亲征。七月十五日，明军出居庸关，进至大同，见瓦剌势大，仓促撤军，本拟经王振家乡蔚州，取道紫荆关回返，但王振临时改命由宣府回京，明军侧翼遂暴露于瓦剌攻击之下。也先闻讯，立即率军突入长城。先在宣府附近大败明军后卫，再在鹞儿岭伏兵败明援军。八月十四日，在距怀来城二十里的土木堡，明军未能及时入怀来城，被也先追上。也先先许言和，然后趁明军懈怠，骑兵分数路发动，明军大溃，英宗被俘，史称“土木堡之变”。

倒是明英宗，因为身旁有个得力的侍卫保护，侍卫身上所中的矢箭，加起来像一个刺猬，可是英宗倒是福大命大，丝毫未伤。

英宗虽然毫发无伤，内心的创伤却是无可比拟的，他原先听说亲征，只觉得如打猎一般兴奋好玩，真要上了战场，又可怕又惨烈，恨不得马上回宫。

英宗下了马，垂头丧气一个人坐在草地上，暗自嗟叹：“我这还算是堂堂大明朝之天子吗？”

这一场大战，对瓦剌的也先而言，真是出乎意料之外的顺利。原先，也先以为碰上的对手，了不起是区区一个边将，最多也不过是朝廷派出的一名将军。也先做梦也没有料到，他的对手竟然是大明朝的皇帝。坦白地说，也先起初听到英宗亲率五十万大军前来，心里还是挺怕的。因此，也先暂且退兵，探一探明朝的虚实。

等到也先发现明朝不过是纸老虎，尤其是堂堂大明朝，居然会为一个小小宦官更改行军路线，并且为了宦官贪污得来的金银珠宝，延误行程，也先情不自禁大呼："这真是老天爷赐给咱们瓦剌的礼物。"

明英宗被掳

土木堡之役，明军大败，英宗失魂落魄，一个人下了马，颓（tuí）然坐在草地上，仰望天空，若有所失。

此时，一个瓦剌兵跑来，对英宗说："快快脱下你的盔甲，也许能饶你一命。"

英宗虽然已到了穷途末路，毕竟还是一国之君，他从小到大，从来没有人敢对他如此大呼小叫，毫无礼貌。

所以，英宗抬起眼来，看了一眼瓦剌兵，脸上全无表情，继续两眼发直，仿佛天上写了字，他急于认出字来。

瓦剌兵见这个汉人架子挺大的，正准备一刀下去，结束这汉人的狗命。瓦剌兵的哥哥来了，见此汉人气质迥（jiǒng）异常人，虽然处在危难之中，仍然顾全身份，有一种难以言喻的高贵。

所以，这哥哥忙阻止道："住手，此人非比寻常，假如我猜得不错，他极可能是明朝天子。"

"天子？那不是更该杀了？"

"不，不可轻举妄动，赶快上报。"

到底是哥哥有见识。

果然。不一会儿，也先找来俘虏中见过英宗的人一相认，俘虏本能地双膝落地，高喊："万岁爷！"

这一下，也先可乐坏了，立刻把英宗软禁在巴延的帐篷之中，日夜严密看管。

明英宗

也先告诉部下："这一回，我们捞到一块大大的肥肉，可得善加利用才是。"

英宗人在屋檐下，不得不低头，因此，他命梁贵带了一封亲笔信，命他交给怀来守臣。

梁贵把御书带到怀来守臣处，又带到了京城，交给了于谦。

于谦急急忙忙往下看："朕现居于也先之弟伯颜帖木儿营帐之中，尚能以礼相待。彼辈意在金帛，望尽全力筹措巨资，火速运送前来，满足他们的要求，朕才可以脱困，切切。正统十四年（1449 年）八月十五日，月初上时。"

消息传出，百官痛哭失声，哭声响彻云霄，整个宫中，一片哀凄。

皇帝落入瓦剌手中，能有什么办法？当然只有全力搭救。

因此，孙太后（就是当年那个诡计多端的孙贵妃。英宗也就是孙贵妃从宫女手中抢过来的儿子）哭得唏哩哗啦，下令打开贮藏金银宝货的"内承运库"，拣选蒙古部落最为喜欢的金珠重宝，满满地装了八个大箱子。

另外，英宗的钱皇后也是罄（qìng）其所有，把她自娘家陪嫁来的首饰金银器皿，盛满了两个大箱子，一块儿作为赎金，由太常侍的提督，一路押运，一直送到大同。

也先看到十箱亮晶晶的宝贝，自然是心花怒放。不过，也先可不懂得“盗亦有道”的黑道规矩，东西嘛，也先是不客气地全收下来了，人呢，也先可没轻易放走，白白地让肥羊回去，未免可惜，因此，也先押着明英宗，继续朝北走。

皇帝被瓦剌给掳走了，国不可一日无君，接下来该怎么办呢？

王直率领群臣，决定请皇太后下诏，立只有两岁的皇长子朱见深为皇太子，由英宗的弟弟郕（chéng）王辅政。由孙太后下诏：“神器不可无主……仍命郕王为辅，代总国政，抚安万姓，布告天下，咸使闻知。”明白表示，英宗依然是明朝的皇帝，且有归来的一天。

此时，从前线逃回来的败兵，满街乱走，个个衣衫不整，破破烂烂，真不像个样子，文武百官见了面，总是互相摇头叹息。不过，所有的人讲到最后，总会归结到同样的一个结论：“这一切的一切都是王振害的，也先既然没有本领打到京城，在边疆闹一闹也就是了，何必非要皇上亲征，闹出这么样一个大乱子。”

所以，当郕王第一次听政，几乎所有的奏章，全部都是要灭王振的族以谢国人。

十数名言官并且联合上奏：“若不能奉王振灭族之明诏，臣等死不敢退。”

念奏章的通政使，读到这儿，哽咽不能出声，人人心中原本有一腔悲痛，被如此一挑，个个痛哭失声，真正是男儿有泪不轻弹，只是未到伤心处，此时此刻，大明朝上上下下，都有说不出的伤心。

一时之间，朝廷哭成一团，完全丧失了秩序，郕王皱着眉头，不想再待下去，急着往里走，百官却急着要答案，一拥而上，堵住了郕王的去路，整个场面，可以说已经失控了。

王振被抄家

土木堡之役，明朝大败，宦官王振死于乱兵之中，明英宗被俘，群臣情绪激动，个个嚷着："王振倾危社稷，构陷圣上，今日不灭王振的族，死不甘心！"

这个时候，金英站在高处，做了一个请大家噤（jìn）声的手势，用宦官特有的尖细如猫的嗓音叫道："大家不要吵，皇上有令旨下来，命马顺前往王振住处抄家。"

"马顺是什么东西？马顺就是王振的狗腿子，找马顺去怎行？"立刻有人高声抗议。

给事中王竑（hóng）一向忠君爱国，嫉恶如仇，这一会儿，再也不能忍耐了，他一个箭步向前，抓住马顺的头发，左右开弓，猛甩马顺的巴掌，然后，又狠狠地咬了一口马顺的肉，怒不可遏道："想平日，就是你们这些人，帮着王振作威作福，事到如今，还在神气，我倒要问问你，皇帝呢？皇帝被你们这群狐群狗党弄到哪儿去啦？"

王竑狠命地咬住马顺的耳朵。

其他人见王竑发了狠，也就趁势向前，又打又踢又踩，转眼之间，赫赫一时的马顺命归黄泉。

马顺死了，群臣怒气却未消，众人高呼："还有那毛贵、王长随呢？躲到哪里去啦？"

于是，毛贵、王长随面如土色般被拖了出来，众人拳打脚踢，又一下子打死了两个人。

接下来，轮到了王振的侄儿王山，他也是绝对别想逃掉的，王山被拉了来，跪在朝廷上，郕王见闹得不成一个样子，忍不住想溜，偷偷回到宫里喘息。

于谦机警，急忙向前，拉住郕王的衣袖道："殿下，敬请留步，殿下一走，场面更加无法收拾，请立刻颁旨，以为安抚。"

郕王吓坏了，一心只想赶快脱身，他摆摆手道："你帮忙处理一下吧，代我宣谕，一切便宜行事。"

于是，于谦清一清喉咙，用极为嘹亮的声音宣布道："马顺等人罪该一死，既死不论。"群臣慢慢地安静了下来。

于谦又宣布："王山绑至市场立斩，王振家族无论长幼皆斩。当此国家危急存亡之秋，望人人共体时艰，共谋大计，大家先散了吧。"

于谦这个人，自小就是个领袖人才，他才七岁的时候，有位和尚见到于谦，听到于谦特别洪亮的声音，就忍不住夸奖道："这个小孩，他日宰相的人才也。"

于谦是永乐十九年（1421 年）的进士，宣宗时代，宣宗便特别赏识于谦，认为他磊磊大方，正词崭崭，不像一般朝臣尽是唯唯诺诺，忙着揣摩上意。

于谦快刀斩乱麻，顷刻之间，就把朝廷乱哄哄的局面给平定下来。接着，于谦请示郕王："不抄王振的家，恐怕仍难以使人心服，王振虽然号称佛教徒，他的穷奢极欲也是人所共知的。"

郕王想了一下："这样吧，抄家不如就让右都御史陈镒（yì）去。"

陈镒接受了命令，先去找金英，他问金英："金公公，我奉旨抄王振的家，依你之见，我该带多少人去，你得派锦衣卫的人帮个忙。"

"这没有问题，你想要多少人？"金公公是个老好人，一向是比较好说话的。

“总得要个一百人吧。”

金英摇摇头：“一百人怎么够，最起码也得来个上千人。”

“陈先生，你大概不明白，你可知道王振有多少住处多少仓库？”

“我的确不清楚，烦请金先生明告。”

“他有五处住宅，几十个仓库。”

陈镒张口结舌：“这么多！”

既然王振有如此多财产，陈镒可不敢怠慢，万一被王振身边的人抢先一步，那岂不糟了？因此，事不宜迟，赶紧带人前往各处，先贴上封条，再逐一清点。

隔了两天，陈镒初步提上来一个报告，王振共有大住宅五所，仓库六十四座，其中一座仓库之中，计有玉盘一百面，二十多株六尺高的珊瑚，其他珍玩无数。

由于王振当权七年，搜括的金银宝贝太多，一时之间，算也算不清楚，所以陈镒在奏章中加了一笔：“详细目录，必须要等两个月后才能复命。”

王振走了，家也被抄了，只剩下佛堂中的佛像，依旧法相庄严，冷冷地看着世间，或许这一切，早在菩萨的预料之中。

于谦临危受命

土木堡之变，英宗被俘，宦官王振死于乱军之中，朝臣悲愤异常，王振终于被抄了家，但是，问题重重，该如何解决呢?

郕王忧心忡忡（chōng）道：“大敌当前，最重要的是团结一致，共御外侮，希望人人知无不言，言无不尽。”

此时，人群之中突然闪出一个小矮子，急急忙忙抢着要开口。

众人一齐望去，原来是徐珵（chéng）。徐珵是苏州人，担任翰林院侍讲，他自视甚高，的确也懂得不少，上通天文，下知地理，徐珵经常夜半时分，一个人对着天空发呆，对着满天星斗思考问题。

由于徐珵细细瘦瘦，古灵精怪，有人笑他是“矮子肚里疙瘩（gē da）多”，但也有人挺佩服徐珵的。

这年的秋天，徐珵发现“荧惑入南斗”，荧惑便是火星，《史记·天官书》中有载：“荧惑出则有兵，入则兵散。”徐珵发现，荧惑不但出现，而且直接侵入南斗，这的确是非同小可，因为南斗天星，代表着天子寿命。

所以，早在初秋，徐珵就命令妻小收拾细软，火速赶回苏州老家，徐妻颇不以为然，她娇嗲地说：“老爷子，现在是秋老虎当道，最热的时候，干嘛非要这会儿赶路？真没有道理。”

徐珵吹胡子瞪眼睛：“不要多啰嗦，我还会害你不成，你不怕鞑子来?”

“真有鞑子会来？”徐妻张大了眼睛。

“你再不走，莫非想被鞑子掳到大漠去？”徐珵果真发了火，徐妻只有万般不情不愿，挥汗回老家。

这一会儿，也先入寇，徐珵更有自信：“果然不出本半仙之所料。”因此，徐珵一个箭步冲了出来，用极为果断的口吻，朗朗而言：“今臣验之星象，稽之天数，天命已去，惟有朝廷南迁，才可以纾（shū）难。”

徐珵的话还没有说完，于谦立刻高声喊道：“主张南迁者，可斩也，京师是天下的根本，一去则大势已去，莫非宋朝南渡的教训还不够吗？”

于谦一向极有威严，这几句话又批驳得厉害，一时之间，个个都噤口不言。

金英附和于谦，跟着来了一着，他指着徐珵道：“此人胡说八道，根本不配在这儿议事。”

北京城，清人绘。

徐珵接连吃了两个极辣的火锅，谁若是与他有相同的意见，此刻也不敢开口了。

王直沉着地说道："今日之危急，臣以为宜升于谦为尚书，悉心筹划军事。"

郕王点点头道："好，现在于谦就是兵部尚书。"

于谦也不推辞，他诚恳道："受命于危难之际，臣实也不敢不尽心。"

郕王又问："于谦，你心目中有哪些武将可用？"

于谦稍微思索了一下："臣推荐石亨、杨洪、柳溥（pǔ）与孙镗（tāng）。"

"好，一切听你的。"

于谦虽然是一个文弱书生，却具有一流的军事头脑，在土木堡不幸丧生的邝野便经常对人说："我的才能的确不及于大人。"

于谦是永乐十九年（1421 年）的进士，宣德年间，在江西担任巡按使，曾经昭雪冤囚数百人，博得了于青天的美名。

后来，由于杨士奇的举荐，升为兵部右侍郎，他每到一地，总是不辞辛劳，一个人骑着马，走遍穷乡僻壤（rǎng），尽全力为地方百姓造福。

英宗正统六年（1441 年），于谦曾经向朝廷提出一个建议："河南、山西一带，积存了数百万的谷子，在每年三月借给缺粮的贫户，待秋收后再还。"

英宗采纳了于谦的建议。于谦在河南担任巡抚之时，亲率民众整治黄河，种树凿井，榆柳夹道，在山西，于谦不准军官私占民田。

总而言之，在三杨（杨士奇、杨荣、杨溥）当道之时，对于谦是十二万分地器重，他所提出来的建议，多半都是一律照准。

然而，到了王振当权，一切都不一样了，王振喜欢人家巴结，盼望朝臣送礼。于谦两袖清风，哪儿有余钱去贿赂？再说，他个性刚直，根本不屑王振的所作所为，要于谦也跪在地上，肉麻兮兮地呼王振为“翁父”，那还不如要于谦去死。

于谦不肯低头，王振自然不悦，曾经巧立名目，把于谦关入大牢，坐了三个月的监，因为实在找不出理由，只好释放。再加上山西、河南的官民，纷纷上书朝廷，请求于谦留任，所以，于谦再度担任山西、河南的巡抚。

正统十三年（1448 年），于谦被调任兵部左侍郎，英宗亲征之前，于谦曾经极力谏止，但是，英宗睬都不睬。

这一会儿，土木堡失利，英宗被俘，于谦心中真有说不出的悲痛，事实比他当初预料的还要糟糕，作为一个对国家有责任感的知识分子，有时内心深沉的悲哀实是一言难尽啊！

于谦拥立明景帝

土木堡之变，发生在明英宗正统十四年（1449 年）八月十四日，正好是中秋节的前一天。中国人一向重视中秋团圆，每逢佳节倍思亲，对于远在前方作战的亲人，更多了一层思念。

由于古代通讯事业落后，中秋前夕的惨变，隔了好些天才传到京畿（jī），人人奔走相告，带着不可置信的神情："奇怪，五十万大军，不是小数目，怎么一下子的工夫全完了？"

有人气愤填膺（yīng）："不成，咱们非寻也先报仇不可。"

也有人忙着烧香拜佛，祈祷出征的人儿，能够顺利平安地归来。

更多人最最忧心的，该算是皇帝给掳了去，国不可一日无君。

明英宗的母亲——孙太后尤其心焦如焚，不过，她倒不是感情上担忧儿子，而是挂虑一己的身份地位。

孙太后就是当年那位貌若天仙、心如毒蝎的孙贵妃，孙贵妃为了夺取皇后的宝座，利用宫女，生下一子，就是明英宗，并且软硬兼施，挤走仁厚善良的胡皇后，终于母以子贵，当上了皇后，也才有今日孙太后的隆显地位。

孙太后心想，我这个太后，得来不易，既然不能母以子贵，无妨，还可以来个"奶奶以孙子贵"。

于是，孙太后快刀斩乱麻，在八月二十一日紧急下诏，立朱见深为太子，朱见深是明英宗的儿子，才只有两岁大，刚刚会走路，还不会讲话。孙太后的算盘是，万一英宗福大命大，脱险归来，皇位自然还是他的，若有不幸，没关系，皇位仍然平平稳稳是她孙子的。孙子年纪虽小，不能亲理政务，反正，暂时由郕王监国也就是了。

不过，人心惶惶，外头议论纷纷，都说国赖长君，两岁的奶娃娃，如何能够维系人心，尤其是，也先随时入寇，眼前的局势——危险啊！

孙太后不能对外界的纷扰完全置之不理，不得不勉为其难，召见胡濙、王直与于谦三位老臣，垂帘听取意见。

年纪最大的胡濙（yíng），最能明白孙太后的用心，首先发言："臣以为宜立太子为帝。"

于谦忍不住脱口而出："不可，立郕王则皇上归国有日，立太子，则皇上归国无期。"

"喔？"孙太后挑起了眉毛，"这是什么道理？"

于谦沉着地分析道："不论立太子，或者立郕王，均当尊皇上为太上皇。但是，若是立太子，太子只有两岁，太上皇归来，就是不复位，也必训政，也先见奇货可居，岂肯轻易放人？只有立郕王为帝，也先发现明朝换了皇帝，皇上的价值减低，挟持也没有什么用处，这才可能放人。"

于谦的话还没告一段落，王直立刻接口："臣以为立郕王远胜于立太子。"

孙太后心里怄得很，却又不能说，自己可以不顾儿子的安危，只好满心不情愿道："我也认为于先生的话，的确相当有道理。"

于谦是个不放心的人，他又追问了一句："皇上回来，会不会复位？"

孙太后的脸色，益发难看，她原本漂亮的容颜，因为多年来，用了太多的心机，线条刚硬，竟有点儿满脸横肉的狰狞。孙太后隔着垂下来的湘帘，终于被逼着说了一句："太上皇归国，依旧是太上皇。”

于谦这才笑逐颜开，恭恭敬敬地拜了一拜：“有此慈谕，相信太上皇不久之后，当可以平安归国。”

郕王（郕王是宣宗的次子，英宗同父异母的弟弟）听到消息，内心暗喜，表面可不能露出一丝丝的喜悦，并且一让再让，坚持不肯接受。一直拉锯到了最后，于谦引用孟子所言：“社稷为重，君为轻。”郕王这才“不得不”答应，是为明景帝。

孙太后是极不愿意看到这样的发展。但是，她是大风大浪中走过来的人，表面不动声色，一心一意是想护卫着两岁的太子。

孙太后找了她一个心腹宫女阿菊来商量。孙太后是山东人，阿菊也是山东人，不过，孙太后是当年出了名的山东美女，阿菊则是粗手大脚，有几分男人气息的山东壮妇。

孙太后对阿菊说：“我不放心太子，害怕将有人会危害他的小命。”

阿菊摇摇头：“不会的。”

“谁说不会？”孙太后抛了一个白眼。她心想，当初英宗的生母怀孕时，还不是欢天喜地，自以为怀了龙种，谁能料到孙太后会下毒手，不但抢了宫女的儿子，并且把宫女给杀掉。

孙太后正色告诉阿菊：“我要你小心照料太子，等太子到了仁寿宫，你就好好帮我照料。”

于是，两岁的太子，就被送到仁寿宫来，由十九岁的阿菊照料，谁也料想不到，以后，太子长大，成为明宪宗，竟然娶了大他十七岁的姊妈阿菊，这段奇异的故事，我们以后会慢慢道来。

也先挟持明英宗

土木堡之变，英宗被瓦剌的也先所俘，明朝上下，人心惶惶，幸赖大臣于谦在朝堂上主持正义，维护秩序，把局面稳定下来。

正统十四年（1449 年）九月，郕王即位称帝，以次年为景泰元年（1450 年），是为明景帝，遥尊英宗为太上皇。景帝即位第一件大事，就是用于谦为兵部尚书，主持大局。

也先把英宗俘来，当然要善加运用。英宗身边有个小太监，名叫喜宁，人很灵巧，但是不被英宗喜爱，英宗被俘之后，喜宁立刻表态，愿对也先效犬马之劳。

喜宁对也先献计："攻北京最迅捷的一条路线，就是先取大同，不妨把太上皇押在前面，就说是要把太上皇送还回来，让他回到北京去复位，如此一来，城门自开，明朝人总不能说，不要皇帝了吧。"

也先点点头："嗯，这个主意不坏。"

于是，也先派了人，挟持英宗到大同，假装说是要把英宗还给明朝。

大同的守将郭登，是条硬汉子，他须长过腹，相貌英伟，治军严格。郭登自己登上了城门，用他特有的大嗓门，大声地喊道："赖天地祖宗之灵，国家已有皇帝了。"并且下令，把城门关得紧紧的。

同时，郭登又亲自为伤兵裹药，诚恳地对军士们说："我誓与此城共存亡。”

也先攻不进大同，又去找喜宁问计：“郭登闭门不理，下一步又该如何?”

喜宁不慌不忙道：“刚巧我对边关虚实，颇知一二，大同既然进不去，就攻紫荆关吧。”

紫荆关的守将，在上回战役之中阵亡。新派来的孙祥，初来乍到，还没有摸清楚状况。孙祥只守了四天，城关就被也先攻破，孙祥也在巷战之中，不幸捐躯。

兵败的消息，传到了北京，人人震惊，景帝急忙找于谦等共谋对策。

大将石亨，长得方头大耳，十分威武，他首先站出来发言：“也先来势汹汹，我们不妨把北京城九个门紧紧关闭，来一个坚壁清野，也先在城外骚扰一阵子，又攻不入城门，自然会退兵。”

于谦不赞成，他说：“官军只采取守势，岂不是长他人志气，灭自己威风？”

因此，于谦先点齐人马，再分命大将驻守城门，下令鼓舞士气，随时出外迎击。于谦还做了一件事，就是在城内外到处贴了军令，上面写着：“临阵，将若是不顾军士，先退者，斩其将。军士若是不顾将，先退者，后队斩前队。”

这道军令可不是闹着玩的，于谦也不是说话不算话的人，人人看到军令，都吓得吐舌头，也都知道非拼不可。

也先找人撕了一张军令，带回来与喜宁研究。

喜宁了解于谦的为人，他摇摇头说：“于谦是准备不要命的来硬干，他可不是说着玩的，用不着与他对上，这么办吧，不如派个使者告诉他们，派大臣来见太上皇，谈个条件，多取些金帛。”

景帝接到消息，相当为难，英宗被也先捏在手里，也先说要明朝派大臣去接驾，于情于理，都不能不派个人去。可是，该派谁呢？若是也先把派来的大臣，又给扣了起来，岂不又多了一名人质？真是伤脑筋，于谦在前线，此刻也不能共谋对策。

最后，景帝说："这样吧，不如找两个小臣，升为大臣，这样，若是被扣押，损失也不大。"

于是，通政司参议王复，一下子成为右通政，内阁中书赵荣，也马上换了太常寺少卿的官服。景帝并且表示："回来之后，一定升官。"

王复、赵荣又开心又害怕，表面上仍然不动声色道："朝见太上皇，臣子应有之义，不敢邀恩。"话说得挺漂亮的。

此二人打扮得人模人样到了土城，晋见太上皇，只见太上皇脸色惨白，仿佛病得快要死了，憔悴枯槁（gǎo），真是虎落平阳被犬欺，看来好惨好惨。

太上皇身旁，十来个瓦剌兵，个个横眉竖眼，脸露凶光，杀气腾腾，王复、赵荣心中直打哆嗦。

喜宁在宫中待久了，一看便知，这两个小臣不够分量，他马上咬着也先的耳朵，如此这般地说了半天。

接着，透过翻译，传达了也先的意思："瓦剌国的太师淮王（这是也先自封的称号）说，他们两个小官，够不上谈判的资格，要谈，就要找王直、胡濙、于谦、石亨来。"

王复、赵荣赶紧向也先行了礼，出帐上马，赶回朝廷报告，景帝听完报告，皱眉道："此四人，都是军国重事，倚仗至殷的，岂可自投罗网。"

再说，景帝也不真的希望太上皇归来。

谈判破裂，战事再起。

于谦炮攻也先

也先挟持明英宗，要求明景帝派于谦等四位大臣前来谈判，景帝既不可能派大臣自投罗网，又为了避免扰乱军心，相应不理。

也先等了三天，没有消息，决定大干一场。也先心中，其实是相当看不起明朝的，浩浩荡荡五十万明朝大军，还加上皇上亲征，三下两下就清洁溜溜了，尤其掳来明英宗之后，英宗那种懦弱胆小，窝窝囊囊，毫无英雄气概的小家子气，真让也先给看扁了。

虽然，喜宁劝告也先，于谦可不是好惹的，在也先看来，于谦或许比喜宁强，强在忠心爱国，毕竟是永乐十九年（1421 年）的进士，百无一用是书生，文弱书生与也先作战，太自不量力了吧。

也先开始了大规模的猛攻。也先轻易地攻入德胜门，发现空无人迹，未加深思，继续前进。在土城关附近，也先军队发现明军，藏在北极寺后头，也先大声呼叫道："看你们往哪儿躲？"快马加鞭，呼啸追过去，明军飞快往前奔，也先大队紧追不舍。

也先部队过了卧虎关，来到了西小关一带，忽然之间，仿佛是一声巨雷，也先部队可傻了眼，还没有弄清楚状况，最前面的一批人马，应声而倒，后面的人，吓得急急忙忙勒住马缰。

"糟了，明朝在用九龙筒，"也先的弟弟孛（bó）罗解释道，"这是一种厉害的火器，杀人不眨眼。"

孛罗的话没说完，"轰隆，轰隆"连着三声巨响，烟雾弥漫，空气中全是刺鼻的硝味，好多面旗帜倒下来了，瓦剌兵也纷纷摔下马来，哀号之声此起彼落，孛罗满身鲜血，也阵亡了。

这一仗也先虽败，但并未全军覆没，土城关一带，最少还有两万部队。

于谦想用火炮，直接攻他的大营，可又顾忌英宗在营中，忽然之间，却得到了密报，说英宗已经北移。

“真的吗？”于谦又惊又喜，“快，再查！”

再查之下，果然英宗被送走了。于谦一拍大腿：“天赐我也！”于是，开始大规模地用炮。

火药是中国人四大发明之一，火炮则是自元朝开始使用的。明成祖发动靖难，攻城略地，用得最多的，便是火炮。

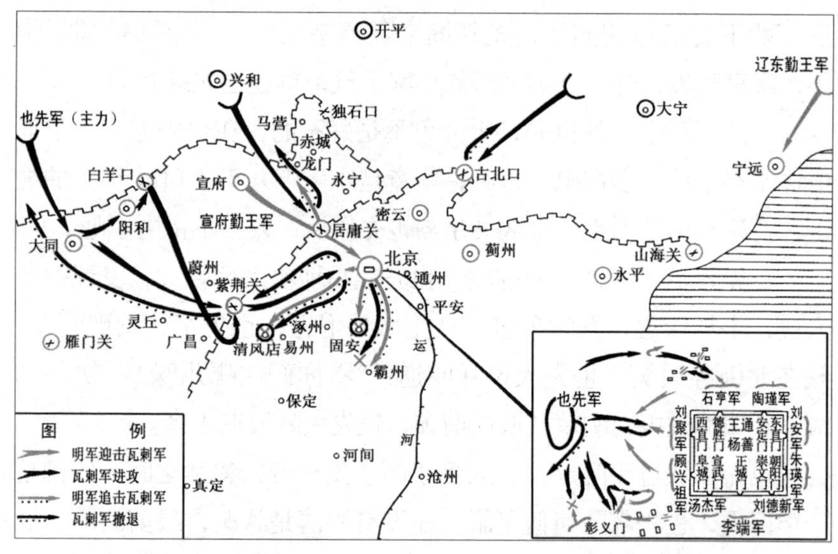

北京保卫战示意图。明英宗正统十四年（1449年），土木堡战后，也先企图以英宗为质，迫明廷投降，未果，遂三路进兵，东路进逼古北口，中路进攻居庸关，也先自率主力自大同东下，破白羊、紫荆关，长驱进入京畿。随即环攻北京城门，均被明军击退。此时瓦剌中路攻打居庸关不克而退，明军追击，俘斩良多。也先见前有坚城，后有险关，深怕归路断绝，于十月十五日向紫荆关撤退。于谦发觉，纵军追击，于清风店、固安大破瓦剌。宣府派一部勤王，追歼瓦剌于霸州。十月十七日，也先狼狈撤出紫荆关，退往塞外。瓦剌东路军见中、西两军失利，未及古北口，即撤退。北京保卫战胜利结束。

守济南的铁铉（xuàn），一如其名，钢铁般的性格，成祖猛攻三个月，济南城始终攻不下，铁铉也守得很辛苦。最后，成祖开始用火炮轰，聪明的铁铉，急中生智，制作了许多木牌，到处悬挂，木牌上写的是“太祖高皇帝神牌”。中国人最注重孝道，成祖没这个胆子，用火炮对付神牌，只好下令停止炮轰。

成祖正式得到天下以后，更积极改良火炮，尤其是平定交趾之后，有高人指点，制造了“神机枪炮”，其射程之远，威力之猛，又非以前的土炮所能及，成祖大喜，正式成立了“神机营”，是为炮兵部队。

于谦自从临危受命，担任兵部尚书之后，立刻要求工部，赶制炮架，架设在各个城门之上，现在是养兵千日，用于一时之际了。

当天晚上，于谦亲自指挥，点起了火炬，接着，城外官军，也一起点起了火炬，表示讯号传到了，然后，刹那之间，大炮齐发，不但炮声震耳，炮火的红光更是耀眼，如果不是有人哀号，倒像是过新年放大火炮般的热闹。不过，这当然不是新年喜庆，那一颗颗火炮爆炸开来，可是要命的。

也先部队可慌了，个个抱头鼠窜，而且，只敢往黑处闯，因为亮处有火炬，代表有官军，可是，黑处黑洞洞的，人挤人，挤死人，这么一夜炮声隆隆，也先的部队全跑光了，明朝大获全胜。

北京城外的居民可乐了，比过新年还兴奋，看到远远来的也先部队，纷纷用砖瓦石头抛击，倒也击中不少，如此一来，也先的部队更加紧脚步回老家，这一切，全在于谦的精心设计之中。

这一仗打下来，军心大振，论功行赏，于谦加官“少保”。于谦不肯：“国家多难，卿大夫之耻也，岂敢邀功行赏？”景帝不理会，非赏于谦不可。

这一会儿，也先明白，明朝毕竟还有人才，可不能太小看对手了。

也先与喜宁琢磨了半天，又想出一条新计。也先杀了一匹马，备了好酒，把英宗找来，笑里藏刀："依我看，中国是不要你了，如果中国派使者来，我送你回去。"

英宗说："要送就送，何必劳烦使者？"

"你回去，只是当太上皇，没意思，不如这样吧，我送你去南京。"

"去南京做什么？"

"还是当皇帝啊，现在你弟弟当皇帝，只不过是于谦几个人支持，你回南京，当然还是皇帝，我还送一个妃子，一路照料你。"

"妃子？"

"对啊，我妹妹，今年十九岁，有名的美人。"

又是回去当皇帝，又有美人相伴，明英宗不免心动了。

袁彬患难见真情

也先被于谦打败，落荒而逃，回到瓦剌，又想出一个新主意，他想把明英宗送回南京，当一个傀儡皇帝，并且送自己的妹妹为妃子，明英宗颇为心动。

英宗回答："兹事体大，我回去想一想，明天再回答你。"

英宗回来，马上找袁彬、哈铭共商对策。

袁彬是锦衣卫校尉，哈铭是翻译官，他是蒙古人，此二人在北京时，根本连与英宗见面的机会都没有，但是，此番天子落难在外，若不是靠了袁彬与哈铭为英宗带来的浓浓温馨之情，英宗非死在塞外不可。

王振劝英宗出征，英宗视为一件有趣、好玩，又可以立功的赏心乐事。真正到了战场，一败涂地，满地伤兵，他恨不得马上回宫，奈何天不从人愿，英宗自小最敬爱最依赖的王振死了，自己又被也先活捉，简直是一场噩梦，却没有醒来的时候，英宗真是欲哭无泪了。

幸而此时，天上掉下一个袁彬，袁彬真好，忠心耿耿，细腻体贴，不论上下山坡，涉足溪涧，凡是有危险的地方，袁彬总是小心翼翼，在一旁尽心尽力保护英宗，好言好语安慰英宗。

天子落难，其他被俘的臣子自身难保，懒得多理英宗，而且明哲保身，远离英宗，免得被也先疑忌，招来不测，中官喜宁等干脆立刻改为投靠也先，相形之下，袁彬与哈铭真是傻。

这个傻傻的袁彬还真是周到。塞外寒冷，大家都没有御寒的衣服被褥。到了晚上，袁彬来到英宗的帐房，发现英宗正在啜（chuò）泣，偷偷哭得像个见不到妈妈的小孩。

袁彬悄悄躺下，把英宗冰冷的双脚，放入自己温暖的胸前，小声地询问："皇上暖些了吗？"

英宗用力地点点头："是的，刚才好冷啊。"

"那我以后，天天晚上都来。"

英宗感激地望了袁彬一眼，叹一口气道："人，真是一种最奇妙的动物，若不是被俘，我看不出喜宁是如此现实的小人，我也不会发现，你是如此不顾现实利害，朕现在不是皇帝，没法给你任何承诺与保证，你所为何来。"

"皇上不必多想，不用多说，能有机会为圣上效劳，这是我的福气。"袁彬诚诚恳恳地回答，英宗的眼中，泛出了感激的泪光。

从此以后，袁彬与英宗，两人形影不离，朝夕共处，仿佛是骨肉至亲一般，又似乎是患难兄弟，相扶相持。

有一回，袁彬太忙太累，加上塞外苦寒，水土不服，终于爬不起来了。

英宗一摸袁彬额头："糟了，好烫，一定是发烧了，怎么办？"

英宗急得在帐幕中绕来绕去，这儿不是皇宫，没有御医，没有药物，没有御寒的衣物，就是连生个火都困难，怎么办呢？

英宗好着急，最后，他只想到一个办法，就是脱掉上衣，用身体压着袁彬的背，让自己的体温为袁彬驱寒。

袁彬发现了，睁开眼睛，双手乱摇："不行，不行，这如何可以，折煞我了。"

"唉，到这般地步，还分个什么君臣之礼。"英宗温柔地回答。

这一句话，仿佛是一道暖流，流过了袁彬的心田，他心想，自古至今，大概也没有皇帝光裸着身子，为臣下御寒的吧，他与英宗之间，这分深情，若不是天子遇难，又哪能碰上？想到此，心理一增强，汗流浃背，不一会儿，袁彬烧退了，英宗大喜过望，拉着袁彬的手："没有你，我怎么熬下去？"

如今，英宗有机会回国了，他急着找袁彬商量。

袁彬相当冷静，他分析道："此路不通，天寒地冻，皇上又不大会骑马，从宁夏，下陕西，入湖北，再往长江，最后才到南京，路途遥远，不知会发生什么意外，一路守将未必会开门，大同的郭登，就是一个现成的例子。"

"至于献妹吗？那根本是监视皇上啊。"

英宗一听此言，好像是泄了气的皮球，其实，他还挺中意也先的妹妹，也先长得粗里粗气，外貌可怖，奇的是也先妹妹相当标致，秀秀气气，一双大眼睛，眼波流转，好让英宗心动。

袁彬看出了英宗的心意，他心想，食色性也，皇帝在宫中，左拥右抱，到了塞外，见到送上门来的绝色，又怎舍得拒绝？

因此，袁彬又加了一句："也先献妹，若是接纳，更没有逃出这个鬼地方的机会了。"

哈铭在旁，也表示同意袁彬的看法。英宗终于点点头："还是你们考虑得周到。"

明英宗计诱喜宁

也先扣押明英宗为人质，他想把英宗带到南京，当傀儡皇帝，并且把妹妹嫁给英宗，随时监视英宗的一举一动。

英宗与袁彬、哈铭商量的结果，此事不可行。

于是，英宗婉转地向喜宁解释："我不擅长于骑马，一路风雪，恐怕支撑不住，不如等到明年，春暖花开时再远行不迟。"

"噢，"喜宁的眼珠子，滴滴溜溜转了一转，"那么，意思是暂缓？"

"是的。"

"那么，先娶妃吧，娶个老婆好过年。"

"你是指太师的令妹？"

"没错。"喜宁扬着脸，"人家可是绝色啊。"

英宗其实是喜欢的，不过，权衡轻重，他仍然委婉地拒绝："册妃可是大事一件，怎能委屈太师的令妹，这一桩事，不如也等到我回南京时，再作考虑吧。"

喜宁用不可置信的眼光瞅（chǒu）着英宗："皇上不是见过她，而且挺喜欢她吗？"

英宗不回答，只是再三地说："此事不急在一时。"

英宗的确见过也先的小妹妹，由于从未料到塞外有如此的清秀佳人，眼睛定定地追着美人许久，喜宁曾经看在眼中，因此，对于英宗的拒绝，着实大感意外。

喜宁转过身来，看到袁彬，忽然之间，一切都了解了，他指着袁彬道："就是你这个混账作梗，不用说也猜得到。"

第二天，也先派人来，说要袁彬与哈铭去帐中。也先有请，当然不得不去。

袁彬一走，英宗心里就嘀嘀咕咕，放心不下，英宗心想，也先找他们，准没有好事，是教训一顿，或是……想到这儿，英宗再也坐不住了，站起身来，就直往也先的营帐。

英宗一踏入，就发现袁彬、哈铭二人都被五花大绑，捆得牢牢的，不禁大惊失色："咦，你们要干什么？"

紧接着，英宗一个箭步向前，伸出手来，两只手紧紧抱着袁彬，哽咽地说："我知道你们要杀袁彬，不如先杀了我吧，没有他，我也不能活下去了。"

也先总不能把人质给杀掉，只好满心不情愿地放了袁彬、哈铭。

袁彬捡回一条命，君臣三人楚囚对泣，唏嘘不已，光是叹气没用，非得面对现实不可。三个臭皮匠，胜过一个诸葛亮，三人研商了半天，终于想出了一条对付喜宁之计。

过了一段时日，也先又提起，要英宗写信给孙太后，要明朝早日遣使谈判送回英宗的事。

"光是写信没用，得派一个人去才行。"

"派谁？派袁彬行不行？"

英宗摇摇头，"不行，依照规矩，他不能入宫，也见不到太后。"

"这倒难了。"也先想了一想，"那么不如找喜宁，喜宁是太监，可以入宫。"

"没错，他是可以，就怕他一入宫，北京城中有人对他不满，就会先杀了他。"

"如果，有人证明，喜宁是钦差，就没人敢杀他。"

"对，"英宗简单地回答，"不如派高磐（pán）跟了去，高磐是锦衣卫百户，守将全认得，会让他入关。"

也先大喜："如此再好不过了。"

于是，英宗写了一封信，请求孙太后及早派人遣使赴瓦剌谈判，由喜宁、高磐转交。

喜宁和高磐到了宣化府，都督佥（qiān）事右参将杨俊正在巡视。

喜宁高声喊道："我是太上皇帝钦差喜宁，快快开城，我要进京觐（jìn）见太后。"

杨俊当然不会贸贸然开城，但是，也不能完全置之不理，杨俊思考了一会儿，自己出了城，带了一些点心，把喜宁、高磐带到小房间中，打开食盒，饮酒漫谈。

喜宁是小人得志，根本没把杨俊放在眼中，一个劲儿催："快点，我要早点见到孙太后，没工夫在这儿多耽搁。"

突然之间，高磐走到喜宁的背后，死命地搂紧喜宁，并且对杨俊说："请杨将军把我与喜宁一块儿绑起来。"

杨俊一下子呆住了，高磐又叫："快！拜托！"

杨俊立刻吩咐左右，把他二人给捆起来，却不晓得高磐葫芦里卖什么药。

高磐被捆起来，似乎安心了，他说："请解开我小腿上的裹腿，里面有皇上的亲笔信。"

杨俊一层一层解开高磐的裹腿布，里面果然有一封信，拿到油灯下一看，上面写的是：

"字谕边关守将，中官喜宁，怂恿也先入寇，并且不欲送朕回京，罪大恶极，兹派锦衣卫百户高磐诱使回国，凡是我守将，务必擒喜宁，送北京交法司诛之，切切勿误。"下面署一个"镇"字，明英宗的名字是朱祁镇。

杨俊一看，这件事假不了，他也办不了，马上连人带书信，火速送往北京。

明景帝的拖延战术

喜宁被俘，由于英宗有谕："务必抓住喜宁，送京交法司诛之，切切勿误。"因此，当喜宁到了京师，很快就被处决，并且把他的尸体公开暴露三天，让大家看看，背叛君主的下场就是这样。

喜宁是也先的新宠，喜宁替也先送信，竟然被杀了，也先当然光火，挥兵南下，大同、阳和、宣化一带都吃紧。

但是，也先毕竟人马不足，更重要的是，明朝有了于谦领导，加强了边疆与京师的防守力量，使得也先无隙可乘，反而白白损失了不少人马。

也先盘算了半天，觉得如此这般耗下去，实在不划算，因此，也先又派人到明朝，表示愿意议和，同时，还暗暗表示，中朝（指明朝）不妨派个人到瓦剌，探望一下太上皇。

土木堡之变，天子蒙难，全国上下深以为耻。中国人一向是忠君的，尤其明朝人深受儒家思想熏陶，更时时刻刻以君王为念，所以，朝廷中不断有人建议，应该派使者赴塞外，带些衣食，探望探望太上皇。

其中有个名袁敏者，曾经追随英宗北征，后来侥幸不死，逃了回来，心中始终牵挂英宗的安危。

袁敏上书给景帝："太上皇以前住在九重深宫，穿的是衮（gǔn）绣华服，吃的是珍馐（xiū）美食，住的是琼宫瑶室，如今圣驾陷在沙漠，服有衮绣乎？食有珍馐乎？居有宫室乎？臣曾听说，君主受到耻辱，臣子惟有一死，今天，太上皇受到这般的辱没，臣子何以为心，臣不惜碎首挖心，恳求派遣使者，带些衣物前往沙漠，以尽臣子之义，臣虽万死，心实甘愿。”

袁敏的一番话，说得既诚恳又坦直，朝廷中许多大臣，都有同样的看法，希望能想个办法，把太上皇给迎接回国。

当然，站在景帝的立场来看，他是一百个一千个不愿意英宗回来。

朝臣也不是傻瓜，自然也了解景帝的心理，所以，老臣王直干脆明言：“陛下天位已定，太上皇回来，不再莅（lì）天下事，不过仅是安慰祖宗之心。”

景帝听了，不怎么悦耳，他答复王直：“你们说得有理，可是，我们遣使不只一次，每次都是也先使诈，若是也先又假借送还上皇为名，乘机攻打京师，岂不是百姓遭殃？”

皇帝既然这么表示，臣子也只好闭口了，这件事就这么拖了下来。可是，也先却不想再耗下去，也先真心想议和了，因为绑了一个英宗在手上，明朝又另外立了一个皇帝，这个人质显然不发生效力，不如和好如初，至少每年朝贡，还可以得到一笔丰厚的赏赐。

也先又派了五名大臣，到明朝来表示诚意。

景帝烦极，还是一个“拖”字。

这一回，王直仗着自己是四朝元老，老实不客气地开口顶撞了：“太上皇蒙尘，依情论理，本该奉迎归国，今日不遣使，他日必后悔。”

王直的话，讲得很重，简直是教训景帝。景帝也恼了，气呼呼地说：“朕本来就不想坐这个位子的，就是你们硬把朕推上来了，现在又啰啰嗦嗦，朕真搞不懂是什么道理。”

场面整个全僵住了。

这时，于谦又站出来了，于谦大公无私，任何事全是以国家整体为考量，他对景帝说：“天位已定，不会再有任何变化。现在应该尽快去迎接太上皇，万一，也先再使诈，那就不是朝廷的错了。”

于谦这一句“天位已定，不会再有任何变化”听在景帝的耳朵里，分外受用，何况于谦一向讲话有信用，又有力量。于是，景帝脸上也立刻变为晴空万里，马上改口：“好，依你，依你。”

明朝君臣在朝廷之上，出自《徐显卿宦迹图》，明人绘。

于是，一场僵局化解，全场一片“万岁”之声，声不绝耳，群臣脸上都露出了欢喜的笑容。

王直等人终于盼到了这一天，景帝终于答应去接英宗了，开始兴致勃勃地商讨细节。

此刻，景帝身边的兴安，怒气冲天地跑来，他一心护主，巴不得英宗永远留在大漠，兴安认为，王直等人是欺负景帝。

兴安跑进来，一脸等着吵架的阴暗神色，他挑衅（xìn）道：“你们一定非要遣使不可，我倒要问问看，这儿有文天祥，还是有富弼？”

文天祥与元军谈判，富弼出使契丹，都要有不入虎穴、焉得虎子的胆识，所以兴安有此一问。

王直也火了，他回敬兴安：“皇上派谁去，谁就非去不可，若是实在找不到人，我去！这总可以了吧！”

说罢，王直袖子一甩，留下兴安在一旁发愣。

太监兴安护主心切

瓦剌也先劫持明英宗，由于明朝已另立明景帝，也先攻明又无法取胜，挟持着一个明朝皇帝，毫无利用价值，于是，转变态度，积极与明朝展开和议，表示愿意将太上皇无条件送还。

景帝自然是不希望英宗归来，却又挡不住王直等大臣再三催促，终于被迫答应派个人赴瓦剌去谈谈看。

此时，礼科给事中李实毛遂自荐，愿意担任志愿之士前往瓦剌。李实是礼科之中，有名的辩论大王，为人不拘小节，颇有几分小聪明，自认为才高八斗，却未获重用。李实心想，或许办成这一趟外交，能够平步青云。

景帝为了奖励李实的胆识，同时，为了表示明朝派出的不是小官，特别在李实临走之前，升李实为礼部右侍郎。

李实兴高采烈地拿了国书，以及明朝赐给瓦剌脱脱不花国王的银子绸缎，准备出发。

李实接过玺书，顺手一抽，拿起来一看，大吃一惊："咦！怎么没写要奉迎太上皇回国的话，难道不小心忘了？"

李实急忙奔到内阁，由于太慌张了，在台阶上差一点被绊倒，李实一抬头，恰好遇到景帝最宠爱的太监兴安。

兴安见李实手上拿着玺书，心中知道是怎么一回事，把右脚一伸，挡着李实的去路："你急着往里面闯，到底要做什么？"

"玺书之中，怎么竟然没提到要奉迎太上皇之事，幸亏我发现了，否则岂不是闹笑话？”

“闹什么笑话？”兴安怒眼一瞪，仿佛想把李实吃下去似的。兴安火冒三丈：“你啊，管这许多做什么？捧着黄封套去也就是了。”

李实心里明白，这是景帝使诈，玺书是有意不写奉迎太上皇，所以要求景帝改玺书是不可能的，李实只好黯（àn）然回家，准备起程到瓦刺去，一切随机应变了。

景帝景泰元年（1450 年）七月里，李实冒着毒辣的太阳，到达了瓦刺，放眼望去，光秃秃的沙漠，疏疏落落立着几个蒙古包，李实很难想象，养尊处优，自小生长在皇宫内院的英宗，怎么熬得住。

不一会儿，李实见到了英宗，更是百感交集，英宗穿着一件破破烂烂、已经泛黄的短衫，神情疲惫，脸色憔悴，头发披在肩上，呆若木鸡，所谓“虎落平阳”大概就是这个模样吧。

李实喉头哽咽，勉勉强强挤出一句：“臣李实，恭请圣安。”规规矩矩叩了一个头。

“请起来吧。”

当李实站起来，与英宗双目一接触，双方都忍不住眼泪涟涟，不断用袖口抹眼泪。

“唉，终于有人来看朕了，太后、皇上还好吧？”

“都好。”李实回答。

“来，来喝奶茶。”英宗交代身旁的哈铭、袁彬。

袁彬取来一皮袋奶茶，倒在木碗里，奶茶是塞外人民的日常饮料，营养丰富，但是又膻（shān）又腥，李实喝了一大口，一阵反胃，几乎吐了出来。李实再看帐篷里，又小又热，脏乱无比，大头苍蝇嗡嗡地飞来飞去，有一只竟然不偏不倚，落点恰在太上皇的鼻尖上，奇怪的是，太上皇也不用手挥，仿佛十分习惯了。

中国人对天子都有一种说不出来的敬爱，李实也不例外，对于眼前天子蒙尘这一幕，他简直无法接受，忍不住开口批评："都怪王司礼，建议御驾亲征，否则，太上皇也不至于在此受苦。"

"你的话朕不能同意。"英宗非常不高兴道，"你不要随随便便批评朕身边的人，王司礼是忠心的，何况他还为国捐躯了，朕实在是十分思念王先生。"讲到这儿，英宗的眼圈都红了。

李实吓呆了，自然也不敢再开口。他心想，都说太上皇糊涂，放纵身边小人王振生事，看来一点也不错，太上皇到了今天这步田地，依然没有丝毫悔意，或许，"护短"也是人天生的劣根性吧。

英宗虽然落魄至此，见到了臣子，自然又摆出了皇帝的架子："你把朕的衣服带来了没有？"

李实这才发现，太上皇的衣衫，肘子上一个大洞，露出脏黄的皮肤，而且身上飘出许久未洗澡，酸酸的恶臭味，真是狼狈到了极点。

李实思索了一番，很得体地回答："此行原不料有机会遇到太上皇，因此也没携带太上皇的衣服，不过，臣自携带的衣服，可以敬献太上皇。"

最后，李实还是忍不住，又说了一些太上皇不爱听的话："土木堡事变，全由王司礼而起，希望太上皇归国之后，下诏罪己。"

所谓下诏罪己，就是皇帝颁下诏书，自己责备自己。这个话不入耳，英宗干脆闭嘴不回答。

杨善散财救主

明景帝派遣李实，前往瓦剌，与也先展开和议，但是，李实带去的玺书之中，却没有提到想要接回太上皇，因此，也先再度派人前来明朝，表示愿意将太上皇无条件奉还。

明景帝为此愁眉深锁，他是一千个一万个不希望明英宗回来，虽然于谦在朝廷之上说过：“天位已定，宁复有他。”可是，球是圆的，太上皇回来以后，到底如何发展，谁有把握？却又不能不派人去接太上皇，否则，一定又有臣子啰啰嗦嗦地唠叨：“太上皇对于陛下：有君之义，有兄之恩，安得而不迎？”

想来想去，最后，明景帝仍然是一个“拖”字，他又派了杨善去瓦剌谈判。不过呢，杨善带去的玺书之中，依旧没有奉迎太上皇归国的话，在景帝看来，最好太上皇熬不住餐风宿露之苦，病死在大漠，那就一了百了。

杨善是太学生出身，明成祖起兵时，守城有功，担任典仪所引礼舍人。在朝廷任官多年，始终是个小官，爬不上来。

明朝初年，明太祖重视太学生，常不次擢（zhuó）用，举凡中央要员、地方大吏，都派太学生担任，成为太学生的全盛时期。

明成祖以后，国家社会都不重视学校，甚且有“身非进士，不能入阁”之语。所以，杨善非科举考试出身者，宦途是非常坎坷的。

杨善人长得很帅，声音又极为洪亮，他也知道自己这个优点，因此，每次在鸿胪（lú）寺当序班，引人入奏时，杨善清亮的语音，每每引起明成祖的注意，总是忍不住多看他两眼，对杨善这位英俊小生注视许久。

不过，杨善为官四十多年，由帅哥进入了帅公，由英俊小生熬到白发已见的英俊老生，依然是个小官，实在是杨善内心颇为懊丧的事。

明英宗北征瓦刺那场战役，杨善也担任扈（hù）驾，跟着浩浩荡荡的部队前去，到了土木堡，明兵溃不成军，杨善机警，溜得飞快，夹着尾巴逃回京师，回到家里，天天失眠，半夜醒来，总觉得自己还身陷土木堡之中。

由于这一份同病相怜，杨善对于落入敌手的太上皇，有说不出的同情与不忍，他时时幻想，如果当时也被俘虏，现在不晓得是如何光景，想到这儿，杨善总不免打一个寒颤。

景帝即位，朝廷臣子循依惯例，彼此在朝房相贺。杨善走了过来，冷冷地丢下一句话："太上皇现在沦落到什么地方去了？你们还在彼此相贺？"

大伙惊诧地望着杨善，只见杨善因为过于激愤，满眼饱含泪水，大家都收起了笑声，个个脸色凝重地走开了。

后来，李实被派往瓦刺，与也先交涉，杨善着实欣喜了一阵子。接着，杨善听说，景帝其实不愿意太上皇归来，所以，玺书之中，没有奉迎的意思，杨善真是气恼万分。

这一回，景帝又要派人赴瓦刺，杨善于是当仁不让，毛遂自荐，他很够意思地对朋友说："我决定用一片丹心，三寸不烂之舌，四名小犬，万贯不吝之财，全力把太上皇救回来。"

原来，杨善虽然官阶不高，但祖上颇留下一些家产，杨善这一回是铁了心，全力以赴，不达目的，绝不中止。

为了办这一趟外交，杨善找了一些志同道合的朋友，在家中进行沙盘演练。

王直首先发言："与胡人交涉，出手不能太寒酸，偏偏朝廷只准备了脱脱不花与也先的赏赐，恐怕是不够的。"

"关于这一点，各位不必担心，你们随我来。"

杨善带领众人，来到隔壁一个小房间，里面全塞满了布帛绸缎、茶叶药材，而且全是上等好货。

杨善说："我打听过了，这些全是塞外罕见、胡人又最喜欢的关内名产。"

王直说："佩服，佩服，杨兄花费不少。"

"岂止花费不少，我是散尽家财，一定想办法把太上皇给弄回来。"

胡濙道："敢情杨善乃今之弦高。"

"岂敢，岂敢。"

弦高是春秋时代，郑国的一名富商。秦穆公派兵偷袭郑国，弦高途中巧遇，心中发急，突生急智，他以郑国的名义，捐出十二头牛劳军，并且派人通知郑国。

秦国将领吓了一跳："奇怪，我们这次出兵，事前防范严密，郑国怎么会知道？既然郑国都晓得了，事前一定有所防范，不如就此罢兵。"

由于弦高的慷慨解囊，让郑国减少了一场浩劫，历史上传诵不已，誉之为爱国商人。

杨善效法弦高，能否成功呢？杨善心中没有把握，他把桌上的一杯酒，一饮而尽："总该试试看吧。"

杨善的送礼攻势

杨善凭着“一片丹心，三寸不烂之舌，四名小犬，以及万贯不吝之财”，终于到达瓦剌，期望能够救回明英宗。

由于杨善带去的礼物太多了，一路之上，来往搬运，实在辛苦，幸亏杨善四个儿子，一个比一个高大壮硕，搬上扛下十分麻利。

杨善原是长袖善舞型的人物，人长得漂亮，虽然年纪大了，风度仍不减当年，加上出手阔绰，随手掏出的全是名贵货品，因此，他一到了瓦剌，马上成为风头的焦点。他笑声不断，音调洪亮，似乎非常爽快的样子，瓦剌人很欣赏杨善的豪迈。

也先听说明朝又派了个杨善前来，决定先派田民去探探底，弄清楚杨善的来意，在此方面，也先是深谙知己知彼的道理。

这个田民，原先也是明朝军人，土木堡之役以后，被瓦剌所俘，田民为了求生存，很快地投向也先这边。自从喜宁死后，田民就取而代之，成为也先身边第一红角。

杨善是个老狐狸，他自然明白田民扮演的角色。田民一来，杨善堆起满面笑容，先把带来的礼物，一一托田民转交。接着，掏出用红布包裹着的极为名贵的人参交给田民：“这是千年老参，我特别留给你的。”

田民不料杨善有此一着，大有被重视的愉悦，也故示大方地表示：“我是却之不恭，受之有愧，咱们闲话少说，先来喝个两盅，尝一尝全羊宴吧。”

酒过三巡之后，田民问杨善：“土木堡一役，南朝的军队好没用啊。”

杨善瞅了田民一眼，心想，你田民当时也正是没用中的一个。当然，他可不会将心事写在脸上。

“没错。”杨善抿了一口酒，笑道，“塞外的酒好烈。当时，凡是精壮有力的军队，全被调去南征瑶人僮（zhuàng）人。王司礼也不是存心去打仗，而是想邀圣驾去故乡露一露脸，要是换了现在，那情况可又不一样了。”

田民好奇地问：“怎么说？”

“道理非常简单，”杨善闲闲地回答，“南征的军队全回来了，总共有二十万人之多。而且于谦于尚书为湔（jiān）雪前耻，又挑了三十万精兵，专门训练神枪、火器与毒药弩箭，远在百步之外，就可以置人于死地。这还是一般人看得到的，另外，于尚书另有秘密武器。”

“是什么？”田民瞪大了眼睛。

杨善张开嘴，想说，又咽回去。

“到底是什么？说来听听嘛。”田民忙着为杨善斟满了酒，好奇地追着问。

杨善装着考虑再三的模样，最后才说：“于尚书手下，有一个厉害的策士，他下令将所有边界，全都埋设了铁桩，铁桩深可三尺，上头露出一个五寸长尖尖的矛头，马蹄踩上去，当场鲜血直喷。”

讲到这儿，杨善发现田民痛苦地闭了一下眼睛，仿佛他正骑坐马匹，踏在矛尖上。

杨善又接着说：“另外，于尚书还请了少林寺功夫高的老和尚，训练一批刺客，像这样简陋的蒙古包，”杨善抬头望一望，“刺客一跃就上去了，一会儿，匕首就插在谁的脖子上了。”

田民不自觉地摸一摸脖子，又往上探视蒙古包，确定此刻没有刺客，方才又饮了一杯酒。

杨善又故意懊丧地说：“可惜，这些好装备，现在全都用不着了，大家和议一成，欢好如兄弟，兄弟之间，何必兵刃相见？你说是不是？”

于谦的威名，田民是耳熟能详，因此，杨善的话，田民是全都听进去了。

酒过三巡，杨善突然摘下手上的玉镯子，热络万分地递给田民：“这是我们杨家的传家之宝，今日，你我投缘，我就送给你吧。”

“这怎么可以？”

“怎么不可以，只要你喜欢我喜欢，有什么不可以？”杨善一副非要送的姿态。田民也是识货的，既然杨善如此大方，他也是不拿白不拿。

第二天一大早，田民立刻求见也先，加油添酱把杨善的话，复述了一遍，并且盛赞杨善够体面，出手阔。

田民巴结地把杨善拜托转交的礼物奉上，并且一件一件地品评：“你瞧，这缎子多细。”“看，这可是中原最珍贵的药材。”“喏，这是武夷山的茶叶，香味不得了。”

也先原本贪婪，一件一件收下礼物，对杨善的好感，也就一层一层地增加。

也先欣赏完毕，田民这才分析道：“杨善之言，不免夸大，但是，于尚书的本事，也的确是有的。”

也先曾经是于谦手下的败将，他知道于谦果然是个出将入相的人才，因此，他不住地点头：“我了解。”

杨善伶牙俐齿

杨善携带厚礼，到了瓦剌，希望能够想办法把太上皇明英宗给救回来。

也先收下了田民转交的种种珍奇异品，当天晚上，整夜把玩，爱不释手。当下便决定，如无意外，就把这个累赘（léi zhui）的人质给放了，再换一些宝物好享用享用。

另外一方面，杨善也在失眠，一个人在小小的蒙古包中，走过来，踱过去，仔细考虑明天双方会谈的细节。

表面上看来，杨善凭着万贯不吝之财和一片丹心，费尽心思，营救上皇，的确令人感动，其实，他有他的私心。

杨善家中颇有一些资产，奈何由于非进士出身，使尽了全身吃奶的力气，怎么也爬不高，他也曾巴结王振，逢年过节，不断地向高官奉上厚礼，却怎么也升不上去。

杨善同情英宗，但是，他更同情自己。杨善做出一副效法爱国商人弦高的模样，毫不心疼地尽散私财，其实，他是在赌，希望押对了宝，明英宗回到朝廷，再掌大权，那么，杨善就扶摇直上，成为头牌红人了。

第二天，杨善与也先一见面，杨善就笑声朗朗，又献上礼物。也先纳闷地说："昨天不是送过了吗？"

杨善神秘地笑笑，透过翻译解释："这个不一样喔。"

也先兴奋地拆开包裹内很漂亮的礼物，赫然发现是一个大银杯，上面刻了八个大字："太师淮王，加官晋爵。"

田民在一旁，谄媚地再三讲解，也先顿时面有喜色，真正是所谓"礼多人不怪"。于是，也先拉着杨善的手，亲亲热热地说："来，咱们坐下谈。"

杨善开门见山，单刀直入询问也先："有件事，我不明白，想要请教太师。太上皇帝正统年间，太师进贡，每次必派三千人，每次回去，都是金币载途，太师何以背弃盟约，进攻我朝？"

也先刚收了礼，对杨善的直言，并没有不开心，反而是满腹委屈地诉苦道："为什么削我的马价？为什么赐给我的衣帛，其中很多是剪断的？又为什么我派去的好多人都放不回来？另外，还减了每年固定的岁赐。"

也先愈讲愈激动，气咻咻（xīu）地说："这一口气，教人怎么能够忍得下去？"

杨善好言好语道："这不是削太师的马价，实在是负担太重，但是，太师的马既然运到了，又不忍心退回，只好稍微减少一点，太师自己估算看看，整个说来，是不是反而比以前增加？至于衣帛被剪，这是通事做的坏事，事发之后，已经问斩。"

杨善真是应变本领一流，哪有什么通事处斩，反正他信口胡编，也先也无从查证，杨善又加了一句："譬如说，太师送来的马，也有劣马，送来的貂皮，也有毛都光秃秃的，这又哪儿是太师的意思？"

其实，用劣马敝貂滥竽充数，正是也先的意思，但是，也先总不好承认，所以频频点头。

杨善又鼓起三寸不烂之舌道："再说，太师每年遣使，多至三四千人，其中难免有坏人在内，或者犯了法，或者偷了东西，害怕回来之后，遭到太师处罚，所以自己逃走了，明朝政府干嘛把他们留下来？"

杨善的口才，把死的都说成活的了，因此，透过翻译马显的说明，也先不断点头，十分开心的样子。

杨善察言观色，认为是时候了，所以，正式提出要求："太师再三发动军事攻击，屠杀我军民数十万人，可是，太师部队也死伤不少，上天好生，太师好杀，何必逆天行事？如今，不如归还太上皇，两国和好如故，中原金子布帛源源不绝送上门来，两国俱乐，岂不是美事一桩？"

"金子布帛源源不绝"这句话，深深打动了也先。

不过，也先还是要端一端架子，也先问杨善："奇怪，玺书之中，何以没有提到希望奉迎太上皇之语？"

关于这一点，实在是景帝根本不想要杨善把太上皇弄回来，却是杨善无法老实告诉也先的难言之处。

不过，杨善挺有本事，他堆起满面笑容，从容不迫道："这是朝廷希望成全太师的美名，让太师自愿把太上皇送回来，如果说，明明白白写在玺书之上，倒反而显得强迫太师。我想，太师不是一个能被强迫的人。"

也先听了，所有毛孔齐放，有说不出的舒服。

旁边一个名叫昂克的瓦剌大臣，忍不住道："你们要迎回太上皇，何以不用金银珠宝来交换？"

"唉，这当然不行。"杨善马上接口，"如果用金银珠宝交换，人家一定会说，太师太贪利。惟其如此，才能彰显太师仁义，名垂青史，颂扬万世。"

这番恭维，也先是飘飘欲仙，忙不迭（dié）地说："好，我就把太上皇交给你。"

明景帝愁肠百结

经过杨善父子的一番努力，遭也先所挟持的明英宗终于可以回来了。

消息传到京师，有人欣喜若狂，大呼小叫："万岁，太上皇要回来啰！"也有人发愁，当然，最烦恼的人是明景帝。景帝心中暗暗骂道："杨善简直就是违反圣旨。"

景帝挂着一张苦得不能再苦的苦瓜脸，忧心忡忡问身旁的太监兴安："他回来以后，住在哪儿呢？总不能也住在大内吧。"

兴安回答："当然，反正有唐朝唐明皇的例子。"

景帝冷冷道："那可不是什么好的例子。"

唐朝天宝十四年（755 年），安禄山亲率十五万大军从范阳起兵，当时唐朝经过长期的太平，百姓未曾遭遇兵乱，突然听到消息，无不惊骇。天宝十五年（756 年），安禄山在洛阳称帝。唐玄宗在仓皇之中，逃难前往四川，半途之中，到达马嵬（wéi）驿，将士们又饿又疲，愤怒异常，把祸首杨国忠杀掉，肢解尸体，并且把他的头钩在长枪上，挂在驿门外。

杀了杨国忠，兵士们还不能息怒，非要杀杨贵妃，因为杨国忠若不是靠着杨贵妃的关系，岂能扶摇直上，当了宰相。最后，唐玄宗没可奈何，只好命令高力士把杨贵妃带到驿馆的佛堂，把贵妃缢（yì）死，正如同白居易在《长恨歌》中所描述的："……六军不发无奈何，宛转蛾眉马前死，君王掩面救不得……回看血泪相和流。"

马嵬驿事变以后，唐玄宗失魂落魄继续西行，却有一群父老拦路请玄宗不要逃亡，父老们说：“宫阙、陛下家居、陵寝，全都在此，现在舍弃了这些要到哪儿去？”坚持不肯放行。

唐玄宗痛苦道：“天也。”于是，玄宗答应把太子留下来，玄宗与太子分道扬镳（biāo），太子北行，玄宗入蜀。其后，太子即位，尊玄宗为上皇天帝，改元至德，是为唐肃宗。

后来，安史之乱平定，肃宗即遣太子太师韦见素到成都，奉迎上皇，并且派出精骑三千人迎驾。当上皇到达南楼之时，肃宗脱下了黄袍，换上了紫袍，表示不再是天子，在楼下诚惶诚恐拜见上皇。

父子二人相见，抱头痛哭，呜呜咽咽，上皇拿了一件黄袍，亲自温柔地为肃宗换上。肃宗不肯，慌慌张张又要下跪，上皇说：“能让我安享余年，就是你的孝顺了。”肃宗不得已，只好答应。

当天晚上，准备了丰盛的筵席，每一样菜，肃宗都亲自尝过，再殷勤地为上皇布菜。第二天，肃宗且亲自为上皇牵马。

上皇说：“不可如此。”于是，肃宗改为骑马前导，却不敢骑在马路正中央，而是歪歪地骑在道侧。上皇感叹万千道：“我当了五十年天子，未足为贵。今天为天子之父，才真正是当得起一个贵字。”

接着，父子二人同拜太庙，肃宗再度表示避位，上皇不许，一推一让，闹了半天，最后，皇位始定，上皇移居在兴庆宫。

这一段历史故事，景帝熟悉，大臣们也熟悉。

胡濙便说：“肃宗所作所为，这才算得上是忠孝双全，情义两孚（fú）。”

拥景帝派者可不这么认为，在他们看来：“兄弟岂可与父子相提并论？”一位名叫王文的更说：“瓦剌要派五百人相送，谁知其中又暗藏什么阴谋。这一回来，我敢保证，不索土地，必索金帛，哪有这般便宜之事。”

王文这一嚷嚷，大伙面面相觑（qù），低着头，谁也不敢吭气。

只有那脑袋清楚的于谦，淡淡地说了一句："没那么严重，不过派五百兵士，又何足畏？"

接着，于谦转头问胡淡："我们派出的使者，该到达宣化府了吧？"

"应该到了。"

胡淡并且提出奉迎上皇的仪节："首先，派遣礼部官迎于龙虎台，接着由锦衣卫具全副銮（luán）驾，迎候于居庸关外，然后，文武百官迎接于土城外，到了教场门，诸将迎接，上皇自安定门入，进东安门，南面设座，陛下谒见，百官朝见，最后，迎入南内。"

所谓南内，当年唐玄宗以太上皇的身份，自西蜀回到长安以后，住在兴庆宫，此宫称之为"南内"。明朝也有南内，便是大内之东偏南，位置与兴庆宫相仿佛的崇质宫，不过，其规模无法与兴庆宫相比。"崇质"二字乃崇尚质朴之意，可见其简朴，民间称之为"黑瓦厂"。

胡淡提出的建议，景帝不但不接受，并且诘（jié）责："居心安在？"在景帝看来，万一从土城到教场门这一段路上，文武百官一致拥护上皇复统大政，那该如何？

因此，景帝断然道："我昨天接到上皇的手书，他希望奉迎之礼，务必从简。"

这分明是景帝睁着眼说瞎话，群臣却只好乖乖闭口。

商辂迎接明英宗

经过杨善的一番努力，明英宗终于可以回来了。

明英宗回首前尘，想到这一年以来，被也先挟持当人质，起居不定，东奔西走，挨饿受冻，仿佛是一场噩梦，梦醒来，却不敢相信是真的，他用力捏自己的手指，好痛，果然是真的了。

瓦剌的伯颜帖木儿派了五百人相送到了宣化，明朝则派出许彬前往迎接，英宗一场噩梦醒来，由皇帝变成了太上皇，心里也颇不能适应。

英宗问许彬："你是两榜及第？"

"是的，臣是永乐十三年（1415年）进士。"

"好，那么，你替我写几篇文章，第一是罪己诏；第二是抚慰群臣；第三是祭文，祭祀土木堡阵亡官军。"

上皇开出了作文题目，许彬不敢怠慢，仓促之间，手边全无参考资料，完全要靠肚子里的货色，幸而许彬是饱学之士，文笔优美，一篇祭文写得是悲壮凄凉，上皇看了频频点头，尤其许彬了解上皇护短，故意写了不少王振的好处，上皇更是不断地说："很好，你很用心。"

接着，上皇一行来到了居庸关，前往迎接的是商辂（lù）。上皇看到商辂，虽然高兴，却不自觉地低下头来，有点儿惭愧。

原来商辂是"展书官"，所谓展书官，是授课的业师，也就是上皇的老师。商辂是乡试第一名，会试第一名，殿试第一名，整个明朝，也只有商辂是第一名到底的，俗称为三元及第。商辂学问道德都是一时之选，所以曾经担任过上皇的老师。

商辂对研究唐史极有心得，因此，他曾经举出鱼朝恩等宦官的例子，殷殷劝戒上皇："鱼朝恩曾经说过，天下事岂有不听我的吗？可见宦官为害之大。"

上皇不听商辂的话，仍然宠信王振。不过，上皇始终认为土木堡之役，不能怪王振，何况王振还为国捐躯了，他每每想及王振王先生，依旧思念不已。

在上皇看来，最最可恶的，不是也先，而是于谦。若非于谦拥立景帝，明朝与也先早就谈和了，他也早就获释。当然，他也可能被也先杀害，明朝灭亡。"就算是死了我也甘心，反正是命嘛，最气不过的是，竟然我弟弟白白捡了皇位。"

由于心中这股怨气难平，上皇一见商辂，马上提出疑问："也先曾经告诉我，于谦坚持要我逊位，可有此事？"

"没错，于谦功在社稷，也功在上皇。"

"这话怎么说？"上皇眉毛一挑。

"因为也先准备挟天子以令诸侯，必须明朝换一个皇帝，也先发现手上人质无用，这才愿意归还上皇重修旧好。如今上皇平安归来，就是最好的说明。"商辂恳切地回答上皇。事实上，当初在朝廷激辩之时，商辂也是站在于谦这一边的。

商辂的回答既理性又有逻辑，奈何人不是理性的动物，尤其皇位之事很难看开，所以上皇耿耿于怀："我听说，当时虽说是朝廷共识，但还是于谦一个人坚持。"

商辂发现，上皇眼中含有怨毒，心下一惊，连忙解释："于谦坚持，无非也是希望上皇安全。"

这句话，上皇完全听不入耳，人都是得寸进尺的，上皇在大漠时，心想万一有朝一日回京师，能保住老命就是万幸，如今即将返国，又为了皇位气愤难消。

双方沉默了一会儿，上皇又忧心忡忡道：“依你之见，我弟弟将来会不会易储？”所谓易储就是换太子。

商辂立刻回答：“无储可易。”

上皇试探地问：“你是说，我弟弟还没有生儿子？”

“正是如此。”

一听此言，上皇比较心安，却又不放心道：“可是，我弟弟年纪还轻，不愁没儿子，等他有儿子以后，难保不易储。”

商辂不方便多说什么，只好说了一句：“天子圣哲。”

上皇叹了一口气道：“我知道，你是要我明哲保身。唉，一切都是命。”

商辂心想，明明是你宠用王振，天下骚动，偏偏要一切委之于命，没办法。

钱皇后以泪洗面

由于景帝的坚持，明朝采用了最简陋的方式，以一轿二马迎接上皇于居庸关。

虽然景帝尽全力打压，但对于京师民众而言，于谦固守京城，瓦剌自知不敌，终于能把上皇放回来，总是一件大喜事。因此，几乎所有北京城的居民，在八月十五日那一天全都拥到了街上，争相一睹上皇的丰采。

上皇的车驾到了安定门，老太监金英掀开了轿帘，低低唤了一句："老奴接驾！"四目相接，都是满眶泪水。

接着小太监捧来了一个金盘，上面放着盘领窄袖黄袍，一条金镶玉带，一顶乌纱摺角向上的翼善冠，伺候上皇更衣。上皇抚摸着黄袍上面绣的金龙，想到自己已不是皇帝，不免黯然。

上皇步上兵车，车驾缓缓前移，只见安定门内，一片旗海招摇，文武百官齐呼万岁。上皇进入东华门，下了车，拉着景帝的手，百感交集，流下两行清泪。

"大哥。"

"弟弟。"

兄弟二人相拥而哭，哭得肩膀不断地颤抖，心中各有委屈，上皇是丢了天子的宝座，景帝是悲伤上皇干什么回来搅局。

景帝虽然一肚皮不开心，表面上还是得虚伪地客套一番："大哥既然平安归来，理当早日复位。"

“天位已定，岂能更改，这段期间，多亏你支撑大局。”

兄弟二人假来假去，很虚伪地互相推辞一番，然后，景帝依然当他的天子，上皇则心情灰恶前往南宫。

南宫位于太庙以西，以黑瓦盖成，古树参天，十分幽静，就是太幽静了，仿佛是一张没有颜色的黑白照片，相较于大内的五彩缤纷，上皇的情绪低落到了极点。

上皇咬一咬牙，勉强压抑住情绪，他心中暗暗安慰自己：“也罢，退一步海阔天空，总算可以见到皇后了。”

上皇与钱皇后伉俪（kàng lì）情深，钱皇后是典型的中国贤淑妇女，温婉内向，最懂得为他人着想。正统七年（1442 年）被封为皇后之时，上皇怜悯她娘家卑微，曾经想为后族封侯，钱皇后推三推四，说什么也不肯答应。

土木堡之变，英宗被俘，宛如青天霹雳，钱皇后为了赎回上皇，二话不说，把从海州娘家带来陪嫁的首饰、金银、器皿满满地装了两大箱子，罄（qìng）其所有全捐了出来，有宫女劝她：“娘娘，总要留一些，孙太后都没拿什么。”

钱皇后哭得披头散发：“皇上若是回不来，我要那些身外之物又有何用?”

结果，也先收了宝物，上皇依旧困在塞外。

从接获消息那一刹那开始，钱皇后就日日夜夜，泡在泪水里。白天哭，晚上也哭，哭得饿极累极困极，不自觉就和衣躺在冰冷的地板上，梦中惊醒，又开始哭天抢地，结果，一个不慎，跌坏了腿成了跛（bǒ）子。

这下子，钱皇后哭得更凶了，又担心皇上，又自艾自怜，眼泪仿佛决了堤，泛滥成灾，后来，一只眼睛就这么哭瞎了。

因此，当上皇见到瘸（qué）了一条腿、瞎了一只眼，憔悴难看的妇人，怎么也不相信这会是他的钱皇后，钱皇后应该是如花似

明英宗钱后，明宫廷画师绘，台北故宫博物院藏。

玉、灿烂活泼的小仙女啊，上皇又怜又痛，又恨又气。

“天啊，皇后怎么变成这个模样？”原本心情不佳的上皇，整个人都崩溃了，他趴在地上，用头撞地：“我再也受不了了。”

上皇哭，钱皇后更哭，她哭自己为何不保重身体，成为残疾之人，让上皇看着伤心，钱皇后抓着头发，哀哀切切道：“都是我，都是我不好。”

“好了，谁也不许再哭。”孙太后走了出来，严冷地下令，“今天是喜事，我们母子竟然还能相见，哭什么哭。”

孙太后又指着钱皇后：“你啊，已经哭瞎了一只眼睛，莫非还想再赔上一只眼睛？”

孙太后的话，毕竟有分量，皇后止住了泪水，上皇也擦干了眼泪。孙太后清一清喉咙道：“让我们庆祝团圆吧，不过，大家记着，南宫之内，处处小心，事事谨慎。”

原来，景帝在南宫内外，做了周密的布置，到处都有锦衣卫，表面上是保护上皇的安危，骨子里，自然是监视上皇，外头的人，不准随便进去，里面的人，也不能自由出入，换句话说，上皇是被软禁在南宫，无怪上皇不免低泣：“我好比笼中鸟，有翅难飞啊！”

广西思明府的分尸案

杨善神通广大，竟然真的把太上皇自瓦剌迎了回来，举朝都认为，杨善建立了不世奇功，理当封爵加赏。

但是，景帝不作如是想，在他看来，杨善并未奉命去迎接上皇，他这个人自作主张，简直是违抗圣旨，不治杨善的罪，已经是够客气的了。所以，杨善的官职，只是由右都御史迁左都御史，二者都是正二品官职，算是平调，不升不降。

杨家倾家荡产，得此结果，十分扫兴，杨善四个儿子都郁郁寡欢。杨善本人倒是笑谈自若，他对儿子们说："无论如何，我们可是做了一件顶天立地了不起的大事，我们要沉得住气，等待东宫即位，就有享不尽的荣华富贵。"

杨家老大摇摇头，他原本想说："父亲未免过于天真。"沉思了一会儿道，"这个希望何其渺茫，东宫才三岁，皇上也不过二十岁出头，谁晓得他会不会生一个儿子，把东宫给换掉。"

杨善说："人总是靠着希望过活的，未来的事，谁也不能预料。"

杨家老大猜得没错，不久以后，景帝的宠妃杭妃果然一举得男，生了一个白胖儿子，取名为朱见济。

朱见济满月之后，景帝就压抑不住兴奋地对汪皇后说："朕想废掉东宫，改立见济为太子。"

汪皇后不悦，冷冷嘲笑道："万岁爷，你难道就不怕千秋万世之后，人家笑话你？"

"奇怪，父死子继，有什么可笑，这是天经地义。"

"噢？天经地义？那么，兄未亡弟即位，是否也算是天经地义？"

汪皇后性格刚烈，嘴巴也厉害，这话还没说完，景帝火大极了，拿起一个金杯，就往汪皇后的脸上砸过去，汪皇后头一偏，躲开了金杯，气鼓鼓一扭腰，不理皇帝了。

景帝恨恨地说："怪来怪去，就怪你自己只生了两个女儿，莫名其妙乱吃醋。"

金杯落地，哐当一响，招来了太监宫女，只见景帝面色铁青，谁也不敢多开口，一个宫女默默把金杯捡起，深恐一个不小心，惹来横祸上身。

汪皇后反对，更坚定了景帝的决心。可是年仅三岁的东宫，还是一个小娃娃，岂会有什么失德失职，非要罢之而后去的恶行？景帝思前想后，不由得慨叹："难喔。"

转眼之间，见济已经满一岁了，景帝还是天天在愁这个难解的问题，他不断地反复思索，万一他要更换东宫，哪些人会反对。

景帝开出了一个假想名单，然后，在景帝景泰三年（1452年）正月里，他忽然传旨，赐大学士陈循、高谷白金一百两，侍郎江渊、王一宁、萧镃（zī）、

明代官吏接受宫廷赏赐，出自《徐显卿宦迹图》，明人绘。

商辂白金五十两。

这六个人迷迷糊糊地领了赏，却不明白为何受赏，所谓是无功不受禄，反正皇帝有赏，总是好事，也就欢欢喜喜地收下来了。

景帝心中的苦闷，挨到了三月底，终于有人帮忙解开了。

事情是这样的：广西思明府是一个蛮荒边陲地区，居民都是少数民族，政府无法派汉人官吏去治理，所以思明府的知府一职，惯例便由当地的土著黄家世袭。当时的知府名叫黄㻴（diāo），黄㻴年岁大了，上奏朝廷，希望以其子黄钧世袭。

黄㻴有个兄弟黄竑（hóng）见了眼红，起了歹心，在一个月黑风高的夜晚，黄竑父子二人化了装，摸黑进了知府衙门，快手利脚结束了黄㻴全家人的性命，并且把尸体肢解，装入了两个大坛之中，埋在后园里。

第二天，有人来报告噩耗，黄竑父子故作大吃一惊状，流着眼泪，办完丧事，并且高价悬赏捉贼。同时，黄竑上书巡抚，请求以其子黄震承袭思明知府。

黄竑父子自以为做得天衣无缝，不料，被黄㻴一个老仆人识破机关，向巡抚告了一状。

巡抚李棠查访的结果，果然是黄竑父子大逆不道，立刻逮捕入狱。

黄竑心想，人命关天，这下子可是死定了，又不甘愿去见阎王爷，于是，请了千户袁洪赴京师想办法。袁洪到了京城里，经过高人指点，以黄竑为名，上了一道奏折，请求景帝："早日密定大计，另建东宫，以统一中外之心，断绝他人觊觎（jì yú）之企图。"

景帝见到奏折，正中下怀，大喜过望道："想不到，真正想不到万里之外，有此忠臣。"于是，立刻下令，赦免黄竑的罪，在景帝眼中，忠诚度是顶顶重要的，杀个人，算什么！

明景帝怒废汪皇后

景帝拿着这一份奏折，命令胡濙召集廷议，与群臣商讨易储之事。

有一位名叫李侃的大臣向来以直说敢言出名，当场叫嚷起来：“东宫又无失德，凭什么要废？”

另有一位大臣林聪，更是赤裸裸大吼：“黄玹杀人，理该抵命。”

眼看着众人声讨黄玹，景帝身边的太监兴安急忙抢过话题：“各位，兹事体大，非得马上有个决定不可。认为该行者，立刻签名，认为不当行者，不用签名，谁也不能首鼠两端。”

所谓“首鼠两端”是一句成语，鼠性多疑，出穴之前，往往迟疑不决。因此用来形容瞻前顾后，迟疑不决。

兴安的说明，用意十分明显，现在主子是非换太子不可了，各位签不签名，直接关系到以后的前程。

于是，先前拿了一百两白金的陈循，率先签了名。

吏部尚书王直不想签，面有难色。陈循趋前，用毛笔沾了墨，把笔递给王直道：“皇上膺（yīng）天明命，中兴邦家，统绪之传，宜归皇子，黄玹所奏极是。”

在这种被监视的气氛下，许多大臣虽然心里不以为然，却不得不签了名，最后，轮到于谦，于谦实在是不想签名的。但是，于谦也知道，形势比人强，即使他不签，也不能挽回什么，于是，他缓缓向前，写下了“于谦”二字，谁都看得出来，于谦不是心甘情愿的。

明景帝朱祁钰

景帝知道众人都乖乖签了字，非常高兴，龙心大悦，人人有奖，再赐以黄金。前有白金，后有黄金，景帝可谓是用心良苦了。

王直捧着景帝赐的金元宝，窝囊地说："易储乃是何等大事，我们竟然被一个小小的广西土官，并且还是一个杀人犯牵着鼻子走，这算什么嘛？我们这些读书人，全部加起来，还挡不过一个蛮酋，真正气死人！"

黄玹这个杀人犯，不但免了死罪，景帝为了感激黄玹的"忠诚"，同时，也希望黄玹的忠诚起一个示范作用，所以，他要升黄玹为都督，担任浔州总兵。

于谦大皱眉头，他勉强按捺（nà）住怒气询问兴安："黄玹是个杀人犯，杀的还是他自己的哥哥，竟然升官，这一定会影响士气的。"

兴安心想，于谦你也签了名，理当了解皇帝的意愿，谁能阻拦？兴安摊摊手道："没办法啊，皇上不是说过，万里之外，乃有忠臣，既然是忠臣，当然得要予以奖励，不是吗？"

兴安的话，于谦自然是不以为然，不过，这几年官场的历练，也让于谦深刻地体会到，皇帝口里说是“以天下苍生为念”，事实上全是自私自利。于谦已经做了太多太多让皇帝不高兴的事，他如果再执意唱反调，把景帝给惹毛了，景帝大可以把他换掉，调一个乖乖牌上来。于谦把个人的得失名利看得极淡，他实在是基于知识分子对天下的一份责任感，不然的话，于谦早辞官了。

于谦心中感叹：“都说中国人爱用奴才，不爱重用人才，这话是一点也不差啊。”最后，杀了人分了尸的黄玹，终于如愿以偿地升了官。

景帝把一切都摆平，障碍去除之后，积极地进行易储计划，准备把杭妃之子朱见济，正正式式立为太子。

为了易储这件事，景帝与汪皇后数度口角。

汪皇后性情刚烈，嘴巴又快又利，她嘲讽景帝道：“假如你做了这件失德之事，不但为天下人耻笑，后世也会骂你。”

景帝心想，万一不换太子，我死以后，一定是我哥哥的儿子继承皇位。以后，我一定不能入太庙，这皇帝不是白做了吗？因此，景帝怒斥汪皇后道：“你啊，全是因为自己肚皮不争气，一连生了两个女儿，心怀褊（biǎn）狭，不配为一国之母，太子若由你教养，想来也很危险，依朕看来，只有废后了。”

景帝下诏换太子，将原来太子朱见深废去，改封为沂（yí）王，立自己的儿子朱见济为太子。接着，景帝又下诏废汪皇后，立朱见济的生母杭妃为皇后。

钟同母亲的遗憾

明景帝如愿以偿，废掉太子朱见深（太上皇之子），改以自己的亲生儿子朱见济为太子，这是景泰三年（1452 年）的事。

不料，到了景泰四年（1453 年）十一月里，有一天，小太子突然半夜高烧不退，杭皇后着急万分，没多久，太子竟然呜呼哀哉，小小年纪就夭折了。

景帝耗尽心血，好容易才有了后，准备他日承继皇位，他实在受不住这个打击，杭皇后自觉对不起皇帝，又怨叹自己福薄，夫妻二人抱头痛哭，伤心到达了极点。

景帝的烦恼还不只此，太子朱见济甫过世，马上有人想到，那不如再把废掉的太子重立，否则，国无储君，是一件危险的事。首先提出这个建议的是钟同与章纶（lún）。

钟同性情刚直，自小向往当烈士，这与钟母的教育有关。

钟同的父亲钟复，是宣德年间的进士，学问道德一流，他与同乡刘球，都是江西吉安人，都有忧国忧民的情怀。

正统六年（1441 年），明英宗听从王振的意见，准备用兵麓川，刘球深不以为然，刘球认为，瓦剌才是明朝最危险的外患，犯不着为麓川用兵，尤其不值得劳师动众十五万人，骚动天下，造成百姓不安。

刘球与钟复商讨，两人联名上书，钟复原先同意了，后来回家与妻子商量，钟妻立刻泪眼汪汪：“你也不是不知道，王振权势有多大，得罪了他，我们一家人全完了。”眼泪鼻涕流了一脸。钟复夫妻一向恩恩爱爱，钟复不忍妻子担忧，犹豫再三，难以下决定。

刘球久候不至，决心亲自前往钟家跑一趟，刘球刚一进门，一向笑脸迎人的钟大嫂便开骂了，隔着屏风尖锐地叫嚷：“你想当忠臣，自己去做便是了，何苦连累他人？”

刘球先是一愣，继而怒气冲天，甩着袖子冲出门，留下一句话：“这等重要大事，竟然跟老婆商量。”

钟复想追出去，钟妻一把扯住他的袖子瞋（chēn）怒道：“莫非老爷真正不顾我们母子？”

钟复无奈，垮着一张脸，从此，再也没有笑过，甚且，不再与妻子谈话，双方陷入了僵局。

刘球，选自《三才图会》。

后来，刘球上书，果然得罪了王振，果然遭锦衣卫逮捕下狱，最后，被王振的爪牙杀于狱中，并且肢解尸体，刘球的长子只找到一条血淋淋的手臂，裹着血衣而葬。

钟妻忍不住，一面擦眼泪，一面邀功似的对钟复说：“你瞧，幸亏我阻止你，否则，还不落得同样下场，你该庆幸自己有一个好老婆。”

钟复冷冷地回了

一句："我恨我没有随同刘球而去，刘球一定认为我是重色轻友、不守信用、贪生怕死的小人。"

"不是，老爷不是的。"钟妻着急了。

"我当然是。"钟复痛苦地闭上双眼。

自此而后，钟复茶不思，饭不想，终日长吁短叹，有时又喃喃自语："当时，当时我该追出去的。"

钟复是一个不能担负不义的君子，他日日夜夜自责。虽无一言一语责怪妻子，妻子却难过极了，一向恩爱的夫妻，成了陌路人，钟妻不晓得该如何挽回局面，只有盼望时间能够医治钟复心头的伤痕。

不幸的是，事与愿违，钟复病倒了，一病不起，钟复一心一意求死，仿佛急奔黄泉，想去找刘球解释清楚。在这样的情形之下，自然药石罔（wǎng）效，没多久，钟复只剩下最后一口气了，他死前仍有气无力地念着："唉，这等重要事，我怎能与老婆商量呢？"

钟复咽下最后一口气，钟妻像发疯似的，抱着钟复的尸体痛哭，她不断地哀嚎："早知命中注定，你非得离开我们母子，倒还不如当初追随刘球去。"

钟妻自觉对不起钟复，对不起钟家。因此，她含辛茹苦把钟复留下来的儿子钟同带大，一心一意希望钟同能够承继父志。

钟妻曾经牵着钟同的小手，前去瞻仰吉安忠节祠，一一为钟同解说："这是先贤欧阳修，这是抗金而死的杨邦义。"

钟同说："希望有一天，我也能入忠节祠。"

这正是钟妻的愿望，在母亲的熏陶下，养成了钟同正直不惧的性格，因此，钟同不顾安危……

钟同直言成烈士

明景帝为了一己的私心，把原先明英宗之子朱见深的太子名号废掉，改封为沂（yí）王。并且，以自己亲生儿子朱见济为太子。不幸朱见济却夭折了，于是，朝廷里没有太子。

朝廷上上下下一致认为，国不可一日无储君，应当让沂王复位。但是，谁也不敢开口，惟恐激怒景帝。只有钟同，一心一意继承父志，报答母教，不顾一切，写了一封奏章。

说来也奇怪，钟同有一匹宝马，仿佛通灵，当钟同准备上京，它突然伏下身子，哀哀长鸣，似乎是在恳求主人别走，钟同又是感动又是生气地埋怨："我不怕死，但是你如此这般又为了什么？"

宝马不依，赖在地上，这是从来没有过的事情。最后，钟同拿起马鞭，硬着心肠，死命地抽了几鞭，宝马这才缓缓起身，马的眼睛中还有泪光哩。

钟同上书，他的奏章真是写得太不委婉，直指要害："父有天下，固当传之于子，太子薨（hōng）逝，遂知天命所在。"

景帝气得全身发抖，他心想："什么叫这才知天命所在，你是指我儿子福薄，本不合天命，本不该当太子吗？"

景帝再往下看，血压更直线上升："臣私心以为，上皇之子，其实也就是陛下之子，不必分彼此。尤其沂王天资聪颖，足以承担陛下之托，建复储位，实是祖宗无疆之休。"

看到这儿，景帝火大了，把奏章狠狠地揉成一团，希望这件事到此为止，再也没人提起让沂王重新复位之事。

谁知道，才过了三天，章纶又上奏了。章纶是正统四年（1439 年）的进士，景泰初年，任命为仪制郎中，他是一个典型的路见不平，立刻表达“我有话要说”的正义之士。

钟同，选自《三才图会》。

章纶上奏的第一句话是：“内官不可干外政，佞臣不可给他事权，后宫不可过分声色之娱。”这三个“不可”，让景帝好生反感，他可不喜欢被人教训。

再接下去，章纶的话就更尖锐了：“上皇君临天下十四年，是天下之父也，陛下是上皇的臣子也，希望陛下在初一十五，以及节庆之时，率群臣朝见上皇。同时，把废掉的汪皇后找回来复位，还沂王之储位，以定天下之大本。”

景帝气得头上一阵晕眩，从齿缝中迸出话来：“这个章纶，他眼睛里还有我这个皇帝吗？”

于是，景帝吩咐兴安：“听着，用你司礼监的名义，立刻传谕，就说，章纶目无君上，谋为不轨，着即拿交锦衣卫审明复奏。”

兴安小心地说："宫门已闭，臣明天一早就去办。"

"你不会从后门缝中传出去吗？"景帝怒气冲天地质问。

"是的，是的。"兴安一步也不敢怠慢，慌慌张张往外走。

"等一下，"景帝又下令，"把钟同的名字一块加上去。"

当天晚上，钟同与章纶同时被捕，严刑逼供，非要强迫他二人供出如何暗通太上皇之事，他二人身受酷刑，却咬紧牙根，不说一句话，本来就没有暗通之事。

除了钟同、章纶，另有一廖（liào）庄，也是气节之士，他也上奏，谈到："太子为天下之本，上皇之子也像陛下的儿子一样，应该多加教育，以待皇嗣（sì）之生。"意思就是说，先要对朱见深多加教育，一面等待景帝再生一个儿子，因为有这一句话，景帝饶过了廖庄，没把他逮捕入狱。

到了第二年，廖庄的母亲在南京病逝，廖庄赴宫门求见，报告丧事，景帝想起他前年的奏疏，时隔一年，"皇嗣"仍然毫无消息，又火又恼，把一肚子的怨气全发泄到廖庄身上，命令打廖庄八十大板，谪为兰州附近的定羌驿丞。

景帝处罚了廖庄，心中余怒未消，他恨恨地发牢骚："这一切，全是钟同、章纶两个不知轻重的人惹出来的。"

于是，景帝命令锦衣卫狱卒，用头号宽的木板，好好让钟同、章纶消受一番。狱卒本来蛮横，皇帝有令，格外铆（mǎo）足了劲用力大打特打。可怜那钟同，原就文弱，当场死于杖下，不过三十二岁。

后来，在成化年间，钟同的牌位，被放在忠节祠，完成了他父亲钟复的愿望，与刘球的牌位摆在一块，只不过，如此的志愿，实在太惨太惨了。

景帝春节卧病

景帝下令杖打章纶、钟同与廖庄，三个建议景帝重立英宗之子朱见深为太子的大臣，钟同被活活打死，章纶、廖庄也奄奄一息。

有能力让人生、让人死的景帝却不能因此息怒。他烦恼，他抱怨，他恨老天爷，为什么不让他有子嗣，愈想愈自伤自怜，尤其杭皇后去世以后，景帝似乎已经忘记如何咧嘴笑了。

最后，景帝病倒了，还不满三十岁的青年，竟然孱（chán）弱得像个小老头，一天到晚召御医进宫，终日不断地灌药，整个内宫，弥漫着一股苦得不能再苦的药味。

景帝这一病，病得还真不轻，无法上朝，宫中传出的消息都不乐观。转眼之间，到了景帝景泰八年（1457 年）春节，虽说是过年，却没有欢乐的气氛。依照惯例，元旦当天，应该是百官朝贺，互相恭喜，热闹非凡。

景帝卧病，国家又没有储君，个个忧心不已。于是，百官全体都到左顺门前去问安，当然，不能见到皇帝，只是由太监兴安出来，向大家表示景帝的感谢。

从初一到初十，整整十天，每天都是兴安出现，用一成不变的老词儿对百官说："皇上安好，各位不用惦念。"

到了第十一天，兴安改变了台词，他皱着眉头说："你们全都是朝廷的重臣，不能为社稷定大计，一天到晚只是问安有什么用？"

兴安的话，让百官为之一愣。兴安一向最护着景帝，如今连他都讲出这样的话，可见景帝的病情非同小可，随时会有三长两短。

朝臣们一致认为，建储之事不能再拖，否则，景帝随时驾崩，国家立刻陷入混乱，中国人一向认为“国不可一日无君”。

于是，正月十二，内阁与都察院在朝房会议，并且一同起草一个奏章，请皇上赶紧立太子。

王文首先发言：“现在只消说请立东宫便可，谁知皇上属意何人。”

学士萧镃则表示：“沂王既退，不能再重新回来当太子。”

都御史萧维祯更懂得揣摹上意，他郑重地说：“奏稿中的‘早建元良’四个字，不如改为‘早择元良’。”这一字之差代表请景帝早日选择太子，既然是选择，绝不可选了沂王。萧维祯对自己这一改相当得意，他端起围腰的犀带，笑眯眯道：“我的带子也该换了。”中国古代官员的腰带，表示官位的大小，萧维祯的意思是说：“我处处为皇上设想，他一定会升我的官。”

不料，景帝的回复竟然是：“朕不过偶有寒疾，十七日当早朝，你们所请求的事，朕不允许。”不但如此，景帝还放出消息：“今年南郊大典，将躬亲行礼，自今日起宿于斋宫。”

所谓南郊大典，指的是古代帝王在郊外祭祀天地，冬至日到南郊外祭天，夏至日到北郊外祭地。古代认为，祭天地，关系到政权的吉凶，因此，从上古到清代的帝王都有郊祭。

景帝害怕人家知道他病情不轻，逼他重立沂王为太子，所以打肿了脸充胖子，愿意亲自举行郊祭。

不过，郊祭可是一件累死人的事。不断地“迎神、钦福受祚（zuò）、送神”，站起来又跪下去，每次且是四拜。就凭景帝这一副摇摇欲坠的身子，在正月刺骨寒风中几个时辰，怎么禁得起？如果郊祭刚刚开始，就支撑不住而被抬回宫去，这可是立刻传遍京城的笑话。

景帝了解自己的身子，受不了郊祭的劳累，皱着眉头问兴安道："郊祭太辛苦了，朕想找陈循或者是王直，二人之中挑一个代朕行礼，依你看，谁比较适合？"

兴安一脸苦笑："方才为了安定人心，说是要亲自行礼，这一会儿又改了，不太好吧。"

景帝嗫嚅（niè rú）道："我也晓得，可是……"

兴安体贴回话："老奴自然明白，这样吧，不如在护驾的武臣之中，找一个人代为行礼。但是，对外不必声张。反正，站在后头的大臣，只见前面黑压压的一片，看也看不清楚前面发生了什么事。"

"这个方法倒是挺不错的，不如就找太子太师，团营提督兼总兵官石亨吧，他的资望最为合适。"

兴安把石亨找了来，景帝对石亨说："你在郊祭那一天，代朕行礼，不论事先事后对外都不得声张。"

"是！"石亨重重地磕了一个响头。

石亨抬起头来仰望天颜，脸色蜡黄，双眼无神，身子单薄得仿佛一张纸，讲一两句话便气喘如牛。石亨心忖，都说皇帝病得不轻，见了面才知道，皇帝真的病入膏肓，恐怕撑不了多久了。

石亨夜访徐有贞

明景帝病倒在床，为了安定天下人心，突发奇想，不但扬言将亲自举行南郊祭拜大典，并且住入南郊旁边大祀殿的斋宫，斋戒沐浴三天，表示慎重。

事实上，景帝头晕目眩，走起路来摇摇晃晃，说什么也不可能亲行每次四拜的大礼。但是，大话已经说出口了，总不能再回过头来找大臣代为行礼。于是，急中生智，决定让护驾武臣石亨代行，对外则不声张，希望能够蒙混过关。

石亨生得魁梧高大，四方脸，粗眉毛，猪耳朵，美髯过腹。他的侄儿石彪与他仿佛一个模子铸造的，同样是长髯超过小腹，曾经有相士对着石亨、石彪叔侄二人道："奇怪，现在是太平盛世，为何二人乃有封侯的相貌。"

石亨听了，一手捻髯（rán），哈哈哈大笑不已，从此以后，他舞大刀舞得更为起劲，屡次建立战功。景帝景泰元年（1450 年），石亨率领京军三万人大破也先的部队，升为提督，担任总兵官。

景帝卧病期间，对外一律谢绝探访，大臣们都不得谒见天颜，只能由太监兴安传话，石亨是近日惟一亲眼见到景帝的人。

石亨看到景帝虚弱的模样，非但没有一丝一毫的同情心，反而充满了幸灾乐祸的兴奋。他匆匆忙忙跑去找太监曹吉祥，曹吉祥原是王振手下的红人，也是偏向太上皇英宗的非当权派。

石亨以发现大好消息的口吻道："皇上不行了，拖不下去了，我刚刚见到了皇上，气色之差，简直让人难以置信。”

“莫非，拖不过十七日？”曹吉祥问道。十七日是景帝原先准备上朝的日子。

“我看是不成。”石亨神采飞扬地回答，继续口沫横飞发表高论，“假如重立不满十岁的沂王为太子，太子年纪小，一定还是太上皇作主，既然如此，不如干脆迎上皇复位。”

“好是好，不过兹事体大，我们还是得找太常寺卿许彬及杨善仔细商量一下。”

许彬是当年迎上皇于宣化府的老人，他听完石亨、曹吉祥的话之后，意味深长地说：“这可是不世之功，但是，我垂垂老矣，不中用了，这样吧，徐元玉此人足智多谋，你们不妨与他谈谈看。”

徐元玉就是徐珵，也就是当年主张南迁，被于谦好好训了一顿的人，他改了一个名字，叫做徐有贞。

夜深人静，徐有贞十分惊讶石亨和曹吉祥的来访，心想必有重大事情。一见石亨、曹吉祥两人躲躲藏藏，怕被人发现的样子，立刻悄悄对两人说：“随我来。”

一行三人，绕过回廊，来到密室。徐有贞首先开口：“两位深夜造访，必有要事。”

“是的。”石亨道，“最近听说一则谣言，大学士王文看穿皇上的心事，想要迎立襄王世子为皇储。”

“没那么容易。”徐有贞摇摇头，“王文别妄想建拥立之功，孙太后如今尚健在，她岂肯把自己孙子的储位让人？”

石亨接着把进宫见到皇帝以及想拥立太上皇复位的计划说了一遍。

徐有贞听后大感兴趣，可是脸上却装出一副凝重的神色道：“此事非同小可，草率不得。”

曹吉祥巴结道：“所以，才要找你商量。”

“上皇那儿，有没有接头？”

“正准备找人。”

“嗯！还有，孙太后那儿呢？”

曹吉祥拍拍胸：“我自己去一趟。”

“好，我们随时密切保持联络，记住，人手不要多，风声如果泄露，你我身家都将不保。”徐有贞严肃地说。

正月十六日晚，石亨与张轨来到徐家：“上皇与孙太后都同意了，下一步该如何进行？”

“你们等一下。”徐有贞道。

“干什么？”

“观察天象啊。”

原来徐有贞擅于夜观天象，对此颇为自得，当他还是徐珵之时，曾经发现“火星侵入南斗星”，认为“天命已去，也先入侵，惟有迅速南迁”。

后来，被于谦狠狠训了一顿：“主张南迁者，可斩也。”曾经晦暗过一阵子。但是，徐有贞始终对天象是深信不疑的。

他一下子爬到屋顶，徐有贞瘦瘦小小，古灵精怪，像只小老鼠。他登上平台，眯着眼睛，左瞧右瞧，看了大半天。然后，飞也似的窜下来。

“怎么样？”石亨关心地问。

“再好不过了，今夜天象显示，紫微星黯（àn）然无光，表示今上垂危，紫微星旁边的星座闪闪发光，真是你我不可多得的机会。”

接着，一行人焚香祷告，匆匆出发。

徐有贞对妻儿道：“我现在要出门办一件大事，事情若是办成了，这是国家之福，若是今晚我回不来，我就成了鬼，你们自己小心料理。”

夺门之变

景帝景泰八年（1457 年）正月十六日，夜半三更，在宫门外的一个安静角落里，聚集了一群人，那是石亨一家三代、杨善和他五个儿子以及曹吉祥叔侄等人，加上徐有贞，人数不多，个个神情紧张，没有人敢大声讲话，大伙儿似乎在等待什么。

“你调了多少京营兵？快来了吧？”徐有贞轻声地问石亨。

“我只调了一百名京营兵，调多了会惊动别人。应该是快到了。”石亨轻声地回答，“我该先行动了，你们等着和京营兵一起进宫。”

石亨方面大耳，须长过腹，当年也先入寇时，阳和口大败，石亨单骑突围，返回京师。因此，他是一名机警的武将。

石亨骑上马，来到宫门口，一位负责夜间守卫的“坐更将军”听到了马蹄声，便喝问道：“是谁在此深夜骑马？”

石亨在马上摸着长须，摆出一副威风凛凛的架式：“是我！”

坐更将军走近一看，发现是皇帝身边得宠的红人石亨，立刻毕恭毕敬地向石亨行了一个礼：“不知石大人深夜到此，有何贵干？”

“嗯。”石亨自鼻孔里喷了一口气，极有威严地说，“我奉命自今晚起，巡城查看，我想到皇宫内瞧瞧。”

“是！是！”坐更将军没有怀疑石亨使诈，他立刻打开皇宫的一扇门，请石亨进去。

石亨进得皇宫，正在左顾右盼，假装巡查，宫门外有得得的马蹄声，石亨转头向坐更将军道：“还不赶快去看一看？”

坐更将军过去看了一眼，回来向石亨报告：“没什么，不过是一队京营兵经过。”

“不是经过，他们是奉命进皇宫来的，赶快把宫门打开，让他们进来。”石亨用下命令的语气说。

坐更将军觉得好奇怪，为什么京营兵要进皇宫，可是，石亨的官位高，又是皇上身边的红人，莫非皇上要石亨带兵入宫保驾？想查证却不知该如何查证，只好服从石亨的命令，把宫门打开。

宫门开了，张軏领了京营兵直入，后面跟随着徐有贞等一伙人，徐有贞是整个计划的策划者，心细如发，一进皇宫，立刻悄声地对石亨说：“门要赶快上锁。咱们夺了门，就不怕外兵来援。”

“快，快把宫门关上，加锁。”石亨指示坐更将军。

“加锁？”坐更将军露出了怀疑的眼光。

“别啰嗦，快加锁，否则，以抗命论罪。”石亨厉声道。

坐更将军被石亨一吼，吓得胆战心惊，赶快将宫门上了锁。

“把钥匙给我。”徐有贞也用命令的口吻说。

坐更将军乖乖地把钥匙交给徐有贞。

徐有贞将钥匙高高举起，当着众人的面，把钥匙丢进身旁的水沟之中，然后对大家说：“诸位！宫门的钥匙丢掉了，如果我们不能完成任务，就永远别想出宫了。”

徐有贞的话让大家悚然心惊，觉得今晚的行动只许成功，不许失败，每个人都情不自禁地握紧了拳头。

忽然，一阵狂风刮了起来，强大的风力吹得人几乎倒下去，刺骨的寒冷，也让人全身发抖。

“刚才还是明月高挂，怎么忽然变了天？”曹吉祥心头不禁发毛，“徐大人，是怎么一回事？”

石亨也走到徐有贞身边，拉着徐有贞的袖子：“徐大人，我好紧张，事情会不会成功？”

“当然会成功，大家要镇定。”徐有贞安慰着大家，其实他自己的心里也着实有些害怕，怎么在这个节骨眼吹来一阵怪风。

幸好怪风渐渐小了，徐有贞带领大家来到南宫，那是太上皇的住所，只见宫门紧闭，左右没一个人影。石亨举起手里的大刀，用刀背敲门，刀背撞在铜门上，发出清脆的金属声，可是却没见到宫内有人来开门。

明代北京宫城，明人绘。

“皇宫太大了，竟然没人听到敲门声。”徐有贞想了一想，说，“快找找看，有没有粗大的木头。”

不久，士兵找来一段又粗又大的木头，像是大树的主干。

“把宫门撞开。”徐有贞下令。

十几个士兵一齐抱着木头，向宫门猛撞，撞了十几下，大铁门似乎丝毫未受损。

“这门太坚固了，撞不开。”石亨对徐有贞说。

“门撞不开，试试看撞宫墙吧！也许内宫的墙不太厚，可能撞得破。”徐有贞指挥士兵们转移撞击的目标。

不知道是内宫的墙比较单薄，还是士兵们拼命使力，撞了几下，“哗啦”一声，竟把墙壁撞出一个大窟窿，一个士兵爬进窟窿，入内把里面的门栓拉开，打开大门，大伙儿在徐有贞领头下，鱼贯而入。

明英宗复位

明景帝病重，徐有贞、石亨等趁机夺了皇宫的门，没有一点阻拦，来到了太上皇的寝宫之前。

“石将军，快去抬辇来。”徐有贞对石亨说，石亨立刻指示石彪去办。

一会儿，石彪带着几个士兵抬了一个便轿进来。

“石将军，”徐有贞对石亨说，“你的嗓音洪亮，你到殿前去高声请上皇出来。”

石亨步上了台阶，朗声对内说道：“臣石亨，请上皇赐见。”

其实，上皇早就知道今晚将有重大事情要发生，石亨和徐有贞等人要他重新登上皇位。对于这次政变，他是既高兴又害怕，高兴的是自己又可以再过皇帝瘾，大权在握，好不快乐。害怕的是万一政变失败，自己的命运将十分凄惨。不过，做皇帝实在是人生最大的乐事，值得冒一次险，所以，上皇整夜未眠，身穿龙袍，在屋里等候。这时，听到石亨在门外高唤求见，心中大喜，知道事情接近成功，便吩咐小太监开门，召石亨等人入内。

“你们闯入皇宫，想做什么？”上皇假装疑惑道。

“恭请陛下到奉天殿登基！”徐有贞跪在地上回答。

接着，石亨和曹吉祥扶起上皇，步行到屋外，便轿已经等候在旁。

上皇上轿之前，对石亨、徐有贞、曹吉祥、杨善和都督张軏

(yuè)一一注视，带着感激的语气说："你们五个人都是朕的股肱(gōng)之臣。"

眼见上皇登上便轿，徐有贞长长呼了一口气，抬头看天，发现风已止了，天上明月皎洁，忍不住双手合十，对天一拜："感谢上天的恩助！"

一群人簇拥着上皇的便轿，离开南宫，来到东华门，东华门的坐更将军一见，大感疑惑，立刻拦住去路，怒斥道："何人大胆，竟敢擅入禁地!"

"你瞎了眼，没看清楚就乱吼！"徐有贞的嗓门比坐更将军还要高。

"闯入禁地，你就没命！"坐更将军被激怒了。

"大胆，太上皇在此，还不闪开！"石亨大喝一声，坐更将军呆住了，揉揉眼睛，才看清楚对面是石亨将军。

"朕是太上皇帝，快让开！"英宗的声音充满权威性。

"遵命！"坐更将军赶快闪过一旁，恭送这一群人过去。

来到奉天殿，大殿内的太监们见上皇驾到，无不恭恭敬敬伫(zhù)候两旁。徐有贞和曹吉祥扶上皇坐上皇帝御座，然后，带领护驾的一伙人跪下叩拜，高呼："皇上复位，我朝之福，臣等叩贺。"

"万岁，万岁，万万岁！"一百名京营士兵也随着欢呼，在寂静的清晨，声音传出了宫外。

这时正是正月十七日的清晨，景帝早就宣布要在这一天视朝，文武百官一早就齐集在宫门外，等候入朝，忽然听到宫内传来一阵阵高呼"万岁"的声音，大家都感到有些奇怪，弄不清究竟是怎么回事。

宫门开了，徐有贞从里面出来，对群臣宣布："太上皇复位，各位进宫朝贺!"

明代朝会，出自《徐显卿宦迹图》，明人绘。

群臣个个心里暗吃一惊，在御座上的竟然是太上皇，在这情势下，群臣不得不匍匐叩拜，口呼：“万岁！”

上皇在御座上，听见群臣的“万岁”声，眼见群臣匍匐在地的恭顺状，心里的高兴真是无法形容，那失落了七八年的无上权威又再度回到手里，一种似梦似真的感觉，让上皇激动得全身颤抖。

“吉祥!”上皇抓住曹吉祥的手，轻声道，“这是真的吗? 不是做梦吧!”

“皇上，”曹吉祥沉稳地答道，“是真的，不是做梦，皇上请下圣谕安抚文武百官吧！”

上皇，不，应该说是复位的英宗——清了清喉咙，用缓慢的语调对群臣说：“诸臣以景泰帝有疾，迎朕复位，文武百官各守其职，谨慎将事，不得自相惊扰。”

群臣们听到英宗的口谕，虽然内心觉得奇怪，是谁迎他复位? 可是也不能询问，反正英宗本来就是皇帝，只因被也先所俘，才失去皇位，现在复位，也不算是新皇帝，谁能不服？于是，大家只有再度高呼“万岁”了。

英宗由太上皇而复位为皇帝是一场政变，历史上称之为“夺门之变”。

于谦的善政

由石亨、徐有贞策划的夺门之变成功之后，明英宗复位。当英宗在奉天殿二度登上皇位，首先遭殃的竟然是曾经挽救明朝于危亡的兵部尚书于谦，而陪着于谦一块受难的是大学士王文。英宗下诏将于谦、王文以“大逆不道”的罪名交由锦衣卫严审治罪。

于谦字廷益，浙江人，明成祖永乐十九年（1421 年）进士，明宣宗时，官至御史。他身材挺拔，嗓音洪亮，吐字清晰，风度仪表俱佳，宣宗每次听于谦报告，总有一种舒畅的感觉，对他十分欣赏。

宣德元年（1426 年），汉王朱高煦（xù）造反，宣宗亲征，高煦投降，宣宗命于谦口数其罪状，于谦站在高煦面前，神色庄严，面目冷峻，声调高亢，义正辞严，高煦听得匍匐在地，吓得不断磕头，频呼：“臣罪该万死！”宣宗看到于谦的表现，十分地赞赏。

不久，于谦以御史的身份，被派到江西去巡察，平反了数百件冤狱，一时“于青天大老爷”的名声响遍了江西。于谦的名声传到了宣宗耳里，宣宗大乐，更加认为于谦这个人值得重用。于是亲手写了“于谦”二字交到吏部（吏部是掌管人事命令的机关），特别提升于谦为兵部侍郎，担任巡抚河南、山西的工作。

大凡明朝官员无不讲究排场，官员出巡，必定是前呼后拥，鸣锣开道。于谦到河南、山西巡察，一反官员常态，不要大小官员陪同，只是自己骑着一匹马，带个小书童，到各地去探访，亲切地与地方父老闲谈，没一丝一毫的官味。这种深入民间探访的方式，既不扰民，又能真正了解民间疾苦。于是，于谦针对老百姓的需求，不断地上奏章给皇帝，请求改革。如果河南、山西两区小有水旱现象，立刻报告朝廷，请求救济或是减免租税。

在中国古代，农村的穷人是很多很多的。这些穷人无衣缺食，境遇可怜。于谦基于人道，基于减少社会问题，下令将河南、山西的仓库打开，赒济贫民。他又在黄河沿岸每隔若干里设立一亭。亭有亭长，负责河堤整修，并且在堤岸两旁植树，经过于谦的整理，黄河沿途风景秀美。

宣宗在位之时，三杨（杨士奇、杨荣、杨溥）在中央政府执政。三杨为人正直，非常敬重于谦，对于谦的各种措施都非常支持。等到明英宗即位，三杨先后去世，太监王振掌权，王振不喜欢于谦，把于谦调回京师，降为大理寺少卿。

山西、河南吏民听到消息，纷纷上书给皇帝，请求朝廷留任于谦，这种类似的奏章多到数以千计，甚且连皇室诸王也站出来为于谦讲话。英宗迫于舆情，重新任命于谦巡抚河南、山西。

当时山东、陕西一带地方政治不良，加上不断有灾荒，老百姓听说于谦治理河南十分清明，纷纷逃到河南。于谦对这些外地来的难民一律给予粮食救济，并且鼓励难民留在河南开垦荒土。于谦发给种子、土地与耕牛，使许多难民重新觅得一个安身立命之所。

英宗正统十二年（1447 年），朝廷任命于谦为兵部左侍郎，调入京师。第二年，也先大举入寇，宦官王振怂恿英宗亲征，发生不幸的“土木堡之变”，英宗被俘，京师（北京）震动。当时由英宗的弟弟郕王监国（监国就是代替皇帝执掌国政），郕王先要群臣商议如何应付危机。

有一个叫徐珵（后来改名为徐有贞）的侍讲主张迁都：“我观察过天象有变，朝廷应当迅速南移。”

“胡说！”于谦大声呵斥，“谁再说南迁就该斩首，京师是天下的根本，京师一动则大事去矣，难道我们忘记宋室南渡之后，就再也回不到北方的惨剧吗？”

郕王同意了于谦坚守京师的建议，在于谦调兵遣将、苦心擘（bò）划之下，终于保住了京师。同时，于谦拥立郕王为皇帝，是为明景帝。

于谦虽然是文人，对军事却相当精通，他担任兵部尚书，不但阻止了也先的入侵，又平定了福建、浙江、广东的乱事。

于谦，选自《历代名臣像解》。

于谦为人正直，不肯自夸功劳。英宗能够回京，主要是因为也先惧怕于谦，不愿再与明朝交战。再说，景帝原本不想迎英宗回京，于谦力争之下，景帝这才勉强应允迎回英宗。

等到英宗回到北京以后，于谦并没有把这一段经过向英宗报告，他一向不是邀功之人，当然也没有人向英宗报告于谦在景帝之前力争的事。所以英宗对于谦十分痛恨，英宗所知道的只有一件事，那就是于谦拥立景帝，使他自己失掉了皇位。站在明英宗的立场，于谦是景帝的功臣、忠臣，却是自己的逆臣、叛臣，这就埋下了夺门之变成功以后，于谦立刻遭殃的结局。

于谦的《咏石灰》诗

于谦为人正直，为官清廉，自律甚严，谨守道德规范。他虽然贵为兵部尚书，为国家建立了大功劳，但从不自夸自傲。平日生活俭朴，所住的房屋狭小而破旧，只能遮风蔽雨而已。

有一次，景帝听说于谦的住屋如此破旧，便把北京西华门附近的一幢（zhuàng）房屋赐给于谦。不料于谦对景帝说："国家多难，臣子何敢自安。"坚持不肯接受。

于谦一心为公，他知道，世间龌龊（wò chuò）的小人不会放过他的。但是，于谦有自己的原则。于谦平日喜欢读史，尤其景仰岳飞，所以也先入寇，徐珵一提出南迁，他马上跳起来阻止，宋室南迁的历史给他的印象太深刻了。

宋朝人的笔记《坚瓠（hù）集》中有一段风波亭的故事，于谦每每喜欢与人讨论。

据说岳武穆班师过金山寺，遇到禅师道月。道月劝告岳飞："你切切不要赴京师，以免发生不测。"

岳飞不理会，他回答："朝廷连下十二道命令，我岂能置之不理。"

道月叹了一口气道："岳将军执意要走，贫僧也拦你不住，唉！"于是，道月濡（rú）笔挥毫，写了一首诗送给岳飞。

岳飞接过来一看，上面写的是："风波亭下水滔滔，千万坚心把舵牢，只恐同行人意歹，将身推落在深涛。"

岳飞问道月："高僧意所何指？"

"你慢慢就会明白。"道月不再多做解释。

后来，岳飞到了临安，以"莫须有"的罪名，被关入了大理狱。抬头一看，忽然望见亭上有一块匾，匾上题名为"风波亭"，这才了解道月的诗中含义。

秦桧也听说了这一件事，立刻派出狱卒何立前往逮捕道月。何立到了金山寺，发现道月正在聚众讲道。何立心想，公然逮捕高僧，恐怕会引起群众暴动，不如待道月讲完再动手抓人也不迟。

道月是何等聪明之人，他瞄了一眼何立，突然之间，话题一转，开始说："我今年四十九岁了，是非日日有，不为自家身，只为多开口。何立从南来，我往西方走，不是佛力大，几乎落人手。"说着，竟然坐着就死了，走入西方极乐世界。

于谦经常对友人说："岳飞求仁得仁，他明明知道，做一个忠臣，不一定有好的下场，但是，他依然勇往直前。人生百年，不过一个短短的过程，我愿意效法岳飞。"

于谦为了明志，还写了一首诗《咏石灰》，这首诗流传千古，为世人所传诵：

千锤百炼出深山，烈火焚烧非等闲；
粉身碎骨浑不怕，只留清白在人间。

他把自己比拟为石灰，不在乎千锤万凿，不惧怕烈火焚烧。于谦对国家民族有一份炽（chì）热的爱，这一份爱，凝成悲壮的美。他知道，任何绝美与苦难永远是并存的，因此，宁可跃入尘世的洪炉，为了留一点点清白在人间。

明英宗复位，立即下令逮捕兵部尚书于谦与大学士王文，将两人下到锦衣卫大狱。

于谦与王文都是官高位重，尤其于谦乃世所景仰的英雄人物。锦衣卫虽是皇帝的特务机关，平素滥用酷刑，但对此二人心存顾忌，怕天下人不服，于是，锦衣卫奏请，改由三司来审理。

从唐、宋到明朝，三司一向是中央政府审理司法案件的最高层级，三司指的是三个机关——刑部、大理寺与都察院（唐宋二代称之为御史台），凡是重大案件，都由三个机关的首长共同来审理。

徐有贞与石亨暗中唆（suō）使一个御史上了一个奏章，弹劾于谦与王文，告于谦“谋迎外藩入继大统”，意思是说：于谦与王文计划迎接宣宗的侄儿襄王之子来继承王位。

三司主审是左都御史萧维祯。萧维祯为人奸诈而阴险，早就对于谦不满意，今日于谦落到他的手里，正可以发泄自己心中的积怨。

其实，不止是萧维祯，其他的御史也都反对于谦。他们看到于谦建立了大功，又受到皇帝的信任，便大肆攻击于谦。

当于谦打败也先之后，御史们就开始发酵（jiào）吃醋。都御史罗通首先弹劾于谦，说于谦开列的战争功劳簿不公平。接着御史顾曜（cuī）也弹劾于谦把持权柄，独裁专断。其实，御史们的弹劾主要是因为于谦处事认真，绝对不徇私，很不给御史们面子，妨碍到御史们的既得利益。

因此，当萧维祯开始办于谦的案子，立刻有不少御史给萧维祯打气：“好好办，让大家看一看御史的威势。”

萧维祯则拊（fǔ）掌而笑：“哼，想不到一向自以为是的于谦也有今天。”

于谦对事不对人

于谦允文允武，打败也先，明英宗才得以安返明朝，但是，明英宗即位第一件事就是办于谦。事实上，于谦为人耿直，他平日得罪的人太多太多了。

景帝对于谦极为信任，凡是任用比较重要的官员一定先与于谦密谈。于谦就一定知无不言，言无不尽，把那人的优点缺点一一具实回答，丝毫不隐瞒，他完全是大公无私，既不庇护自己的亲朋好友，也不会伤害对自己不友善的敌人，纯粹就事论事。

可惜，一般中国人向来对人不对事。再加上宫廷之内原是很难保密的，景帝与于谦的谈话往往被外泄。于是，被于谦批评而不得任职者怨恨于谦，有些人虽被任用，但是能力不及于谦，同样嫉妒于谦。

于谦一心为国，却落得老是被弹劾，受批评，也不免会生气，他常手抚胸口，长长叹息："我这一腔热血要洒到哪里去啊？"如果于谦遇到一个昏君，于谦恐怕早就血洒殿廷了，幸而明景帝头脑很清楚，也能够明辨是非，全力支持于谦，于谦感激景帝的知遇之恩，更加卖命努力。

无论徐有贞或是石亨，提起于谦，总是恨得牙痒痒的。但是，于谦完全不明白，也毫无感觉，因为于谦心思纯洁，对事不对人。

譬如徐有贞，他本名徐珵（chéng），土木堡之变时，主张南迁，于谦情急之下大吼："谁再主张南迁者，应当斩首。"

这件事让徐珵灰头土脸，但是，于谦仅就徐珵这一段发言有感而发，基本上，于谦还是认为徐珵博学多才，研究天文、地理、兵法、水利、阴阳，是个颇用功的人。

景帝即位以后，徐珵担任监察御史，急于想升官，但是，他的南迁主张一直被内廷的当权宦官当成笑谈资料，所以升不上去。

有一天，徐珵特别去拜访大学士陈循，并且将一条玉带送给陈循。

“陈大人，”徐珵满面笑容道，“我观测星象，发现陈大人即将高升，我预测陈大人就要配玉带了。”

陈循接过玉带，半信半疑。

过了几天，景帝下诏加陈循“少保”的官衔，陈循大喜，认为徐珵能够预知未来，屡次向景帝推荐徐珵可用。当时用人的决定权几乎全操在于谦手里。徐珵便透过陈循，希望能够活动到国子祭酒。国子祭酒是国子监的长官，类似今天的国立大学的校长。

于谦知道徐珵博学，向景帝建议任命徐珵为国子祭酒。

“是那个主张南迁的徐珵吗？”景帝怀疑地问，“此人心术不正，他去主持国子监，岂不把国子监的学生全都带坏了吗？”

于是徐珵的升官计谋又中断了，他直觉地认定，这必然又是于谦从中作梗，对于谦更加怨恨。

“升官不成，这是你的运气不佳。”陈循劝徐珵不必冒火，“不如改一个名字，也许可以换一个运气。”

“对啊，谢谢陈大人的高见。”徐珵连忙作揖。

徐珵从此改名为徐有贞。

景泰三年（1452 年），黄河在山东决口，于谦推举徐有贞去治水，景帝擢升徐有贞为左佥都御史，负责治水的工作。

徐有贞到了黄河边的要地张秋，观察黄河的水势，然后上了一个奏章，提出治水三个计划：一是置水门，就是设置水闸来调节水量；二是开支河，就是挖凿一些小河来疏导黄河的洪水；三是浚（jùn）运河，就是把原有的南北大运河加以疏浚来容纳黄河的水量。

南方财货经漕运输往北京，清人绘。

明朝政府利用大运河将南方的物资运到京师北京，称之为漕运，当时负责漕运的都御史王竑认为治水可不能影响漕运，便上奏章请求急塞黄河决口。

景帝下诏，命令徐有贞照王竑的建议去做，徐有贞不肯，他上奏章道："运河水泄，由来久矣，并非因为黄河决口未堵塞之故，今天堵塞了，明年春天黄河水涨，还是会决口的。所以，堵塞决口，是一件徒劳无益的事。堵塞决口是马上可见功劳的事，但是，臣不愿意接受这一种功劳。"

景帝把两种意见询问于谦，于谦知道徐有贞在生他的气，但是，于谦认为徐有贞的主张是对的，全力为他解释，最后，景帝批准了徐有贞的计划。

徐有贞奉到诏令，征集民力费了五百五十天的工夫，开了一道"广渠"，又建立了一道"通源"闸，并且修筑了几处堤堰，疏浚了一些黄河支流，经过一番整理，黄河水患终于暂时解除了。

景帝对徐有贞的印象为之一变，擢升他为左副都御史。

徐有贞知道于谦帮了忙，但是，对于谦的怨恨未曾稍减，夺门之变成功，徐有贞迫不及待要报复了。

于谦得罪石亨

明英宗复位头一件事，就是接受徐有贞、石亨的建议，把于谦关入锦衣卫的大牢之中。

于谦得罪徐有贞还事出有因，他会得罪石亨则是比较奇怪的事。

石亨是一位彪形大汉型的武将，英宗正统年间，屡立战功，晋升到都督，在北方防边。也先入侵，英宗被俘，石亨领兵与也先大战于阳和口。

在这一场战役之中，石亨战败，亏得他机警过人，兵慌马乱之中单骑逃回。回来之后被削职，于谦知他是人才，向景帝请求赦免石亨，而且派石亨领兵十万以御敌。

石亨平日自恃为大将军，趾高气扬，谁也不放在眼中，现在受到于谦的提拔，可是心中并不服气于谦，又畏惧于谦，所以心里对于谦是满怀讨厌。

不久，也先与明军在北京城德胜门外打了一仗，于谦担任明军总指挥，石亨受命领兵在德胜门外面，结果明军大胜，论功劳，当然于谦第一，但是于谦把首功让给了石亨，石亨因而被封为侯。

这下子，石亨十分惭愧，于谦对自己如此厚爱，自己竟然如此讨厌于谦。从此以后，石亨一改对于谦的态度，并且极力想要讨好于谦。

有一天，石亨身边的一个参谋出了一个主意，他建议石亨上一奏章给皇帝，推荐于谦的儿子于冕到京师来做官，石亨一听大喜，连忙拍着参谋的肩膀道："你真聪明。"立刻依计而行。

第二天，景帝召见大臣，于谦和石亨也在内，景帝拿出石亨的奏章，对于谦说："石将军上奏章推荐令郎到京任官，朕觉得很好，立刻宣于冕进京。"

于谦听到景帝的话，先是愣了一下，接着便向前一步，严肃地回答："当前国家多事，臣子义不得顾私恩。石亨位列大将军，从没有听过他推举一位幽隐之士，也没听说他提拔过任何一个行伍之卒，可见石亨不想发掘人才，却独独推荐臣的儿子，大家会怎么想呢？臣主管军事，赏罚公平，有功则赏，有罪则罚，力求公正，杜绝侥幸，所以，臣绝不敢让自己的儿子滥冒功劳。"

于谦的话义正词严，讲得极有道理，但是也很不给石亨留面子。石亨在一旁听得直冒冷汗，脸上一阵青一阵白，石亨原是想要讨好于谦的，没想到反而被于谦在景帝面前骂得狗血淋头。

石亨气坏了，暗暗地紧握双拳，低着头，心里发着誓："我一定要报仇，于谦，我要让你不得好死！"

于谦抬头望望景帝，只见景帝微微点头，似乎有赞许的意味，于谦觉得心里很坦然，对于石亨的恨意，于谦是浑然不知。

夺门之变成功，于谦被捕下狱，他仍然丝毫未察徐有贞、石亨等人的恨意。听说要下狱，于谦也没有神色慌乱，匆忙之中，他顺手拿了一两本书，也没考虑到牢中昏暗，如何能够阅读，他真是很喜欢看书，曾经写过一首诗，诗中有一句："书卷多情似故人，晨昏忧乐每相亲。"现实人生之中，于谦不容易觅到知己，书本是他晨昏最佳良伴了。

在大审的公堂之上，同样嫉恨于谦的萧维祯十足威风，他对于谦、王文厉声道："有人告你二人谋迎外藩入继大统，你们从实招来。"

于谦仍然一脸傲然，他摇摇头："从无此事。"

王文则激动地说："按照祖宗的成法，召亲王要用金牌、信符。如果派遣使者去迎接，必有马牌，兵部要发勘（kān）合，才能进行。这些程序十分清楚，你可以查啊！你不能没查证就随随便便诬赖我和于大人。"

"好，先查兵部。"萧维祯阴沉沉地冷笑，"传兵部主办官员到堂。"

兵部主管勘合的官员是车驾司主事沈敬。

沈敬被锦衣卫如押解囚人一般地带入公堂，萧维祯用威胁的口吻问道："于谦和王文召亲王来京，可是你勘合的？"

萧维祯的话，实际上是个极明显的暗示，告诉沈敬，你只要回答一个"是"就成了。

一般人把锦衣卫看得比虎狼还要可怕，加上公堂里一股让人喘不过气来的气氛，如果换了别人一定会顺着萧维祯的话回答"是"，可是，沈敬却是一条硬汉，他朗声回答："从来没有发勘合给任何人去迎亲王入京。"

于谦跟着接口，"萧大人，"他大声道，"兵部既未发勘合，可见所谓迎亲王入京事，根本就是诬告，不然，你可以再追查召见亲王的金牌与信符。"

萧维祯狠狠瞪了一眼沈敬，心中怨他不合作。

朵儿的执着

于谦被捕下狱，萧维祯诬指他谋迎外藩入继大统，却又提不出任何证据。

按召亲王的金牌与信符都存在孙太后手中，萧维祯当然知道此事无法向孙太后去查证，孙太后是何等精干的角色，她又怎会容许人去迎亲王当皇帝，让自己儿子英宗无法复位。

“不必追查金牌、信符了。”萧维祯霸道地宣布，“于谦召沈敬密谋，欲迎亲王入京，议定却来不及实行。”

“胡说！”王文举起右手，指着萧维祯，“什么叫议定而来不及实行，证据呢？拿证据来！”

“既是密谋，何来证据？”萧维祯狡辩。

“没有证据，怎么可以诬赖是密谋？”王文气得全身发抖。

“哼！不需要证据也可以定罪的例子多得很呀！”萧维祯沉下脸道。

萧维祯的话，立刻让人想到秦桧以“莫须有”罪名定了岳飞的死罪。

于谦看到王文愤怒的表情，苦笑着说：“王大人，这是石亨他们的意思，今天的罪名既是他们老早安排的，你又何必枉费口舌来辩解呢！”

“嗯，还是于谦识时务。”萧维祯说，“这事情的主意出自朝廷，你们承不承认没关系，结果都是一样的。”

于是，于谦、王文以谋逆的罪名处以死刑，沈敬被处以同谋的罪名，充军铁岭。

三司的审判结果立刻送进宫去，英宗看到于谦要被处死，突然之间，良心有点不安，他对身旁的徐有贞说："毕竟于谦对国家是有功的。"

"于谦有功于国家，负罪于陛下。"徐有贞说，"若是不杀于谦，陛下复位之事就找不到理由了。"

听徐有贞一说，英宗不再犹豫，提起朱笔，批准了三司的判决。于谦的死罪一定，那些擅长于观察风向的官员立刻群起而攻击于谦，甚且有人建议要诛族，有人又建议凡是于谦保举的文武大臣一律诛杀，这些过分的建议，英宗没有采纳，他心中何尝不知于谦之正直，无人能比拟。由此可见官场之中人心丑恶。

于谦被处死的那一天，行刑的菜市口挤满了人，人人痛哭流涕，如丧考妣（bǐ）。忽然之间，天地间乌云四合，一阵凄冷的北风刮得黄沙漫天，在刑场边的老百姓纷纷仰天，双手合十，泪水如同泉水般不断地流下来，他们心里有一个共同的感受："老天爷啊，你和我们一起哭吧！"

于谦被杀，于谦的家人被充军到了边疆，锦衣卫带着一群军士，如狼似虎地拥进了于谦家中。军士们推开了于家的大门，发现堂堂太子少保兼兵部尚书的家竟然是如此寒伧（chen），破旧的家具和一些书籍以外，几乎没有任何值钱的东西。

"于大人的家好像比我家还穷。"一个军士说。

"不可能的，一定把宝贝藏起来了。"另一个军士说。

"后面有一个房间上了锁，快来看。"突然，一个声音自房后响起。

于是，一个军士拿起佩刀，一刀砍断了锁，大伙儿蜂拥而入。只见里面是一个面积不大的房间，房间正中央挂着景帝赐给于谦的蟒袍和刀剑，似乎于谦从来没有使用过，只是供着当纪念品而已。

军士们呆住了，有点儿失望，却也有更多的尊敬。

于谦被杀，不但老百姓哀伤不已，朝廷里也有少数有良心的官吏痛哭失声。

譬如，太监曹吉祥，他有个部下，担任锦衣卫的指挥，名叫朵儿（有些史书称之为“多喇”），朵儿原是蒙古人，有塞外男儿的豪迈，他平日敬佩于谦的为人，于谦临刑的那一天，朵儿备了酒，备了菜，到刑场去哭拜。

曹吉祥知道了，把朵儿打了一顿军棍。到了第二天，朵儿扶着伤，仍然到于谦处斩的地方去哭祭，似乎完全无惧于曹吉祥再来一顿毒打。

人们对于谦之死有无限的哀伤，但对于和于谦一同处死的王文却少有同情之感，虽然王文与于谦一般，同样是以“莫须有”罪名含冤而死的。

王文原名王强，永乐十九年（1421 年）进士，王文是宣宗赐的名。王文为人深沉，景泰五年，江淮大水，王文奉命巡视江南灾区，逮捕盗贼两百人，他为了夸大自己功劳，把两百名盗贼定为“谋逆大罪”，其实后来经过查证，两百名之中，只有十六人是因饥饿不得已做了强盗，其他人只是倒了楣，完全没有犯法，至于谋逆之罪，那根本连边都谈不上。

两相对照，更可见于谦一心为国，一心为民众，他不够圆滑，不会做人，他用一颗热腾腾的心爱国家爱人民，最后竟然被冤而死，正应了他所写的《咏石灰》诗：“千锤百炼出深山，烈火焚烧非等闲，粉身碎骨浑不怕，只留清白在人间。”

好一个“只留清白在人间”。

于谦死了以后，徐有贞不准任何人收拾于谦的遗骸（hái）。有个都督同知陈逵（kuí）不顾禁令，还是把他的尸体给埋葬了。后来于谦的女婿朱骥把于谦的灵柩运回他的故乡杭州，埋葬在西子湖畔，与南宋的民族英雄，也是于谦最敬仰的岳飞葬在一起。

因此，后人便以“赖有岳于双少保，人间始觉重西湖”的诗句来称颂岳飞、于谦两位忠臣。

商辂连中三元

在夺门之变成功之后，还有一位因而受害者，那便是商辂（lù）。

商辂在乡试时考了第一，当时称为解元，礼部会试又第一，称之为会元，殿试再第一，得到了状元，这连中三“元”的事极为难得，整个明朝两百多年之中，也只有商辂一个人是“三元及第”。

英宗复位之时，商辂担任左春坊大学士，被召入到文昭阁受命草拟复位诏书。商辂刚刚走出文昭阁就被石亨拦住。

“皇上命令商先生写复位诏，是吗？”石亨问。

“不错。”商辂好奇地盯住石亨。

“复位诏中只要大赦罪犯好了，商先生别再列其他的条款。”石亨用命令的语气说。

原来从明仁宗开始，皇帝登基要下即位诏书，诏书中除了

明代新科状元赴琼林宴会，出自《徐显卿宦迹图》，明人绘。

宣布要大赦各类罪犯的刑期以外，还要对前朝的一些弊政加以革新或是废除。石亨怕的就是商辂把景帝时代的一些不良措施废除，会影响到石亨的利益。

当景帝即位之初，瓦剌大军来犯，京师危急，为了保卫国家，一切以军事为优先，将领们握有大权，朝廷也约束不了他们，于是将领们便利用大权做出不少害民的事。譬如强占民房，强派老百姓服劳役等。后来局势虽然安定，但是将领们仍旧以军事所需为借口，继续做坏事，石亨便是最会做害民之事的将领，所以极怕商辂在诏书中加上革除将领们特权的条款，影响到既得的利益。

“我会遵照传统制度办理。”商辂说。

“商先生，请你多加考虑。”石亨威胁着说。

“我不必考虑。”商辂固执地说。

“好，你等着瞧。”石亨气得转身而去。

不久之后，有个御史上疏弹劾商辂和王文朋比为奸，主张迎立襄王之子做皇帝，于是商辂被捕，关入锦衣卫监狱。后来，亏得太监兴安说尽了好话，把商辂放了出来，不过，英宗仍旧下诏将商辂革职为民。

于谦、王文与商辂三人得罪的原因相同，全是欲迎襄王的儿子入京为太子。其实，襄王是一个本分、老实、谦让的人，对皇位从无觊觎（jì yú）之心。

土木堡之变，英宗被俘以后，襄王曾经上书朝廷，请求立英宗之子为天子，并且招募勇士赴瓦剌迎回英宗。后来，景帝即位，所以奏章就留在宫中的收发处，没有加以处理。

等到英宗被送回京师，被尊为太上皇。襄王又上了一个奏章，建议景帝早晚向英宗问安，每月的初一、十五，皇帝应率领群臣去朝见太上皇。

英宗复位不久，这两个奏章被找了出来，英宗看了大为感动，他心中明白所谓于谦、王文要迎襄王之子入京之事，全是石亨、徐有贞胡扯。不过，于谦、王文已死，皇帝又不便也不愿意自行认错，于是觉得应该对襄王表示心无芥蒂了。所以，英宗下诏召襄王入京。

襄王离开京师时是宣德四年（1429 年），那时英宗还是一个四岁大的小孩。现在襄王回到京师，叔侄两人当然都不认识。不过，襄王天性淳厚，英宗内心里也有愧疚，在这种心情之下，两人见面倍加亲切。

英宗为了表示欢迎的热忱，亲自赴左顺门迎接，接风的盛筵设于崇仁殿，英宗要依家庭长幼礼仪，请襄王以叔叔的身份上座，襄王一再谦让表示不肯，两个人推来让去，最后采取一个折衷的办法，在一张檀木大方桌的两边，东西相向而坐。

“王叔，”英宗高举酒杯，“请干了这一杯。”

“臣酒量太浅，不过这一杯不能不干。”襄王站了起来，举杯一饮而尽。

叔侄两人边吃边谈，谈到了英宗在塞外受苦的情形，两人不禁对哭了一阵。

英宗并且客气地说：“我很想知道地方官吏的好坏，王叔如果知道有贤能之士，请一定告诉我。”

襄王在京师，英宗天天陪伴着，到处游玩，百官伺候，随从成群，成为京师里的新闻焦点，襄王自觉荣宠太过，有些儿不安，急急告辞。

英宗见襄王辞意甚坚，只得答应，特别下令兵部为襄王增加护卫，又命令工部为襄王建立寿藏（就是坟墓，中国古人往往在生前就建好自己的坟墓，毫无忌讳，而且觉得如此才放心）。

襄王临行之前，英宗亲自送到午门外，握手泣别。

夺门功臣的内斗

《论语·里仁》篇中有一句话："君子喻于义，小人喻于利。"君子交结是基于公义，小人联合是汲汲于利。既然是因为利害相结合，很自然地，也会因为利益相左而冲突。

夺门功臣徐有贞、石亨、曹吉祥正是如此。

夺门之变成功，徐有贞立了大功，入阁为大学士，其他老阁臣如胡滢（yíng）、高榖（gǔ）、王直等人相继离职，徐有贞在内阁大权独揽，内外群臣对徐有贞无不侧目。徐有贞一向自命不凡，如今更加意气飞扬，随时入宫晋见皇帝，成为中央政府中的第一号红人。

徐有贞春风得意，对曹吉祥、石亨二人愈加轻视，他自认为是徐才子，曹吉祥是个太监，石亨是个武人，岂能与他平起平坐，所以，一心一意与他二人"划清界线"。

再说，石亨与曹吉祥原本是粗线条的人，英宗对此二人也有点儿厌烦，徐有贞察觉到这一点，更加决心要排挤石亨与曹吉祥，逮住机会就让此二人难堪。

恰好，御史杨瑄（xuān）赴河南巡察，遇到一批老百姓拦路告状，说是曹吉祥、石亨夺他们的田。杨瑄回到京师，立刻上了一个奏章，把曹、石二人的劣迹恶行，一一开列出来。

徐有贞不断在旁边助阵："杨瑄，真御史风骨也，佩服之至。"

曹吉祥听到消息，着急地跑到英宗面前哭诉喊冤，不停地为自己辩护，英宗面无表情，不过，吩咐了吏部，把杨瑄的名字登记下来，准备重用。

石亨与曹吉祥大为恐慌，愤愤不平地责骂徐有贞："想当初夺门之前，若不是你我援引，他有今天吗？竟然过河拆桥，太不够意思了。"

曹吉祥说："依我看来，杨瑄之事根本就是徐有贞幕后指使，咱们再不反击，就只有死路一条。"

石亨问："你可有妙计？"

曹吉祥眯着眼睛道："徐有贞看不起太监，就让他栽到太监手里吧！"

曹吉祥利用小太监拨弄一下，果然徐有贞就鸡飞狗跳了。

原来，明英宗经过夺门之变，颇为欣赏徐有贞的足智多谋，徐有贞又能说善道，把明英宗哄得乐陶陶。因此，英宗时时找徐有贞，两人密谈，往往一谈就是几个时辰，外人不知谈些什么，只知徐有贞威风八面走进来，莫测高深地走出去，当然，谈了一些什么内容，外人是不得而知的。

曹吉祥派了几个小太监，命令他们在窗外偷听皇帝与徐有贞的谈话。皇帝一向不把太监奴才当个人看，也没注意隔窗有耳。

小太监不敢得罪曹吉祥，立刻把听来的消息，一五一十回报曹吉祥。

曹吉祥拣了一个机会，晋见皇帝。然后，有意无意，闲闲谈及英宗最近想做的事。

英宗吃惊地问："你怎么会知道这件事？"

"这个是徐有贞说的。"

"这是朕单独和徐有贞一个人说的，他干嘛对你讲？"英宗皱起了眉头，显然十分不悦。英宗转念一想，曹吉祥与徐有贞近日不和，恐怕是故意栽赃，因此，又淡淡地说："其实这件事，朕也和其他臣子谈过。"

曹吉祥不放松，又加了一句："万岁爷，老奴还听到了几件事。"曹吉祥把偷听到的事又说了几件，连每件事的日子都说了。

"哦！"英宗的眉毛打了结，他原先不相信曹吉祥的话，现在连日子都有了，不能不相信是徐有贞泄露的了。

"万岁爷，这些事不只是老奴知道，外面的人都晓得了。"曹吉祥火上加油又添了一句。

"嗯！"英宗勉强压下怒火，事实上气得想爆炸，他心忖，不料徐有贞如此不牢靠，敢情是个大嘴巴，以后，再也不能与徐有贞共商大计了，危险，危险。

徐有贞不知道英宗生了气，依然很兴奋地跑去见英宗，英宗十分恼怒，几乎想大骂他一顿："你这般不当心，到处乱讲话，把自己的前程都给断送了。"

古代皇帝一向疑心病重，不敢相信人，英宗难得相信了徐有贞，内心十分后悔，表现在外的，则是脸色阴沉，闷闷不乐，一改往日说说笑笑的亲密。

徐有贞不明就里，弄不清楚发生了什么事，只是他很难过地发现，从此以后，皇帝明显地疏远了自己。

御史集体弹劾石亨

夺门之变的功臣徐有贞、石亨、曹吉祥彼此内斗，曹吉祥略施小计，使得英宗认定徐有贞是个守不住秘密的大嘴巴，逐渐地疏远了徐有贞。

从此，石亨、曹吉祥更加作威作福。都察院里的一些清流御史们，个个看不惯。

一天早上，御史张鹏说："昨晚天象有异，显然是石亨、曹吉祥二人坏事做多了，我们应该借机弹劾这两个人。"

"我赞成!"御史周斌接口，"一个人上奏章，人单力薄，不如大家联名。"

御史们都赞成，一块儿联名弹劾石亨、曹吉祥。

石亨在前一天方才西征还朝，听到这个消息，非同小可，马上去找曹吉祥商量对策。

曹吉祥倒是不慌不忙，赶紧安慰石亨："你别着急啊，别忘了，弹劾案中领衔的人是张鹏。"

"那又怎样？"石亨问道。

"张鹏不是别人，他是张永的侄儿。"

"张永不是先皇帝所宠信的太监？"

"正是！"

一听此话，石亨眼睛一亮。原来英宗最恨景帝，凡是景帝所重用过的太监如王诚、舒良、张永全被下令处死。即使人死了，英宗依然余怒未消，每次想起，仍旧气得牙齿咯咯作响。

当天晚上，晚餐过后，英宗一个人坐在大躺椅上休息，曹吉祥与石亨一同进来，行了跪叩礼，站在一旁。

“你们晚上来这儿，有急事吗？”英宗懒洋洋地闭起眼睛说。

“皇上，”石亨用急促的声音说，“河南道掌道御史张鹏是张永的侄子，张鹏为了替他叔叔报仇，结党诬陷臣与曹吉祥，请皇上作主。”

英宗睁开了眼睛：“张鹏是张永的侄子？”

“是的，老奴在宫中很久，知道张永有个侄儿，张鹏就因为有张永的撑腰才能掌河南道。”曹吉祥想了一会儿，又把徐有贞拉下水，“不过，如果没有徐有贞建议张鹏报仇，张鹏恐怕也没那个胆子。”

曹吉祥煽风点火之下，明英宗耳根子软，果然怒气冲冲。

第二天，英宗果然看到张鹏领衔，众御史们连署的弹劾石亨、曹吉祥的奏章，由于英宗已先入为主，听了曹吉祥的话，怒由心生，看都不想看，顺手一掷，奏章飞落到地上。

御史周斌从地上捡起了奏章，朗声念道：“臣浙江道掌道御史周斌，谨陈奏……”

周斌拿着奏章逐条朗读，偶尔加以补充，对石亨、曹吉祥的罪状说得十分清楚，气定神闲，从容不迫。英宗虽然心里讨厌这批御史，但是奏章所说石亨、曹吉祥的罪状都有根有据，只好耐着性子听下去。

当周斌念到“冒功滥赏”这一条，英宗挥一挥手，制止了周斌。

“石亨、曹吉祥等人率领将士迎驾，朝廷论功行赏，你们怎么说是冒滥？”英宗的语气显得很烦躁。

“当时迎驾只有数百人，光禄寺奉旨赏给酒食，当时领赏的名册都在。如今，借着迎驾之名而封爵升官者多至数千人，不是冒滥是什么？”周斌的语气理直气壮，像是在质问皇帝，英宗也答不上话来。

周斌念完奏章，英宗面色沉重，命御史们退出，到午门候旨。

御史们一退，曹吉祥、石亨立刻求见。

“万岁爷，”曹吉祥跪下来磕头，“想当初，我与石亨冒着灭族的危险到南宫迎驾，这一份忠心，万岁爷明察啊！”

说着，石亨与曹吉祥相对大哭。

石亨眼泪汪汪道：“若不是徐有贞想除掉臣等，哪会有这桩事？”

英宗被这二人悲伤的哭声感动了，离开了御座，挥手要石亨、曹吉祥站起来。

“朕会处理此案。”英宗说，“曹吉祥，朕想知道，言官里有没有反对徐有贞的？”

“有，有。”曹吉祥连声答应，“给事中王铉（xuán）就不依附徐有贞。”

“好，你要言官上一个奏章，弹劾徐有贞、李贤。”英宗说完，步出了文华殿。

不久，候在午门的御史张鹏等人接到谕旨，所有在奏章上署名的人一律逮捕下狱，所有的人呆若木鸡，皇上竟然如此护短！

马士权的遗憾

夺门之变成功以后，徐有贞、石亨、曹吉祥内斗，石亨与曹吉祥说动了明英宗，以“图擅威权，排斥勋旧”的罪名，提出了弹劾案。

徐有贞还不知情，仍然在文渊阁吆来喝去东指挥西指挥，锦衣卫都指挥门达走了进来，作了一个揖：“请徐阁老委屈到我那儿走一趟。”

徐有贞明白“我那儿”是指锦衣卫，心里顿时一惊，但是，马上就镇定下来：“是有中旨吧！”

“中旨”就是宫中的谕旨，也就是皇帝的命令。

“是的，徐阁老请看。”门达拿出一张纸条。

这件案子最后送到三司会审，张鹏、杨瑄被判了死罪，其他在奏章上联名的御史一律充军，徐有贞贬官为广东参政。

徐有贞没死，石亨大不放心，他太了解徐有贞为人阴险，如果有机会报复，后果将不堪设想，所以无论如何一定要把徐有贞置于死地。于是，指使人投了一封匿名信，信中大骂皇帝。

英宗本来器量最小，看到匿名信当然感到不悦，下令追查，石亨乘机向英宗报告说：“徐有贞被贬官以后，内心不服气，所以叫他的门客马士权写了这封匿名信来骂皇上，为的是想泄一泄愤。”

“传旨立刻逮捕徐有贞与马士权。”

徐有贞被贬到广东，从京师南下，才走到通州，就被锦衣卫的人马追上，打入锦衣卫大牢之中。马士权被打得几度晕死过去，却始终不肯承认写了信。

英宗天顺元年（1457 年）七月，京师承天门发生火灾，这是一件很罕见又离奇的事，找不出任何失火的原因，大家都说，这是“天火”，是老天爷放的火，让皇帝有所警惕。

古人多半很迷信，英宗也不例外，“天火”烧承天门绝非好事，亦非好征兆，于是下诏书宣布大赦。

石亨担心徐有贞被赦，又想出一条毒计，说徐有贞图谋不轨，“窃弄国柄，罪当弃市”（弃市就是在街头执行死刑）。

明英宗却认为，徐有贞的犯罪行为是在大赦之前，所以也在赦免之列，于是免徐有贞死，充军到金齿，马士权则释放出狱。

徐有贞与马士权同时出了锦衣卫的大狱，徐有贞摸着马士权的背说：“你真正是一位义士，情愿一死也不愿意害我，我有一个女儿，将来会嫁给你。”

徐有贞充军到金齿，过了几年，遇到大赦，皇帝免了徐有贞的罪，徐有贞回到故乡江苏。马士权也赶到江苏，问候徐有贞，徐有贞表面很亲热，但是一看马士权还是一领白衫，连个一官半职也没弄到，便绝口不提婚事，马士权心里明白徐有贞赖婚，只得告辞而去。

徐有贞回到家乡，仍然恋恋不忘官场，仍然像只小老鼠，天天半夜爬到屋顶看星象，看看自己有没有东山再起的机会。

徐有贞被判罪，内阁大学士出缺，英宗以岳正为大学士。岳正是英宗正统十三年（1448 年）会试第一名获得进士，英宗复位时，官任翰林院修撰，工作是在宫中教小太监们读书，实在有点大材小用。

英宗在文华殿召见岳正，岳正个子瘦高，挂着漂亮的黑胡须，风度高雅，英宗一看便有好感。

“你年纪多大？”英宗问。

“臣年三十八岁。”岳正朗声回答。

“哪一年中的进士？”

“臣正统十三年（1448 年）进士，侥幸得到会元。”

“很好，”英宗点点头，“你正年轻，又是朕在位时所录取的进士，朕用你为内阁学士，希望你尽力任职。”

“叩谢皇上，臣当竭尽绵薄，纵使肝脑涂地，在所不辞。”岳正跪在地上磕头。

岳正从文华殿出来，走到左顺门，正好遇到石亨进宫，石亨怀疑地望着岳正，心想：“这家伙干嘛到文华殿来？”

石亨刚踏入文华殿，英宗就很高兴地说：“朕今天已选择了一位阁臣。”

“不知道是哪一位？”石亨问。

“岳正，你看如何？”

“皇上英明睿智，选择当然不错。”石亨嘴里在拍马屁，心里却不以为然。

“只是岳正现任修撰（zhuàn），官位太低，如果升他为吏部左侍郎兼内阁学士，是不是比较好？”英宗望着石亨。

“皇上既然拔擢人才，不如先让岳正做做学士看，如果称职，再让他升官也不迟。”石亨忍不住表示反对。

英宗不再说话，下诏岳正以修撰兼学士。

岳正得罪权贵

岳正以小官而被英宗拔擢兼任内阁学士，对英宗有一份强烈的知遇的感激，发誓要竭诚尽忠，以报答皇帝。于是，处事必公正守法，不肯敷衍塞责，也不肯附和权贵，所以得罪了不少达官贵人。

钦天监汤序是石亨的党羽，他报告英宗说近来观察天象，发觉常有灾异，请皇帝罢去奸臣，才能消弭（mǐ）灾异。

英宗问岳正该怎么办？岳正回答说："汤序未指名谁是奸臣，如果皇上据此便要罢黜（chù）一些官员，会造成人人自危。何况臣觉得汤序不学无术，他哪里真的精通天象，他的话岂可相信。"

英宗觉得岳正的话有理，不再理会汤序，使得石亨大为不满。岳正并非不知晓，依然直道而行。

京师里有一个和尚，喜欢胡言乱语，不知什么缘故得罪了一个锦衣卫的逻卒，这名和尚及庙里其他和尚都被捕下狱。锦衣卫审判的结果指和尚谋反。有一个叫牛玉的太监，为那逮捕和尚的逻卒请赏，要求任官。（逻卒不是"官"）这一件案子经过岳正，岳正反对锦衣卫的判决。

"那和尚只是妖言惑众，怎能说是谋反，谋反是要处死刑的，这罪太重了。"岳正对英宗说。

"好，就算那和尚妖言惑众，牛玉请求给逻卒一个官职，又有何不可？"英宗说。

"逻卒的职责便是缉捕非法，有功劳给一些金钱赏物就行了，

明代锦衣卫，佚名绘。

怎么随便给他官职？”岳正语调高亢。

“朕愿意赏他一个官位。”英宗面露不悦。

“任官有一定的体制，皇上怎能自己破坏体制？”岳正大声力争，口水竟然溅到英宗的衣服上。

“好啦，好啦，你这一个老顽固。”英宗挥挥手要岳正出去。

岳正出去以后，英宗冷静下来，觉得岳正的态度虽然不好，但却是据理力争，岳正是自己提拔的人，这种力争也表示岳正忠心耿耿。于是英宗下诏对和尚仅以妖言惑众论罪，其他和尚一律释放，逻卒只发给赏金。

岳正先是得罪了小太监牛玉，不久之后，他又得罪了大太监曹吉祥。

朝廷接到了一封匿名信，攻击司礼监曹吉祥，把曹吉祥的罪状一一列举出来。曹吉祥看到了匿名信大为震怒，请求皇帝出赏格捉拿写匿名信的人。英宗召见岳正，要岳正草拟悬赏的文告，岳正严肃地回答：“政府是有体制的，捉拿盗贼是兵部的职责，追查犯罪则是法司的职责。哪有天子出一个榜文悬赏捉拿人犯的事？何况这种事急不得，慢慢来也许那人就会自露形迹，如果急了，那人反而躲藏得更紧密，这原本是人之常情啊。”

英宗一听，岳正所说的十分合理，便不再追究，当然曹吉祥恨得牙痒痒的。

再说，石亨的侄儿石彪领兵镇守大同，派使者前来京师献捷报，说是大败北方的敌军。内阁大学士们得到捷报感到十分突然，便召使者前来问话。

“石将军斩了多少首级？”岳正问使者。首级便是脑袋。

按明朝为了赏军功，在正统年间曾经订了“赏功牌”的办法。“赏功牌”分为三种，凡是挺身突阵，斩将夺旗者，赏“奇功牌”；凡是生擒敌兵或是斩首一级者，赏“头功牌”；虽无功而受伤者，

明代武骑，佚名绘。

赏“齐刀牌”。军中以获“头功牌”最多，头功的计算并不是真正的拿人头来点数，而是以割左耳为凭，以左耳数目作为斩首的数目，清点发赏。

“我们大败敌军，杀敌无数。”使者说道，“耳朵割不胜割，石将军下令将敌人的首级都挂在树林之中，好让敌人害怕，不再来侵犯。”

“嗯，你来看，石将军跟鞑子是在这一带作战的吧？”岳正指着地图说。

“不错，正是。”使者看了地图点点头道。

“那么，这一带全都是沙漠，哪儿来的树林？”岳正严肃地回答。

使者答不上话来，这一份假的捷报就被揭穿了。

于是，石彪也把岳正恨之入骨。

朱三千，龙八百

岳正勇事敢言，处事光明，从不违法，除了偶尔在皇帝面前会大声争执以外，几乎找不到任何缺点，石亨等人每天都想害岳正，却无从下手。

天顺元年（1457 年）七月，“天火”烧毁了京师承天门，英宗命令岳正草拟一份皇帝的“罪己诏”。英宗的意思是火烧承天门，乃是老天爷发怒，依照中国的传统，凡是遇到这般重大的“灾异”，皇帝都要下“罪己诏”，表示自责和认错，请老天爷息怒。这罪己诏不过是说一些空洞洞的话，让老百姓知道皇帝虚心自我反省，行为简直像尧舜一样。

不料岳正竟然“假戏真做”，把英宗复位以来的弊政如“善恶不分、曲直不辨、贿赂公行、群吏弄法……”一一列举出来，并且说明这些弊政造成上天谴责，都是由于“朕有所失明”的缘故，自今而后，要“洗心改过，无蹈前非”。

这一道诏书文情并茂，朝野传诵，言官们根据这一份诏书，纷纷上奏，弹劾石亨、陈汝言、曹吉祥等人。

石亨、曹吉祥一见情势不妙，立刻进宫晋见皇帝。

“皇上，”石亨说，“诏书中写了那么多的弊政，这岂非表示皇上败德无能吗？大家都在称赞岳正，这是给岳正一个沽名钓誉的机会啊！”

“是呀，诏书上写了那么多的坏事，那万岁爷岂不成了昏君吗？”曹吉祥火上加油又添了一句。

英宗的眉头皱得很紧，用手捶着桌面：“朕原只要岳正写一篇官样文章，没想到岳正竟然这样写，看来岳正不适合做内阁大臣，还是让他回内书堂去教小太监读书吧！”

“万岁爷，”曹吉祥说，“岳正如果仍留在京，他还是可以借上奏章来诽谤朝廷。”

“好吧，传旨下去，岳正谪官，贬广东钦州。”英宗下了决断。

岳正任内阁学士仅有二十八天，不但免了职，还几乎送了命。

岳正出京南下，赴广东时经过通州，回家探望老母，在家住了十天，这在当时的规定是不可以的。陈汝言便命通州的官员提出检举，又说岳正侵夺公主的庄田。于是，岳正又被押解回京，打了一百大板，改为充军到陕西肃州。

兵部派了解差押解岳正到肃州，出发之前，陈汝言交代一路上要让岳正多吃一些苦头，解差奉到这指示，便给岳正戴上一副叫做“拲（gǒng）”的手铐。这种手铐是用原木块制成，木块上挖两个洞，岳正的双手便套在洞里，木头硬，洞口小，双手动弹不得，连晚上睡觉也不能解下，这使得岳正痛苦不堪。

走到涿州，晚上住宿驿站，岳正感到胸口闷胀，喘不过气来，想要用手揉一揉胸口，但是双手被铐住，无法摸到胸前，岳正心想这样折磨下去，走不到肃州大概就会死。

也许岳正命不该绝，他在涿州有一个叫杨四的好朋友，听说他被解经过涿州，特来驿站探望。一看到这个情景，立刻和解差打招呼，买来酒菜，请解差大吃大喝一番，解差喝得酩酊（mǐng dǐng）大醉，杨四乘机打开手铐，让岳正得以自由活动。第二天早晨，解差醒来，杨四捧了五十两银子给解差，请求解差多多照顾，解差收下银子，自然对岳正待遇就优厚多了，岳正才能够平安地到达肃州。

其实，英宗心里也晓得岳正忠心，他曾经对人说："岳正倒好，只是大胆。"

可惜，历来君主多喜欢胆小的奴才，而不喜欢胆大的傲骨。

石亨等人扳倒了岳正，更加妄为。自从夺门成功之后，石亨以第一功被封为忠国公，得到英宗的宠信，趾高气扬，自傲自负，招权纳贿，公然贪污。

凡是贿赂石亨的人，石亨便向英宗推荐任官，官位的高低以送钱多少来决定。例如朱铃与龙文两人都送了钱，朱铃送了三千两银子，龙文送了八百两银子，两人都升到郎中，朱铃不满，便把事情张扬出来。

当时人就嘲讽他们是"朱三千，龙八百"。

明英宗斥退岳正，却重用石亨等人，当然国势一天一天的衰败。